マチルダによろしく

福澤徹三

小学館

マチルダによろしく

福澤徹三

小学館

ブックデザイン　マツヤマチヒロ（ＡＫＩＣＨＩ）
装画　中島花野

主要登場人物

鳶伊《とびい》仁《じん》　元ヤクザ。殺人や傷害致死により三十年服役
久我《くが》壮真《そうま》　コロナ禍で大学を中退。シェアハウスで鳶伊と同居
忍川《しのぶかわ》澪央《れお》　シェアハウスの同居人。ネットにくわしい
沼尻《ぬまじり》勇作《ゆうさく》　シェアハウスの同居人。コロナ禍で勤務先が倒産
相良《さがら》透也《とうや》　壮真の大学時代の同級生

矢淵《やぶち》凌《りょう》　バー経営者
如月《きさらぎ》琉星《りゅうせい》　バー従業員
凍崎《いてざき》拳《けん》　半グレ集団リーダー

鈍昧《どんまい》愚童《ぐどう》　住職。教誨師
四条《しじょう》天音《あまね》　便利屋「もんじゅ」経営者

一匹の猫から、次へとつながっていく　アーネスト・ヘミングウェイ

プロローグ

火の気のない部屋はひえびえと寒く薄暗かった。

常夜灯の淡い光に浮かぶ室内にテレビや家具はなく、フローリングの床に布団が敷かれている。枕元に週刊誌や文庫本が積まれ、タバコと百円ライター、吸殻が溜《た》まったアルミの灰皿がある。南《みなみ》青山《あおやま》のワンルームマンションである。

鳶伊仁《とびいじん》は、この三週間一歩も外出していない。にもかかわらず常に濃い色のサングラスをかけ、昼間も遮光カーテンを閉めて暗がりですごしてきた。壁に貼られた酒屋のカレンダーは一九九三年一月で、きょうの日付に赤い丸印がある。

鳶伊は上半身裸になると、水で濡《ぬ》らした週刊誌を腹と腰にあて、武智正吾《たけちしょうご》に手伝わせて上からサラシを巻きつけた。僧帽筋が盛りあがった背中に不動明王の刺青《いれずみ》がある。

「タケ、まちっときつう締めんかい」

「へい。けど腹に巻くんならグラビア雑誌のほうがええていいますよ。薄くて硬いけん」

「わしが殺されたあと、腹からエロ本でてきてみい。笑われるやないか」

「縁起でもないこといわんでくださいい」

「殺されんでも、こんどは長い。死んだのとおなじじゃ」

「頭《カシラ》は三十五やないですか。十何年か打たれても、まだ若いですよ」

「十何年じゃすまん。もっといくやろ」

鳶伊は左腕の外側に鉄製の火箸を二本あて、武智にガムテープで巻きつけさせた。右腕もおなじようにして黒いタートルネックのセーターを着た。匕首《ドス》で斬りつけられても、これで防げる。

細めに開けた遮光カーテンのむこうに、この三週間見つめ続けたマンションの窓がある。窓に明かりがついたのは三十分まえの午前一時だった。住人の女は銀座《ぎんざ》のクラブ勤めで、角塚組《つのづかぐみ》組長、角塚瑛太郎《えいたろう》の愛人である。角塚はきのうフィリピンから帰ってきて、いまは赤坂《あかさか》みすじ通りのコリアンクラブで吞《の》んでいる。

鳶伊はカーテンを閉め、床にあぐらをかいてタバコをくわえた。すかさず武智がデュポンをさしだしたが、百円ライターで火をつけた。左手の小指と薬指は第一関節から先が欠けている。

くどいようですけど、と武智がいった。

「おれもやらせてもらえんですか」

「つまらん」

「頭が長い懲役かけるとに、舎弟のおれが娑婆《しゃば》におるわけいかんですよ」

「わしは除籍になっとうけん、おまえはもう舎弟やない。終わったら組にもどれ」

アンテナを伸ばしたふたつ折りの携帯電話が鳴り、武智が応答した。武智に買収させたコリアンクラブのボーイからで、角塚がいま店をでたという。道路の混み具合にもよるが、愛人のマンションに着くまで十二、三分。

鳶伊は布団の下に置いていた鎧通《よろいどお》しを手にした。刃渡り三十センチ弱。刀身は極端に分厚く反りがない。城攻めの際には石垣の隙間にさして足場に使ったといわれるほど頑丈な、刺突に特化した短刀である。角塚は四十五歳ででっぷり肥《ふと》り、百八十センチの鳶伊よりもさらに上背があるが、この鎧通しなら厚い脂肪を貫いて背骨のまえの大動脈まで届く。鳶伊はそれを腰にさし、黒い革ジャンを羽織った。

「道具はそれだけでええんですか。角塚の護衛《タマヨケ》はチャカ持っとうですよ」

「チャカやら弾《はじ》いて、堅気のもんに流れ弾当たったらどうするんか」

「この時間やけ、駐車場には誰もおらんと思いますけど」

「わしの心配せんでええけ、やることをやれ」

「へい」

「おまえには苦労かけたの。こげなとこまで長いこと旅かけさせて」

「苦労なんて、ひとつも思うとらんです。おやじの敵討《かたき》つのはあたりまえのことやけん」

「ちゅうても本家は手打ちにしたんじゃ。ええか、なんがあっても唄《うた》うなよ。今回のことは、わしがひとりでやった。わかったの」


凍《い》てついた夜の通りに吐く息が白い。鳶伊は革ジャンのポケットに両手を入れ、武智の五メートルほどあとを歩いた。ふたりとも地下足袋《じかたび》を履いているので足音はほとんど聞こえない。通り沿いの居酒屋から井上陽水の「少年時代」が流れてくる。

目的のマンションの地下駐車場はシャッターがリモコンで開閉し、住居へつながるドアはすべてオートロックである。角塚の愛人がここに住んでいるとわかったひと月まえから、武智は他人名義で部屋を借りている。

マンションに入ると鳶伊は非常階段で地下駐車場におり、車の陰に身をひそめた。武智は共用分電盤があるエントランスロビーに残った。やがてシャッターが開き、黒塗りのベントレーが入ってきた。駐車スペースにベントレーが停《と》まり、運転席と助手席から黒いスーツの男がおりてきた。ひとりは険しいまなざしを周囲にむけ、もうひとりが後部座席のドアを開けた。

角塚が車をおりて悠然と歩きだしたとき、鳶伊は携帯電話で武智に指示した。やれ。押し殺した声でいって電話を切ると、地下駐車場の照明がいっせいに消えた。非常口の誘導灯以外はなにも見えない闇になったが、サングラスをはずした鳶伊には見える。

鳶伊は鎧通しの鞘《さや》を払って静かに突進した。

1

烈《はげ》しい喉の渇きと頭蓋骨を締めつけるような頭痛で眼《め》が覚めた。膝を抱えて眠っていたせいで尻も痛い。口のなかは苦く粘り、全身が汗で濡れていた。顔をあげると陽射《ひざ》しがまぶしい。

久我壮真《くがそうま》は眼を細めて、あたりを見まわした。ここが歌舞伎町《かぶきちょう》のシネシティ広場だとわかるのに何秒かかかった。どうしてこんなところで眠ってしまったのか。相良透也《さがらとうや》のおごりでガールズバーとキャバクラをはしごしたのはおぼえているが、途中から記憶がない。

突然ひやりとしてチノパンのポケットを探った。スマホと財布があるのに安堵《あんど》したが、財布のなかを見ると千円札が一枚と小銭しかない。ゆうべは透也が払ったし万札を三枚持っていたのに、いったいどこで遣《つか》ったのか。スマホに表示されている時刻は七時四十四分だった。

「クソが」

壮真は毒づいて透也にラインを送った。おまえいつ帰った？　まだ寝ているようで返信はない。ふらふら立ちあがると、自販機でミネラルウォーターを買ってラッパ飲みした。シネシティ広場には至るところにゴミが散らばり、トー横キッズたちが地面に敷いた段ボールの上で雑魚寝している。地雷系ファッションの少女、Tシャツに短パンの男、ゴミを漁《あさ》る鳩《はと》。すこし離れた場所でホームレスの老人があぐらをかき、歯のない口をぽかんと開けている。

シネシティ広場のむかいにゴジラヘッドで有名な新宿東宝《しんじゅくとうほう》ビルがそびえている。昔はここに新宿コマ劇場というのがあったそうだが、見たことはない。世間はゴールデンウィークとあって人通りが多く、大学生くらいのカップルが眼につく。男の見た目はダサいのに、いい女を連れているのがむかつく。おれにはあんなキャンパスライフはなかった。

壮真が大学生になった二〇二〇年四月、新型コロナウイルスの感染拡大により一回目の緊急事態宣言が発令された。入学式は中止され、授業はほとんどリモートになった。オリエンも新歓行事もなく、自宅でパソコンを見るだけの退屈な日々が続いた。サークルの勧誘もなかったが、メンバーはネットで募集していた。壮真はイベントやスポーツや旅行などメンバーの交流が目的のオールラウンドサークル——いわゆるオーランに参加した。

けれども外出自粛が求められるなかで本来のサークル活動はできず、少人数の呑み会が何度かあっただけだ。その席で相良透也や若林《わかばやし》結衣《ゆい》と知りあった。ふたりは壮真とおなじ経済学部の一年生だけに話があって、結衣とはまもなく交際をはじめた。実家暮らしの結衣は、壮真が住んでいた吉祥寺《きちじょうじ》のワンルームマンションにしょっちゅう遊びにきた。

「どこにもいけないから、しょうがないよね」

「うん。どこにもいかなくていいじゃん」

ふたりは部屋呑みをしたりゲームをしたりユーチューブを観《み》たり、それ以外はベッドのなかにいた。大学へいけないのは不満だったが、ときどき透也も遊びにきて自粛生活もそれなりに楽しかった。そんな毎日が一変したのは翌年の八月だった。

父が経営する会社が倒産した。アパレル業界はコロナ禍による外出自粛で大打撃を受け、東証一部上場企業が倒産したくらいだから、セレクトショップが四軒しかない父の会社はひとたまりもなかった。夜中に電話をかけてきた父は、年末までの仕送りを振りこんだといい、

「こんなことになってすまんが、従業員の給料を払ってやりたいから、もう金はない。今後は仕送りできんし、後期の学費も払えん」

壮真は将来への不安に打ちひしがれた。奨学金を借りるべきか迷ったが、リモートの授業には一ミリも興味が持てなかったので、学費納入期限が迫った大学二年の十一月に中退した。

「コロナは当分おさまんねえだろ。くだらねえ授業聞いてるより、働いたほうがましさ」

「大変だろうけど、がんばって。応援してるから」

結衣はそういってくれたし、壮真もすぐに就職するつもりだった。ところが正社員の求人は思ったよりすくなく、大学中退とあって応募条件にもひっかかる。業種も職種も選ばなかったのに、ことごとく書類選考で落とされ、面接までいったのは小規模なスーパーだけだった。

大学を中退した理由を面接官に訊《き》かれて、

「父が経営していた会社がコロナで潰れました。奨学金を借りて卒業したかったんですが、学費の支払いができなかったので手続きがまにあわなくて――」

同情をひこうと思ったけれど、結果は不採用で「久我壮真さまの今後のご活躍をお祈り申しあげます」と末尾に書かれた「お祈りメール」が送られてきた。

十二月に入ると持ち金が底をつきかけ、バイトをするしかなくなった。新型コロナウイルスの感染者数は減っていたが、新たにオミクロン株の流行が懸念されたせいで飲食や接客は求人がすくなく、派遣会社に登録してピッキングのバイトをした。

ピッキングとは、注文があった商品を物流倉庫の棚から集める作業である。ハンディターミナルでオリコンと呼ばれるコンテナの顧客コードをスキャンすると、ピッキングする商品と棚のロケーション番号――ロケ番が表示される。その棚にいって商品をとってスキャンしたあとオリコンに入れ、それを台車で出荷場所へ運ぶ。

ひとりで黙々と作業できて時給もまあまあだが、作業が遅れたりミスしたりすると社員から怒鳴りちらされるし、単調なうえに終日歩きっぱなしなのが疲れる。休憩は午前と午後に十五分、昼休みは四十五分。家電製品など重い荷物をあつかうせいか、同僚は二十代から五十代までの男ばかりだった。みな冴《さ》えない風貌で性格も暗かった。しかしなかには、やけにハイテンションな奴《やつ》がいて休憩時間に話しかけてくる。話題はパチンコやパチスロと風俗店のことばかりで、要約するとこうなる。

「あの台でいくら勝った。あの台でいくら負けた。あの店のなんとかって子はよかった。あの店のなんとかって子はクソだった」

昼休みに社食でマスクをはずすと、同僚たちはかなりの割合で前歯がなかった。あっても腐食が進んだ棒杭《ぼうぐい》みたいに隙間だらけだった。そのせいか食後のテーブルは弁当の食べ滓《かす》やパン屑《くず》で汚れていた。コーラやジュースもぼとぼとこぼすが、テーブルを拭きもしないで席を立つ。こんな連中と働きたくないと思いながらも、やりたいバイトが見つからないのと作業に慣れたのとで、辞めるふんぎりがつかなかった。

唯一の話し相手は沼尻勇作《ぬまじりゆうさく》という四十二歳の同僚で、いつもふたりで昼食をとった。沼尻は七三わけの髪に銀縁メガネで、実直そうな顔つきは倉庫に似あわない。以前は食品会社の営業担当だったが、コロナ禍で会社が倒産し、妻子とも関係がこじれて離婚した。沼尻は家族で暮らしていたマンションを追いだされ、いまは日暮里《にっぽり》のシェアハウスに住んでいるという。

「この歳《とし》でシェアハウスに住むとは思わなかったよ。ぼくが大学でたころは、ちょうど就職氷河期で就職も苦労したのに――」

仕事帰りにふたりで呑んだとき、沼尻は嘆息した。

「シェアハウスって他人がいるから、うざくないですか」

「まあね。でも一軒家なのに、いま住んでるのはぼくと大学生だけ。入居者が増えても個室タイプだから、そんなに気にならないと思う」

「大学生って女ですか」

「男だよ。家賃は三万ちょっと」

「家賃はたしかに安いですね。いま流行《はや》りの風呂なし物件より安いかも」

「だろ。気がむいたら引っ越しといで」

年が明けて新型コロナウイルスの感染者数が急増したのを境に、若林結衣は壮真と会うのを避けるようになった。外出すると両親がうるさいというが、つきあいはじめたころもコロナ禍だったから納得がいかない。ほかにも理由があるだろうと問いつめたら、

「わたしと会っても、部屋呑みかゲームかエッチばっかじゃん」

「しょうがないだろ。自粛しなきゃいけないんだから」

「それはわかるけど、そろそろ将来のこと考えたら？」

「考えてるよ。いまだってバイトしてるだろ。遊んでるわけじゃない」

「ずっとバイトじゃ将来性ないよ」

「わかってるって」

あれは去年の四月だったか、ひさしぶりに結衣と会ってファミレスでランチを食べた。会話は弾まず、部屋にくるよう誘っても断られた。次はいつ会えるのか訊くと、

「わかんない。就活で忙しいしコロナも怖いもん」

翌日、結衣から暗い声で電話があって熱がでたという。壮真は鼻がぐずぐずするくらいだったが、結衣にうながされてPCR検査を受けると陽性だった。電話でそれを伝えると、彼女も検査結果は陽性で、同居している両親も感染したといった。みんな症状は軽かったし、誰が感染源かわからないのに、

「パパもママもめっちゃ怒ってる。もうそんな奴に会うなって」

「ちょっと待って。おれのせい？」

「そうはいってないけど、うちはみんな自粛してるから」

結衣はそれきり連絡を絶った。電話は着信拒否《チャッキョ》でラインもブロックされた。あのころマスコミはコロナ禍の収束は見通せず、感染再拡大の懸念があると騒いでいた。それから一年あまり経《た》ったいま、コロナ禍などなかったように街はにぎわい、生活は日常にもどった。

「クソコロナのせいでクソみたいな人生になった」

壮真はゆうべ透也と呑んだとき、そう愚痴った。透也は哀れむような眼をむけてきて、

「おやじさんの会社、残念だったな。もうちょっとがんばってたら自粛が終わって――」

「がんばらねえで、さっさと潰したほうがよかったんだよ。従業員の給料払うために自分の金注《つ》

ぎこんで、文《もん》なしになったんだから」

「えらいじゃん。責任感があって」

「えらくても、おれはたまんねえよ。学費だけでも払ってくれたら、こんなドツボにはまらなかったのに」

「おれたち二〇二〇年入学って最悪だったなあ。いまの一年生がうらやましいよ」

「もうどうだっていい。ただ、あんだけコロナでぎゃあぎゃあ騒いでたくせに、けろっとふつうにもどったのがマジむかつくんだよ。まだコロナはおさまってねえんだから、マスク警察とか自粛警察とかやってた奴は、いまも続けろよって思う」

「マスクしててもウレタンじゃやだめだっていわれたよな。不織布のマスクだって結局みんな罹《かか》ったじゃん。三密とかソーシャルディスタンスとか黙食とか、いま考えたらバッカみてえ」

「パチ屋と呑み屋もクラスターとかいって犯人あつかいされただろ」

「クラブにライブハウス、ホテルや旅館もな」

「魔女狩りだよな。でも満員電車はオッケーって謎ルール。あと帰省警察もいたぞ」

「いたいた。東京から帰省したひとんちに早く帰れって手紙入れたり、他県ナンバーの車に嫌がらせしたりするんだろ」

「ウイルスより人間のほうがよっぽど怖い」

「いえてる。コロナさえなきゃあ、おまえも苦労せずにすんだのにな」

「大学中退って最終学歴は高卒なんだぜ。で、いまはバイトもなくてプー。おれの人生まああ詰んでるっしょ」

「そうへこむなよ。うちの大学なんて、ほぼほぼFランだから卒業してもたいしたことねえ」

「それでも大卒は大卒さ。中退したあとで、ちょっと後悔した」

「結衣とは会ってねえのか」

「うん。あいつもやっぱ大学中退が気に喰《く》わなかったんだろ。こっちは必死でバイトしてるのに、将来性がないっていいやがった」

「次の女をさっさと見つけろよ」

「金がなきゃ無理」

「まあ焦らずに待ってろ。おれがそのうち稼がせてやるから」

透也はなぜか羽ぶりがいい。一年生のときはユニクロは高級すぎると愚痴り、毎日おなじチェックシャツとダサいストレートジーンズ。いつも求人サイトでバイトを探し、顔をあわせるたび「なんかおもろいことない?」というのが口癖だったのに、最近はヴィトンだのグッチだのをぽんぽん買って、しょっちゅう呑み歩いている。ぼさぼさだった髪は流行りのマッシュヘアに変わり、ムダ毛だらけの眉はすっきり細くなった。透也の父親は埼玉の役所勤めだから、急に仕送りが増えるはずはない。どうやって稼いでいるのか訊くとパチンコやパチスロで勝ったというが、どうも怪しい。

ゆうべの記憶をたどりつつ、歌舞伎町一番街を通って新宿駅へむかった。二日酔いのせいか、猛烈に腹が減ってきた。大勢のひとびとが行き交う通りには飲食店がひしめいている。回転寿司《ずし》のまえで足を止めそうになったが、いまの懐具合では何皿も食べられない。金がないときの繁華街は砂漠だ、と壮真は思う。旨《うま》い料理もいい女もイケてる服も、すぐ眼のまえにあるのに蜃気楼《しんきろう》のように手が届かない。大学生という身分がどれだけ恵まれていたか、中退してから身にしみてわかった。

ピッキングのバイトは去年の四月に新型コロナウイルスに感染し、結衣にふられたのをきっかけに辞めた。皮肉なことにコロナ禍はまもなく落ちつき、行動制限がなくなった。おかげで求人が増えたからネットカフェで夜勤のバイトをした。シフトは十時から五時までで、たいてい二名で入るが、たまにワンオペになる。

おもな業務は店内やブースの清掃、来店客の受付、フードの調理と提供、ドリンクバーの補充、マンガや雑誌の管理。おぼえることは多いけれど、深夜は寝ている客が大半なので、手がすいたときは店のマンガを読んだりスマホをいじったりできる。

「夜勤は慣れたら楽勝だよ」

同僚たちは口をそろえていい、うざい客もくるけど、とつけ加えた。大手チェーンではなく低価格が売りのネットカフェだったから客層もそれなりで、酔っぱらって吐いたり、大いびきをかいたり、アダルト動画の音声をブースから漏らしたり、マンガや備品を盗もうとしたり、意味不明のクレームをつけてきたり、トイレをわざと汚したり、ブースをゴミだらけにしたりする。

そういう客をのぞけばバイトに不満はなかったが、今年の三月に突然閉店した。店長によると、コロナ禍での業績悪化が尾をひいて経営が立ちゆかなくなったという。いつまでも続けられるバイトではないし、昼夜が逆転した生活にも疲れをおぼえていたので、さほどショックはなく、もっと稼げる仕事を探そうと思った。できればバイトではなく正社員がいい。

壮真は求人サイトを毎日チェックして、めぼしい企業に応募した。けれども以前と同様、面接までいかずに「お祈りメール」が送られてきた。どこの企業も自分を必要としていない。そう思ったら、なにもかもどうでもよくなった。

壮真はあいかわらず吉祥寺のワンルームマンションに住んでいたが、仕事もないのに高い家賃を払い続けるのは限界だった。ピッキングのバイトで知りあった沼尻に相談するとシェアハウスの大家を紹介されて、日暮里に引っ越した。マンションの部屋を引き払うとき、テレビや冷蔵庫などの家電品や家具をリサイクルショップに売った。またマンション暮らしにもどれたら困ると思ったが、あのときは自暴自棄になっていた。

2

刑務所の門をでると青空が広がっていた。午前八時である。鳶伊仁は門のむこうの刑務官に一礼して歩きだした。刑務所《なか》での習慣で、つい手を振り膝を高くあげて歩きそうになる。右手にさげたボストンバッグには、返却された私物——領置品と作業報奨金が入っている。

教誨師《きょうかいし》で僧侶の鈍味愚童《どんまいぐどう》が、車体に錆《さび》の浮いた軽自動車で迎えにきていた。枯れ木のように痩せて皺《しわ》深い顔で、丸めた頭に老人斑が浮いているが、七十八歳にしては背筋がまっすぐだった。

鳶伊が深々と一礼するのを愚童は掌《てのひら》で制して、

「とうとう丸刈りのままじゃったな」

「はい、このほうが楽ですけん」

鳶伊は白いものがまじった坊主頭を指でかいた。刑務所では出所三か月まえになると蓄髪許可がでて髪の毛を伸ばすことが許されるが、鳶伊はそうしなかった。警察署に自首したときに着ていた服と靴は、三十年の歳月を経てぼろぼろになっていた。いま着ているスーツとワイシャツと靴は愚童が差し入れたものである。

軽自動車は刑務所の長い塀沿いの道を抜け、住宅街に入った。

「どうじゃ、三十年ぶりの娑婆《しゃば》は」

愚童はハンドルを操りながら訊いた。

「ようわからんですけど、やけに車がすくなかですね」

「いまはゴールデンウィークじゃからの」

「休みの日でも釈放されるとですか」

「仮釈なら平日になるけど、おまえは満期やから刑期満了の当日に釈放じゃ。三十年もムショにおって、そんなことも知らんのか」

「すみません」

「あやまるこっちゃない。しかし、なんで仮釈の申請しなかった。現役のヤクザなら満期でしか出所できんが、おまえは事件起こしたとき、組を抜けてたやろ。二回目の事件も、ほかの受刑者をかばってのことじゃから情状酌量の余地がある。身元引受人を見つけて仮釈の申請すれば、もうすこし早くでられたかもしれん」

「よかです。自分がやったことですけ」

鳶伊は一九九三年に角塚組組長、角塚瑛太郎と組員二名に対する殺人と傷害致死罪により、懲役二十年の判決を受けて服役した。角塚には明確な殺意を持って犯行に臨んだが、組員二名については乱闘の末、重傷を負わせ死に至らしめたと認定された。

事件当時、有期刑の上限は二十年だったが、服役から十二年後の二〇〇五年に同房の受刑者に対する傷害致死により、懲役十年が加重された。死亡した受刑者は同房の高齢者を執拗《しつよう》に虐待しており、それを止めに入った鳶伊と揉《も》めたのが傷害致死の原因である。鳶伊はその事件によって当時服役していた刑務所から、さっき出所した刑務所に不良移送された。以降は工場への出役を拒み、かつて独居房と呼ばれた単独室で、残りの十八年をすごした。

鳶伊は助手席の窓から住宅街を眺めていたが、めまぐるしい色彩の変化が不快でまぶたを閉じた。愚童が目ざとくそれに気づいて、

「酔うたか。車停めようか」

「いえ、どうもなかです」

「無理するなよ。ムショボケが治るには、しばらくかかるぞ」

刑期満了まえに釈放される仮釈放者は保護観察の対象となり、刑期満了まで保護司や保護観察官の指導を受けて社会復帰を図る。仮釈放の条件として、配偶者や親族などの身元引受人も必要である。しかし満期出所者は保護観察の対象にならず、身元引受人も必要ないので、いきなり社会にでることになる。行き場のない満期出所者は、国が認可した更生保護施設や民間団体が運営する自立準備ホームで就労や自立支援が受けられるが、どちらの施設も定員と利用期限があり、すべての希望者を収容できるわけではない。

仮釈放者は釈放の二週間まえから一般住宅に近い設備のある仮釈放準備寮に移り、自主的な生活を送る。釈放前指導がおこなわれ、講話やビデオ映像によって現在の物価や生活様式や交通機関といった社会変化について学ぶ。刑務官が同行して社会見学をする場合もある。

それにくらべて満期出所者は仮釈放準備寮に入ることはなく、社会見学もない。釈放の一週間まえから釈放前指導がおこなわれるだけだから、服役期間が長いほど釈放後の当惑は大きい。ムショボケと呼ばれる拘禁反応のせいで社会生活に順応できない者も多い。

軽自動車は一時間ほど走って、鈍昧愚童が住職を務める痴行寺《ちぎょうじ》に着いた。愚童は寺の裏にある駐車場に車を停めた。見たことのない車なので車種を訊いたら、

「ダイハツのタントを知らんのか」

「はい。わしが懲役いくまえはなかったけん」

「そうか。三十年の月日は長いのう」

瓦葺《かわらぶき》の山門をくぐって境内《けいだい》に入ると、正面に本堂、右手に庫裡《くり》、左手に墓地がある。創建四百年を超える古刹だというが、本堂も庫裡も廃寺かと思うほど古びている。

鳶伊は本堂にいき、本尊である釈迦牟尼仏《しゃかむにぶつ》に手をあわせたあと、

「身どもの檀家《だんか》に貸家の大家がおる。おまえさえよければ、そこに住め。ここからも近い」

「しかし、わしのごたる者が――」

「おまえのことはすべて話してある。大家はそれでもかまわんというた。とはいえ、おまえは北九州の住民登録が抹消されておるから、新しく作らにゃならん。住民票がないと保険証も交付し

てもらえんからの。ほかにもなんやかんや手続きがあるぞ。それがすむまで、ここで寝泊まりするがよい」

鳶伊は畳に両手をついて頭をさげ、ほんなごつ、といった。

「なにからなにまで申しわけなかです。些少《さしょう》ですが、これをお納めください」

作業報奨金が入った封筒を畳に押しだした。作業報奨金とは刑務作業をおこなった受刑者に、出所後の生活資金の扶助として支払われる報酬である。金額は作業の内容と熟練度によって、十等工から一等工まで十段階にわかれている。愚童は封筒を手にすると、なかを覗《のぞ》いて、

「こんなもんいらんわ。しかし、ほんとに些少じゃの」

「わしはずっと独居で、作業は袋貼りでしたので――」

「それでもすくない。独居に移るまえはサムライ工場じゃったと聞いておる」

サムライ工場とは、その筋の受刑者が配属される工場で金属工場が多い。

「昔もろうた金は寄付しました」

「どこに」

「わしが生まれ育ったところに――」

「寄付なんかする立場か。ひとのことより自分の心配をせい。もと極道で六十五歳の前科者を雇うてくれるところは、そうそうないじゃろう。ひとまず生活保護を受けんとな」

「生活保護は受けとうないです。わしがしでかしたことで懲役いったんやけ、国の世話になるわけには――」

「おまえは三十年服役して罪を償った。受給する権利はある」

「このまま、ここに置いてもらえんですか。どげなことでもしますけん」

「この寺のことは身どもひとりでじゅうぶんじゃ。おまえを喰わす余裕はない」

愚童は鳶伊のまえに封筒を押しもどすと、

「それじゃ出所祝いに一杯やるか」

盃《さかずき》をあおる手つきをした。

3

壮真は新宿駅からJR山手線《やまのて》に乗り、日暮里駅でおりた。南改札口をでると、コンビニでカップ麺とおにぎりを買ってシェアハウスのコーポ村雨《むらさめ》にむかった。コーポ村雨は築三十八年で木造の平屋である。間取りは4LDK、定員は四名。洋室が三部屋と和室ひと部屋が住人の個室で、ほかは共有スペースだ。

コーポ村雨は各個室に鍵つきのドアがある以外、ほとんど改装していない。外観も室内も古びた民家で、雑草が茂る庭からは低い塀越しに谷中《やなか》霊園が見える。谷中霊園は青山、雑司ケ谷《ぞうしがや》とならぶ東京三大霊園のひとつで、三万坪を超える敷地に約七千基の墓がある。すぐそばが墓地だけに夜は暗く静かで心細い。夜中でもときどき線香の匂いがするのは気味が悪いし、風が強いときは卒塔婆《そとば》がぶつかりあってカタカタ音をたてる。

もっとも昼間の谷中霊園はのんびりした雰囲気で、散歩コースとして人気がある。近くの路地では、ときどき猫を見かける。ほとんどは成猫だが、きょうは珍しく仔猫《こねこ》がいた。白黒のハチワレで民家の軒下にちょこんと坐《すわ》って首をかしげていた。

「おいでおいで」

腰をかがめて手招きすると、仔猫は近づいてきそうなそぶりを見せた。しかし自転車が通りかかったと同時に、民家の塀の隙間へ逃げ去った。小学校三年のとき、いまのと似たようなハチワレの仔猫を拾ったことがある。うちでは飼えなかったので、空き地に段ボール箱で小屋を作って餌とミルクをやった。学校の行き帰りに世話をするのが楽しみだったが、ある日の夕方、仔猫はいなくなっていた。壮真は泣きながら町内を捜しまわったが、とうとう見つからなかった。

コーポ村雨に着くと、大家の村雨文子《ふみこ》が箒《ほうき》とチリトリを手にして道路を掃いていた。歳は七十六で、おなじ敷地の一戸建てに認知症の夫と住んでいる。以前コーポ村雨は村雨の息子夫婦が住んでいた。つまり二世帯住宅だったが、十年ほどまえに息子夫婦が神戸《こうべ》へ引っ越したのでシェアハウスにしたらしい。

コーポ村雨には管理会社がないから、村雨が入居者の世話を焼く。いつも愛想がいいけれど、捕まると話が長い。こっちを見ていないので、こっそり通りすぎようとしたら、ちょっとちょっと、と呼び止められた。村雨は花柄のエプロンのポケットからスマホをだして、

「ちにてんてんって、どうやるの」

「は?」

「ちにてんてん。孫娘にライン送りたいのよ」

村雨は指で宙をなぞって「ぢ」と書いた。痔《じ》の具合が悪いと孫娘にラインしたいとわかるまでに、しばらくかかった。スマホを買ったばかりで操作がわからないという。「じ」を変換すれば「痔」になると教えたら、村雨はさっそく「痔が着れて遺体」と誤変換した。

壮真は玄関のドアを開けて靴を脱ぎ、自分の部屋に入った。部屋は四畳半の洋間で、玄関を入ってすぐ右にある。テレビ、冷蔵庫、電子レンジ、洗濯機といった家電品は共有だから、家具はローテーブルとベッドとハンガーラックしかない。

沼尻勇作は廊下をはさんだむかいの部屋に住んでいて、いまもピッキングのバイトを続けている。沼尻は以前、大学生の住人がいるといったが、壮真が引っ越してくると大学生はおらず、かわりにはたちの女が入居していた。ちょっと変わった子だよ、と沼尻はいった。

「つい最近越してきたんだけど、ぜんぜんしゃべらない」

引っ越しのあいさつで部屋を訪ねたら、はたちにしては顔つきが幼く、高校生でも通りそうだった。ツインテールの黒髪も高校生っぽいが、眼はぱっちりしてスタイルは均整がとれている。彼女とひとつ屋根の下で暮らすと思ったら気持が昂《たかぶ》る。壮真は自分ではさわやかだと思っている笑顔を作ってあいさつした。

「はじめまして、久我壮真っていいます。よろしくお願いします」

「どうも。忍川澪央《しのぶかわれお》です」

「え？　芸能人みたいな名前ですね」

「そうですか。でも本名です」

じゃあ、と澪央はいうなりドアを閉めた。彼女はそれ以降も愛想が悪く、ほとんど会話しよう

としない。廊下で顔をあわせたとき、仕事はなにか訊いたら、

「フリーターですけど」

ぶっきらぼうに答えた。

「おれもです」

「そうなんですね」

会話はそれで終わった。沼尻とはときどきリビングでテレビを観たり食事をしたりするが、澪央は自分の部屋にこもったままだ。部屋からは、いつもパソコンのキーボードを叩《たた》く音がする。はたちの女の子が墓地の近くの古びたシェアハウスに住むのは、なにか事情がありそうだ。

澪央がいるからトイレや浴室の使用には気を遣う。なぜかタイミングが何度もかぶり、トイレのまえでばったり会うからバツが悪い。彼女が使ったあとのトイレにすぐ入るのも、変に思われそうなので時間をおいて入る。そのへんは不便だけれどシェアハウスのルールはゆるく、住み心地は悪くない。玄関の壁に、以前の住人が書いたらしい貼り紙がある。


深夜は静かにする。

共有スペースに私物を放置しない。

外出時は照明やエアコンなどをつけっぱなしにしない。

食器類は食べたあとすぐ洗う。

靴は靴箱に入れる。

冷蔵庫の私物には名前を書く。

入浴後は換気と清掃。

共有スペースの清掃とゴミ出しは当番を守る。

冷蔵庫の私物に名前を書くのと当番が面倒なくらいで、あとは負担に感じるほどではない。が、残りのひと部屋に誰かが入居したら、生活空間がせまくなるぶんストレスを感じそうだった。

沼尻とリビングでしゃべったとき、壮真はそのことに触れて、

「このまま空いてればいいですね」

「大丈夫だろ。残りのひと部屋は、せまい和室だから。もとは仏間だって村雨さんがいってたよ」

「沼尻さんは、誰からここを紹介されたんですか」

「まえの会社でお世話になったひとが村雨さんの遠い親戚でね。住むところに困ってるなら紹介する、っていわれたんだ。ぼくが引っ越してきたときは誰も住んでなかった」

「建物が古くて墓地が近いから、みんな厭《いや》がるんでしょうか」

「それもあるだろうけど、ネットで入居者を募集してないせいだよ。村雨さんはああ見えて好き嫌いが烈しいから、嫌いなひとは入居を断るみたい」

壮真はケトルで沸かした湯をカップ麺に注いだ。三分後、フローリングの床に置いたクッションにあぐらをかき、スマホを見ながらカップ麺とおにぎりを食べた。しばらく掃除洗濯をサボったせいで、衣類やゴミが床に散らばっている。シーツがよれたベッドの横にノートパソコンやバッグやティッシュの箱やゴミがあふれたゴミ箱がある。このままでは汚部屋《おべや》だと思うものの、次のバイトが決まらないと片づける気になれない。

コーポ村雨は住みやすいものの、昭和の民家だけに設備が古く老朽化が目立つ。以前住んでいた吉祥寺のワンルームマンションは築六年で快適だった。結衣が遊びにくる日にはりきって掃除をしたのを切なく思いだす。

ここに住みはじめてからは引っ越しのバイトをやった。春先の繁忙期とあって時給は高く、日払いなのもよかった。けれども慣れない力仕事で疲れはてるうえに、新人のバイトは人間あつかいされない。ちょっとでものんびりしようものなら、

「ぼけっとすんな、こらッ」

「ちんたら歩いてねえで走れッ」

社員やバイトのリーダーから罵声が飛んでくる。エレベーターのない団地の四階まで巨大な冷蔵庫をふたりで運ばされたとき、仕事が遅いと怒鳴られて働く意欲を失った。それ以来、無職の日々が続いている。

「ピッキングにもどっておいでよ。ひとりで昼飯喰うのがさびしいんだ」

沼尻はそういうけれど、あのバイトはもうやりたくない。

カップ麺とおにぎりをたいらげると腹がふくれたせいでまぶたが重くなった。ベッドに寝転がってうとうとしていたら、相良透也から電話があった。

「おまえ、ゆうべはべろべろだったけど、大丈夫か」

「大丈夫じゃねえよ。起きたら朝だから、めっちゃびびった」

「どこで寝てたんだ」

「歌舞伎町の広場。金もだいぶ遣ってたけど、おまえいつ帰った」

「三時すぎ。おれは帰ろうっていったのに、おまえはまだ呑むってどっかいったぞ」

「マジか。ぜんぜん記憶がねえ」

「ぎゃははは。やべえな、そりゃ」

「超やべえよ。早くバイトしなきゃ来月から家賃が払えねえ。おまえんちに居候すっかな」

「無理。ばれたらおれが追いだされる」

透也が住んでいるのは高円寺《こうえんじ》の六畳ひと間のアパートで、居候できてもしたくない。

「冗談だよ。なんか手っとり早く稼ぐ方法ないか」

「あるにはあるけど――おまえにやれっかな」

「どんなバイト？」

「それはまだいえねえけど、おれが世話になってるひとに会ってみるか。矢淵凌《やぶちりょう》さんっていって、まだ二十九歳なのにタワマン住んでフェラーリ乗ってる超金持」

「なんでそんなに金持ってる？」

「バーとか事業とか、いろいろやってる」

どんな事業か訊いても、はっきりいわない。うさんくさいと思ったが、金がほしいのはやまやまだし会うだけなら問題ないだろう。会うと答えたら、

「じゃ矢淵さんに伝えとくわ。また連絡する」

4

無職になってから時間が経つのが早い。

壮真は眠たいときに眠り、起きたいときに起きる。それを繰りかえしているだけで、どんどん日にちがすぎていく。求人サイトは毎日チェックしているが、募集している職種はかわり映えしない。営業、介護、警備、コンビニ、工場、清掃、倉庫、調理補助、土木、運送、ホールスタッフ。贅沢《ぜいたく》をいえる立場ではないのはわかっている。しかし、いっこうにやる気がでない。

急いで働かなくても、矢淵凌という男から稼げるバイトを紹介してもらえるかもしれない。そんな期待もあった。透也によれば、矢淵は多忙だからまだ時間がとれないという。

無職はひまだけれど、スマホとノートパソコンさえあれば時間を潰す方法はいくらでもある。ゲームはＲＰＧにシューティングにパズルをやり、ユーチューブはエンタメやゲーム実況を観て、ＳＮＳではバズったり炎上したりした投稿をチェックする。そしてアダルト動画。ひきこもりに近い日々をすごしていると、社会から取り残されていくような焦りが湧く。

「おれってやばくないですかね。最近やる気がぜんぜんないんですけど」

ある夜、リビングでテレビを観ていた沼尻にそういうと、

「きみはまだまだ大丈夫さ。若さっていうのは可能性だから」

「おれに可能性あるかなあ。特に才能はないし性格はだらしないし――」

「そんなことといったら、ぼくなんかどうするの。きみと親子くらい歳がちがうのにバイトだよ。将来のことを考えたら絶望しかない」

沼尻が表情を曇らせたので、そのうちいいことありますよ、と無責任な気休めをいった。自分がおなじ年齢だったら、やはり将来に絶望するだろう。

五月も残りわずかになると焦りは一段と増した。今月の家賃と共益費は払えるが、来月からは食費にも困る。といって日払いのバイトはしたくないと思っていたら、透也から電話があった。

「よかったな。矢淵さんがあしたの夜なら会えるって」

「どこへいけばいい」

「歌舞伎町。矢淵さんはマナーにうるさいから、ちゃんとした服着てこいよ」


翌日の夜、壮真は就活用に量販店で買ったスーツを着てコーポ村雨をでた。日暮里駅にむかって歩いていると、道路沿いにある谷中霊園に忍川澪央がいた。Tシャツにスキニーパンツの澪央は街灯の下でしゃがんでいる。何週間かまえの夜も、谷中霊園を歩いている彼女を見かけた。いつも無愛想だから声をかける気はしないが、墓地でなにをしているのか。

日暮里駅から電車に乗り、二十分ちょっとで新宿駅に着いた。新宿駅東口をでて歌舞伎町のドン・キホーテのまえで透也と合流し、キャバクラやホストクラブといった風俗店が多いさくら通りへいった。透也に連れていかれたのはテナントビルの地下にあるバーで、店名はガット《GAT》だった。薄暗い店内は紫色のシャンデリアがきらめき、カウンターも床も黒い大理石で見るからに高級そうな雰囲気だった。

矢淵凌はボックス席の革張りのソファで白ワインを呑んでいた。矢淵はグレーに染めたフェードカットで、日焼けサロンで焼いたらしく肌は小麦色だった。スーツは眼の覚めるようなブルー。淡いピンクのドレスシャツの袖口から覗く時計にはダイヤがちりばめられている。透也もきょうはスーツだが、着こなしが板についていない。

矢淵が真っ白な歯を見せて、むかいの席を手で示した。

「よくきたね。まあ坐って」

壮真は気おくれしつつソファに腰をおろし、隣に透也が坐った。ファッションモデルのような美形の男性従業員が白ワインを注ぎにきた。ワイングラスの持ちかたがわからず緊張する。黒い大理石のテーブルには、キャビアや生ハムやチーズといったオードブルがならんでいる。つまみなよ。矢淵に勧められたが、手をつける気になれない。矢淵は慣れた手つきでキャビアをバゲットに載せて口に運び、透也から聞いたけど、といった。

「コロナのせいで苦労したそうだね」

「ええまあ――」

「きみは大学を辞めてから、どんなバイトしたの。くわしく教えて」

壮真がそれを話すと矢淵は熱心に相槌《あいづち》を打った。透也はワインをがぶがぶ呑み、オードブルをぱくついている。矢淵はテーブルに肘をつき、両手の指先を尖塔《せんとう》のようにあわせて、

「大変だったね。でも早くから社会経験を積めたのは貴重だよ。今後の財産になる」

「だといいんですけど、高卒だと正社員になるのはむずかしくて――」

「それはきみのせいじゃない。国や社会が悪いんだ」

「国や社会?」

「不寛容社会っていわれるように、いまの社会は一度の失敗を許さない。差別はいけないといいながら、どこの企業も学歴偏重だろ。書類選考の段階から学歴フィルターでふるいにかける。GMARCH未満だと大企業に入れないのが実情さ。ってことは、いい大学に入れなかったイコール失敗とみなしてるんだ。こんなのおかしいと思わない?」

「おかしい気もしますけど——」

「けど、なに?」

「いい大学に入れなかったのは、自分の勉強が足りなかったせいもあるかと——」

「学歴は自己責任っていいたいの? 壮真くんはマジおひとよしだね。学歴は努力の履歴書なんていう奴もいるけど、チャンスは平等じゃない。勉強ができるできないは持って生まれた資質に左右されるし、育った環境も大きく影響する。つまり親ガチャだよ」

「学歴は親ガチャ、ですか」

「そう。学歴だけじゃなく、見た目の良《よ》し悪《あ》しや貧富の差も親ガチャ。資産家一族に生まれるのと生活保護世帯に生まれるのとじゃ、スタートラインに雲泥の差があるよね。それなのに貧困まで自己責任にされちゃう。いまの日本は格差社会を突き抜けた階級社会なんだ」

「階級社会というと——」

「ヒエラルキーの頂点にいるのは資産五億円以上の超富裕層。二番目は資産一億円以上で五億円未満の富裕層、三番目は資産五千万円以上で一億円未満の準富裕層、四番目は資産三千万円以上で五千万円未満のアッパーマス層、五番目が資産三千万円未満のマス層」

「資産三千万円以上なんて、アッパーマス層になるだけでも大変ですね」

「うん。だから国民の約八割がマス層なんだ。昔の日本は経済格差がちいさく『一億総中流』って呼ばれた。でも、いまのマス層で中流意識を持てるのは、ごくわずかしかいないだろう。二千百万人を超える非正規雇用者の平均年収は約二百万円。これ以下の階層をアンダークラスって呼ぶ。いったんここに転落したら、這《は》いあがるのは困難だ。派遣やネカフェでバイトした壮真くんなら、よくわかるだろ」

「はい。ああいうバイトを何年やっても収入は増えないし、スキルも身につきません」

「壮真くんがこれから就活をいくらがんばっても、中小企業にしか入れない。もし五十代まで勤められたって、せいぜい年収四、五百万っしょ。マス層から上にいくことはありえない」

「だと思います」

「こんな格差が生まれたのは国や社会のせいなのに、壮真くんはそれでいいの。せっかくの若い時期を低賃金の長時間労働で棒に振るんだよ。二十代のうちに、せめてアッパーマス層になりたくない？」

「なりたいですけど、いったいどうすれば――」

「稼げる仕事はいくらでもある。リスクによって報酬はちがってくるけど」

「リスクって、どんなリスクがあるんですか」

「ぶっちゃけ法に触れるってこと」

矢淵は軽い口調でいった。壮真はごくりと唾を呑んで、

「それって闇バイトみたいな――」

「そうそう。で、まえもっていっとくけど、ぼくがやってるわけじゃない。そういう案件を紹介できるかもって話」

「でも闇バイトはちょっと――」

「やばいと思うよね。素人がやってるところは、たしかにやばい。でも、ぼくが紹介できるかもっていったのはプロ中のプロだから、ちょっとやそっとじゃ警察には捕まらない。重罪にならない案件なら、もし捕まっても執行猶予つくから余裕だよ」

「それでも前科はつきますよね」

「前科なんて、黙っときゃ誰にもわからない。ネットに実名がでたら就活に影響するけど、どうせ大企業には入れないだろ。そもそも捕まらなきゃ犯罪ですらない。壮真くんみたいな状況で、どかんと稼ぐにはリスクを怖がっちゃだめだ。稼ぐだけ稼いだら、それを元手に事業をはじめてもいいし早期リタイアしてもいい。大金を持ったら世界が変わるよ」

即答できる話ではないから答えに悩んでいると、それまで黙っていた透也が口をはさんだ。

「矢淵さんのいうとおりじゃん。大金稼いで世界を変えようぜ」

「焦らせるなよ。じっくり考えたいんだ」

「考えてる余裕ねえだろ。来月から家賃も払えねえくせに」

「よけいなこというなって」

「おまえのためにいってるんだ。こんなチャンスを逃して、また底辺バイトやんのか」

「だから焦らせるなってば――」

まあ急がなくていいさ。矢淵は苦笑してワイングラスを手にすると、

「迷ってるなら、ひとまずリスクのないバイトやってみる？」

「はい。それならぜひ」

「だったら、くわしいことは彼に訊いて」

矢淵は美形の従業員を呼んでから、ワインを呑み干して席を立った。

「ぼくは用があるから失礼するよ。それじゃまた」

5

鳶伊仁はジャージ姿で首にタオルを巻き、痴行寺の墓地にしゃがんでいた。軍手をはめた手で雑草をむしり、ビニール袋に入れる。曇り空の午後である。

首が疲れて顔をあげたら苔《こけ》むした墓石の上に仔猫が坐っていた。白黒のハチワレで、しげしげとこっちを見ている。首輪がないから野良だろう。

「あんた、どっからきたと？」

そう尋ねたが、むろん仔猫は答えない。すこしして墓石のそばに鴉《からす》が舞いおり、仔猫はどこかへ走り去った。長いあいだ塀のなかですごしただけに、猫にかぎらず生きものはなんでも珍しい。三畳ほどの単独室では、迷いこんできた小蠅《こばえ》を半日眺めても飽きなかった。

痴行寺で寝泊まりして二十日あまりがすぎた。

鳶伊は寺の掃除や雑用をこなすかたわら、鈍昧愚童に付き添われて住居の下見にいったり住民票再取得の手続きをしたりした。いまの街の様子は釈放前指導のビデオで観たが、両手を振り膝をあげて刑務官のまえを歩くのが日常だったから、愚童のあとについて雑踏を歩くと頭がくらくらする。

ひとびとの外見や街並はそれほど変わっていないようでいて、やはり昔とはちがう。街の至るところにあった電話ボックスや公衆電話やタバコの自販機はなく、路上でタバコを吸う者も見かけない。鳶伊が知る駅の改札は、駅員が紙の切符を切っていたが、いまは無人の自動改札機である。三十年まえ、電車の乗客は週刊誌やマンガや文庫本を読んでいた。いまの乗客は、みな薄っぺらい板切れをじっと見つめている。それがスマホだというのは知っていても不気味だった。

「まずひとりで外出して、買物ができるようにならんとな」

愚童に命じられて、ひとりでコンビニにいった。弁当と茶を持ってレジにいくと、

「お弁当は温めますか。レジ袋はご利用ですか。お箸はいくつおつけしますか」

はたちくらいの女性従業員から矢継ぎ早に訊かれて、顔がかっかと火照《ほて》った。女とは三十年もしゃべってないだけに声がうわずり、小銭をだすのにもたついた。昔レジ袋は無料でついてきたが、いまは有料らしい。ほかの客たちは電子決済とやらで、すいすい勘定をすませていく。

痴行寺は谷中霊園に近く、あたりは閑静な住宅街だから外出してもさほど違和感はない。が、夜道を歩くのは落ちつかない。刑務所では深夜も蛍光灯がついていたせいで、寝室としてあてがわれた庫裡の一室でも、寝るとき照明を消すのがためらわれる。鎧通しをかまえて闇のなかを突

き進んだのが、おなじ自分とは思えない。

「わしは浦島太郎じゃ」

鳶伊はそう思ったものの、後悔はなかった。ただ、おやじ――帯刀信吉《たてわきしんきち》の墓参りができないのが心残りだった。鳶伊が帯刀組組長、帯刀信吉に拾われたのは十五歳のときだった。帯刀組は北九州最大の暴力団、玄政会《げんせいかい》の三次団体である。鳶伊は部屋住みとして組事務所で寝起きしながら、掃除洗濯炊事から電話番や下足番まであらゆる雑用をこなした。

電話の相手はほとんど名乗らず「おれや」とか「わしじゃ」としかいわないから、声だけで誰かを判断する。警察の捜査を警戒して電話帳はなく、電話番号はすべて丸暗記する。組事務所は来客が多く、会合のときは玄関が靴でいっぱいになるが、それを磨いて下駄箱にしまい、帰りにはきちんとそろえて三和土《たたき》に置く。他人の靴をだしたらおしまいだから、どれが誰の靴なのかおぼえるしかない。

「トビ」

帯刀の野太い声がすると、瞬時に用件を察して行動に移す。用件を聞いてから動くようでは部屋住みは務まらない。帯刀や組員たちがたまに小遣いをくれる以外に収入はない。休日は皆無で、外出するのは用事を頼まれたときだけだ。

「おいトビ、堅気と極道のちがいはなんかわかるか」

あるとき帯刀にそう訊かれた。鳶伊が答えに詰まっていると、

「ひとのために平気で死ねるんが、本物の極道じゃ。ようおぼえちょけ」

十八歳で帯刀の護衛《タマヨケ》に抜擢されてからは、絶え間ない緊張感から円形脱毛症になり、それを目

立たなくするため坊主頭にした。護衛のときは帯刀から眼を離せず、用を足せないので水分を極力ひかえ、食事も最低限しかとらなかった。

はたちのとき、帯刀を襲撃した対立組織の組員二名を殺害、懲役七年の実刑判決を受けて服役した。二名の殺害にしては刑が軽いが、先に危害を加えようとしたのは相手方であり、当時は暴力団どうしの事件は刑期が短い傾向にあった。鳶伊は満期で出所して二十九歳で若頭となり、自分の組を持った。帯刀組は薬物と売春は御法度で、おもな収入源《シノギ》は賭博である。

一九九二年、関東一円に勢力を持つ広域指定暴力団、東国会《とうこくかい》が北九州へ進出を図り、東国会傘下の角塚組を派遣した。玄政会では、東国会および角塚組への対応をめぐって内部で対立した。帯刀信吉は、東国会との融和を強硬に反対した。

「東国会の連中は銭儲《もう》けのことしか考えちょらん。クスリやら女やら平気で売るような組とはつきあえんばい」

幹部会でそう発言した帯刀は角塚組組員に理髪店で銃撃され、護衛とともに死亡した。鳶伊は報復を決意したが、東国会と玄政会の上層部で和解が成立し、敵対行為は禁じられた。

玄政会上層部は、帯刀組の跡目を継ぐよう鳶伊に打診した。しかし鳶伊はそれを拒んで除籍となり、ひそかに上京して帯刀の殺害を指示した角塚組組長、角塚瑛太郎を刺殺、護衛の組員二名を乱闘の末に死亡させた。

鳶伊が服役してまもなく帯刀組は玄政会の二次団体に吸収され、組は消滅した。玄政会はいまも存続しているものの、角塚の殺害により除籍から絶縁処分となった鳶伊は北九州へもどれない。復帰の余地がある破門とちがい、絶縁は組織からの追放を意味する。

鳶伊は瞑目《めいもく》して両手をあわせ、口のなかで般若心経《はんにゃしんぎょう》を唱えた。般若心経は六百巻におよぶ大般若経の教えを二百六十二文字に凝縮したものとされ、鳶伊がそらんじることのできる唯一の経である。意味はわからないが、ことばの響きが心地よかった。

五月の下旬とあって雑草は伸びるのが速い。何日かまえにむしったのに、もう芽が伸びている。土はもちろん、墓のまわりのコンクリートのひび割れからも生えてくる。

「草ぼうぼうでは困るが、雑草も生きておる。あまり根《こん》をつめて抜かんでもよい」

愚童は無闇な殺生はいかんといいながら、夜は決まって晩酌し肉や魚を喰う。教誨師は無報酬だから収入源は檀家のお布施しかない。痴行寺の檀家は高齢化のせいで年々減っているようだが、気にする様子もなく、

「身どもはなまぐさ坊主ゆえ、酒代さえ事欠かねば、なにも問題はない」

なまぐさ坊主を自称するとは変わった僧侶である。愚童は妻帯せず、痴行寺でひとり暮らしている。かつては弟子が何人かいたが、還俗《げんぞく》——一般人にもどったり死んだりしたらしい。

愚童は教誨師としても変わっていた。愚童がくるまえ刑務所にきていた教誨師の僧侶は法話を語り、罪を悔いあらためるようさとした。

「悟りちゅうのは、どげなことですか」

あるときそう尋ねたら、ことばでは説明できないと僧侶はいった。去年その僧侶が病で引退し、かわりに愚童が教誨師となった。教誨室ではじめて会ったとき、おなじ質問をすると、

「仏になることよ」

愚童は即座に答えた。

「仏になるとは――」

「直指人心見性成仏《じきしにんしんけんしょうじょうぶつ》。誰の心にも仏がおる。それを体得するのが悟りじゃ」

「わしのごと、ひとば殺しとってもですか」

「仏に逢《お》うては仏を殺し、祖に逢うては祖を殺し、羅漢《らかん》に逢うては羅漢を殺し、父母に逢うては父母を殺し、親眷《しんけん》に逢うては親眷を殺し、はじめて解脱を得ん、という。これは実際にやれということではなくたとえじゃが、いかな罪人の心にも仏はおる」

愚童はこちらが水をむけないかぎり、教えさとすような話はせず、罪を悔いあらためろともいわない。月に二回ほど、のんきに世間話をして帰っていく。

出所が近づいたころ、愚童が訊いた。

「娑婆にでたらどうする。看守長に聞いたところだと、おまえは面会も手紙もすべて拒否しとるそうじゃが、身を寄せるところはあるのか」

「ありません」

愚童はあきれた表情でかぶりを振り、

「ならば身どもの寺へこい」

雑草をむしりながら回想に耽《ふけ》っていると、本堂から線香の匂いが漂ってきた。おうい。愚童の声がした。鳶伊は腰をあげて本堂にいった。釈迦牟尼仏を祀《まつ》った内陣のまえに、四十がらみの女と愚童が坐っていた。

「こやつが、いま話した鳶伊仁じゃ」

茶髪をうしろでまとめた女は、細面《ほそおもて》の顔を鳶伊にむけて上目遣いに会釈した。化粧気はなく青

い作業着を着ている。愚童は女を手で示して、

「こちらは四条天音《しじょうあまね》さん」

女にはまだ慣れない。ぎごちなく頭をさげたら、まあ坐れ、と愚童がいった。鳶伊は雑草の汁で汚れた軍手をはめたまま正座した。軍手をはずせ、と愚童がいった。

「このひとは、そういうことは気にせん」

はいと答えて軍手をはずした。第一関節から先が欠けた左手の小指と薬指に、四条天音という女はちらりと眼をむけてから鳶伊の顔を見た。畳に視線を落とすと天音がいった。

「ご住職から事情は聞きました。鳶伊さん、うちで働きませんか」

6

土曜の夜、歌舞伎町はいつにもまして喧騒《けんそう》に満ちていた。通行人のざわめき、呼びこみたちの声、酔っぱらいの奇声、飲食店や風俗店から流れる音楽、車やバイクの音、救急車のサイレン、それらが入りまじって街全体が轟々《ごうごう》と鳴っている。

久我壮真はスマホを見るふりをしてゆっくり歩きながら、ちらちらと周囲に眼をむけた。まだ八時すぎだから、ひとりで歩いている若い女はたくさんいるが、声をかける勇気がでない。「こんばんは」「ちょっといいですか」「あの、すみません」第一声はそんなところだろう。しかしそ

のあとがむずかしい。

ようやく思いついたのは「友だちと呑みにいく予定だったんですけど、ドタキャンされちゃって——ひとりで呑むのはさびしいんで、よかったら一軒だけつきあってもらえませんか。お金はぼくが払いますから」という台詞《せりふ》だ。それを自然にしゃべれるように口のなかで何度もつぶやいた。まだなにもしていないのに、客引きに注意を呼びかける新宿警察署のアナウンスに緊張する。

ゆうべガットというバーで矢淵に紹介された従業員は、如月琉星《きさらぎりゅうせい》と名乗った。いかにもホストっぽい名前だから源氏名だろう。如月は三つ年上の二十四歳でガットの店長だった。矢淵が帰ったあと、如月はソファにかけてバイトの説明をした。

「きみにやってもらうのは、女の子ナンパしてこの店に連れてくること」

「え？　ナンパですか」

「女の子は、なるべくひとりがいい。見た目がCランク——ふつうの子なら二万円、Bランクのイケてる子なら三万円払う。Bから上ならもっと払うけど、きみじゃむずかしいかな。ランクはこっちで判断する」

「女の子を連れてきたあとは——」

「きみもいっしょに呑むんだよ。呑み代は無料だし」

「女の子も無料ですか」

「うん。きみがナンパして、ぼくのおごりで呑みにいこうって誘うんだから。ここは知りあいの店だっていえばいい」

「それで、どうやって利益をだすんですか」

「初回は無料だけど、おれや仲間がその子を口説いて常連客にする。あとはツケで呑ませて風俗に沈めれば、女の子の売上げの十パーセントから二十パーセントがSBで入ってくる。SBっていうのはスカウトバック。女の子の紹介料ね」

スカウトバックはキャバクラだと一度しかもらえないが、風俗の場合は永久バック制とも呼ばれ、女の子がその店で働いているかぎり支払われるという。壮真は眼をしばたたいて、

「それって犯罪なんじゃ――」

「職業安定法違反。でも初犯なら、たぶん執行猶予がつくっしょ。昔は大っぴらに路上でナンパしてたけど、マンガや映画の影響で風俗のスカウトマンが増えたんだ。それでスカウト会社どうしのシマトラブルとかヤクザのスカウト狩りとか起きちゃって――最近は警察もうるさいからネットスカウトが主流だね」

「ネットスカウト？」

「SNSのアカウントを何十個も作って、金を稼ぎたそうな女の子をナンパするのさ。はじめはその子の投稿に『いいね！』つけたり、DM送ったりして友だちになる。それから距離を詰めてって、風俗の仕事を紹介するって流れ」

「あの、変なこと訊きますけど――」

「どうぞ」

「罪悪感とかないですか」

「ないない。すぐそこの大久保《おおくぼ》公園いってみなよ。ホスクラ狂いの女たちが立ちんぼやってるから。あいつらは放っといても推しのホスト目当てにウリやるんだよ。立ちんぼはマージンとられ

ないけど、やばい客にあたったり性病もらったりするから、ちゃんとした店で働いたほうがいい。それに手を貸しただけで、なにが悪いの。女がウリで稼げるのは若いうちだけなんだ。しょぼい彼氏と貧乏暮らしして二十代むだにするより、夢を見られるほうがましじゃん」

如月がいうことにも一理ある気がして曖昧にうなずいた。

「じゃ、あしたからでもやってもらおっか。連絡先教えて」

不安を感じつつスマホの番号を教えあった。如月はナンパに成功したら、女の子をここへ連れてくるまえに電話するようにいって、

「スカウトのほうが段ちがいに稼げるけど、きみはリスクが怖いんでしょ」

「――はい」

「だったら、さっきの条件のままね。きみみたいに素人丸出しだと女の子も警戒しないから、うまくいくと思うよ。その場では断られても、連絡先を聞ければ次へつながる。どこで声かけてもいいけど、スカウトマンやヤクザに眼をつけられないよう気をつけて。誰かに文句いわれたら、ふつうにナンパしてただけだって押し通さなきゃだめだよ」

「わかりました。ところでナンパのコツってありますか」

「狙い目としては、ぴえん系の病んでそうな子、無理してブランドものを身につけてる子、肌の露出が多い子、田舎からきたみたいな子。そんなところかな。ナンパはガン無視されるのがあたりまえだから、とにかく数をこなさなきゃ」

「数ですか」

「うちの店名の意味わかる？　ガットってギャングのスラングでガトリング銃のこと。要するに

女を撃ちまくるってことさ」

如月は片眼をつぶって微笑した。色白でなよなよした優男《やさおとこ》なのに、いうことはえげつない。店をでたあと透也は興奮して、すげえすげえ、と繰りかえした。

「矢淵さんは超すげえけど、如月さんもすげえよな。オーラがちがう」

「ああいうひとたちと、どこで知りあったんだ」

「どこだっていいだろ。つーかバイト紹介したんだから、ちょっとは感謝しろよ」

「うん。ありがとう」

「おまえもリスクにびびってねえで、がつんと稼げよ。矢淵さんがいったとおり、国や社会がまちがってるから、おれたちが金で苦労するんだ。おたがいセレブになって、みんなを見かえしてやろうぜ」

「それで――おまえはなにやって稼いでるんだ」

「教えらんねえ。びびりのおまえを巻きこみたくねえから」

そのとき透也のスマホが鳴った。透也は声をひそめて誰かと話すと、

「悪い。仕事が入った」

急ぎ足で去っていった。矢淵のような怪しい男に関わって、いったいなにをしているのか。大学生だったころの自分なら心配しただろうが、いまはそんな余裕がなかった。

壮真は誰にも声をかけられぬまま歌舞伎町を歩き続けた。いつのまにか人通りが減って、あたりが暗くなった。道路脇のあちこちに若い女がひとりで佇《たたず》んでいる。金髪にミニスカートの子、ツインテールでフリルだらけのワンピースの子、黒髪でタイトスカートのＯＬ風の子。誰もがス

マホを手にして画面に眼をむけている。

　これはチャンスだと思ったとき、ここが大久保公園のそばなのに気づいた。あちこちに佇んでいるのは、ゆうべ如月がいった立ちんぼである。足を止めて様子をうかがうと、通りかかった中年男がＯＬ風の女に話しかけ、ひそひそしゃべっている。こっそり近づいて耳を澄ませたら、

「一はどう？」

「それは無理。二から」

「高いね」

「じゃホテル代込みで」

「オッケー」

　ふたりが去っていくのを見て愕然とした。あんなふつうの子が立ちんぼをしているのが信じられない。いまの社会はやっぱりおかしいと思いつつ、たかがナンパでびくびくしている自分が情けなくなった。どうせダメもとなんだから、片っぱしから声をかけよう。

　壮真は自分にそういい聞かせて、いまきた道をひきかえした。まもなく女がむこうから歩いてきた。歳ははたちくらいで、おとなしそうな雰囲気だ。ありったけの勇気をふるって、こんばんは、と笑顔でいったが無視された。落胆すると同時に弾みがついて、次から次へと声をかけたが、みな知らん顔で通りすぎる。意地になってなおもナンパを続けていると、冷ややかに一瞥《いちべつ》されたり舌打ちされたりして気持が沈んできた。

　疲れたし腹も減ったせいで、通りに漂ってくる焼鳥や焼肉の匂いに生唾が湧く。きょうは昼にカップ焼そばを食べたきり、なにも口にしていない。財布に余裕はないけれど、ナンパに成功す

れば二万円が入るし、すこし呑んだほうがうまくしゃべれそうだ。壮真は都合のいい理由をつけて、安そうな焼鳥屋に入った。

生ビールと酎ハイを呑み焼鳥を食べて店をでると、だいぶ気が大きくなっていた。さっそくナンパしようと思ったが、人通りがすくないほうが声をかけやすいから暗い路地に入った。うまい具合に女がひとり立っていた。歳は二十代前半くらいで顔も服装も地味だから、緊張せずに声をかけられた。

「こんばんは」

女はなぜか、はっとした顔でこっちを見た。無視されないということは脈がある。

「あの、友だちと呑みにいく予定だったんですけど、ドタキャンされちゃって――」

何度も練習した台詞を口にしたら、女はあっさりうなずいて、

「ちょっと待ってね。友だちに電話するから」

女はショルダーバッグからスマホをだすと、すこし離れた場所で電話をかけた。やけに話が長いと思っていたら、近くのテナントビルから黒いスーツの男がでてきた。歳は三十くらいで眼つきが悪い。男はスマホを耳にあて、あたりを見まわしている。女がこっちを指さして叫んだ。

「そいつよ」

男は大股で近づいてくるなり、声を荒らげた。

「なにやってんだ、てめえッ。調子くれてんじゃねえぞ」

ナンパしていただけだといおうとしたが、どうも様子がちがう。男は眉間に皺を寄せて、

「このあいだの金払えよ」

「えッ」

「うちの呑み代だよ」

「ど、どういうことですか」

「てめえは、うちの店に呑みにきただろうが。おぼえてねえのかよ」

「なんていう店ですか」

「そこの三階のバーだよ」

男はテナントビルの壁面にならんだ看板のひとつを指さした。店名は英語の筆記体で書かれており、眼を凝らしても読めない。壮真はかぶりを振って、

「ぜんぜんおぼえてません」

「三万だけ払ってバックレやがって。残り十七万、いますぐ払え」

ふとゴールデンウィークの夜を思いだした。透也のおごりでガールズバーとキャバクラをはしごした。そのあとどこへいったのか記憶にないが、朝になってシネシティ広場で眼を覚ましたら財布にあったはずの三万円がなくなっていた。ということは、こいつらの店にいったのかもしれない。あらためて女の顔を見たら、おぼろげに既視感がある。

おいッ、と男が怒鳴った。

「てめえがおぼえてなくても、金は払ってもらうぞ」

「そんな――もしおたくの店で呑んだとしても、ぼったくりじゃないですか」

「ぼったくりじゃねえよ。てめえがうちの子に呑ませたんだ」

そうよ、と女がいった。

「あんたがテキーラ一気させたんじゃん」

「ほら見ろ。いまからコンビニのATMいくぞ」

男は壮真の腕をつかんだ。そのとき、通りのむこうから制服の警官がふたり歩いてきた。男の顔に動揺の色が浮かんだ。壮真は男の手を振りほどくと、身をひるがえして走った。


翌日、眼を覚ましたのは昼すぎだった。

ゆうべは歌舞伎町で得体のしれない男から逃げたあと、電車に飛び乗って日暮里に帰った。軀《からだ》は疲れきっていたが、むだ足を踏んだ悔しさで遅くまで眠れなかった。きょうは日曜でガットは休みだが、あしたからナンパをがんばるかというと、すでに気力が萎えている。

また歌舞伎町をうろついたら、ぼったくりバーの男に見つかるかもしれない。といって、べつの街でナンパして歌舞伎町まで連れていくのも手間がかかる。そもそもきれいな子をナンパできたら、自分の彼女にしたほうがましだ。けれども無職で金がなくてシェアハウス暮らしの男とつきあう女がいるだろうか。

「あー、だりぃ」

いろいろ考えるのが面倒になると、ついそうつぶやいてしまう。だりぃ、だりぃ。すべてがだりぃ。壮真はベッドから軀を起こし、枕元に転がっていたペットボトルのぬるい緑茶を飲んだ。スマホを見たら透也からラインがきていて「初日はどうよ?」とある。透也に電話して、ゆうべのことを話すと大笑いされた。

「そりゃおまえ、キャッチの女にひっかかって、そのバーで盛られたんだよ」

「盛られた？」

「クスリに決まってんだろ。睡眠薬まぜた酒で客を眠らせてから現金やカード抜きとって、どっかに放りだす。でもおまえは三万しか持ってないしカードもねえから、店の奴が起こしたんだよ。もっとぼったくろうと思って」

「もっとぼったくるって――」

「そのバーの男は、残り十七万払えっていったんだろ。おまえが眼を覚ましたら、親とかダチとかに借金させるつもりだったんじゃね？」

シネシティ広場で朝まで眠りこんでしまったのはクスリのせいだろう。どうりで記憶がないわけだ。ぜんぜんおぼえてないけど、と壮真はいった。

「おれは眼が覚めたあと逃げたんだろうな。ぼったくりバーの男は、おれがバックレたっていってたから」

「逃げられてラッキーじゃん。三万ですんだんだから」

「ラッキーじゃねえよ。ゆうべ通りかかった警官に相談すればよかった」

「無理無理。警察は民事不介入でなにもしねえよ」

「でも、バーの男は警官見てひいてたぞ」

「おまえがチクったら深夜営業がばれるからだろ。深夜営業は風営法違反だし。だいたいそこは、なんていうバーだ？」

「さあ――看板見たけど英語で読めなかった」

「だろうな。ぼったくりバーの店名は、読みにくい筆記体が多いんだ。ぼったくられた客があとで警察に相談しても、店名がいえないようにな」

「しらふでも読めねえのに酔っぱらってたら、ぜったいおぼえられねえよ。おれなんかキャッチの女の顔も忘れてた」

「最近はキャッチよりマチアプのぼったくりが増えてるぞ」

透也によれば、マチアプ――マッチングアプリで知りあった男が待ちあわせ場所にくると、ぼったくりバーと契約した女がその店へ連れていくという。

「いってみたい店があるの、って女に誘われたら断れねえだろ。そういう店は看板に呑み放題四千円とか書いてて男は安心するけど、ゲームで一気やったりして呑み放題じゃない酒を呑ませる。それか、おまえがやられたみたいにクスリ盛りゃあいい」

「えぐいな。おれなんか一発でひっかかるわ。つーか、なんでそんなにくわしいんだ」

「おまえが情弱なんだよ。で、まだナンパやるんだろ」

「わかんね。あんま自信なくなったし、女だまして稼ぐのはどうかって気もする」

「甘っちょろいな。金がねえくせに、きれいごといってる場合か」

「それはそうなんだけど――」

電話を切ったあと、結局おれは根気がない、と壮真は思った。矢渕は学歴も貧富の差も親ガチャだといったが、やはり自分の努力も足りない。これまでゲームやユーチューブやアダルト動画に費やした時間をべつのことに使っていれば、もうすこしましな生活が送れただろう。いまの記憶を持ったまま小学一年生に転生したら――などとラノベみたいなことを考えて、よけいにむなしくなる。

ふと空腹をおぼえてキッチンにいったが、買い置きがないのを忘れていた。コンビニでなにか買ってくるしかない。財布をとりにいこうと部屋にもどりかけたとき、玄関のドアが開く音がした。誰かと思ったら、白髪まじりの坊主頭で背の高い男が廊下を歩いてきた。歳は六十がらみでスーツを着て、左手に風呂敷包みを抱え、右手にボストンバッグをさげている。男はこっちを見るなり背筋を伸ばし、深々と一礼した。

「こんどこちらに入居したトビイちゅうもんです。よろしくお願いします」

腹に響くような低い声に凄《すご》みがある。顔だちは整っているが額や頬には深い皺が刻まれ、大きな眼は一点を見つめるように据わっている。

「ゆうべ村雨さんとごあいさつにうかごうたんですが、お留守やったんで――」

お口にあうかわからんですけど。男はそういって紫色の風呂敷を解き、菓子折りをさしだした。壮真はどぎまぎしつつ、それを受けとった。のし紙に達筆な筆文字で「御挨拶　鳶伊仁」とある。失礼します。鳶伊という男はまた頭をさげて、いちばん奥の和室に入っていった。

7

六月に入って住宅街の緑が濃くなった。

鳶伊仁は青い作業着姿で、通りにならぶ民家に眼をやりつつ歩いた。人目がないのを見計らうと、両手にさげた紙袋から二種類のチラシをだしてポストに入れる。ひとつは新規にオープンしたエステサロンのチラシ、もうひとつは便利屋「もんじゅ」のチラシである。チラシには「暮らしのお悩み、なんでも解決！　深夜でもお気軽にご相談ください」と書かれている。

鈍味愚童に紹介された四条天音は、荒川《あらかわ》区町屋《まちや》にあるもんじゅの経営者だった。

「従業員とバイトが急に辞めちゃって、いまはわたしひとりしかいないんです。お給料はたいしてだせませんけど、日払いもできます。よかったら手伝ってもらえませんか」

痴行寺の本堂で会ったとき、天音はそういった。便利屋とはどんな仕事か訊いたら、

「不用品の回収とかハウスクリーニングとか家事の手伝いとか——ひとことではいえません。早い話が、なんでも屋です」

「ありがたい話ですけど、わしにできるでしょうか」

「できます。っていうか、できることしか頼みません」

もんじゅで働きだして五日目の午後である。初日からきょうまでにやった仕事は、民家や駐車場の草刈り、家具やロッカーの移動、蛍光灯の交換、エアコンの清掃で、どれも天音といっしょに作業をこなせばよかった。けれども、きょうはひとりだから落ちつかない。刑務所のなかでは四六時ちゅう看守の指示に従ってきただけに、単独行動はとまどうことが多い。

先週引っ越したコーポ村雨というシェアハウスでも、共有スペースを使うとほかの住人に迷惑をかけそうだから、なるべく自分の部屋にいる。刑務所の雑居房では共同生活に慣れていたのに、娑婆だと勝手がちがう。もっとも単独室ですごした十八年は、看守や配食係の服役囚と短い会話を交わす以外、ほとんど誰ともしゃべらなかった。

「ポスティングのコツは一筆書き。おなじルートを通らないよう効率よくまわって」

天音にそういわれたが、住宅街は入り組んでいて道がわかりづらい。鳶伊は公園に入ると地図を広げた。チラシを配る区域はマーカーで囲んである。天音はべつの区域でチラシを配っており、五時にスタート地点の神社で合流する。

鳶伊は公園をでて、近くの大型マンションに入った。チラシをとりだしやすいよう、イボ付きの軍手を両手にはめている。集合ポストにチラシを入れていたら、五十がらみの肥った男が奥からでてきた。ランニングシャツと短パンのあいだから、毛深い腹がはみだしている。

ちょっとあんたッ。男は尖《とが》った声をあげて、

「その貼り紙が読めないの」

集合ポストの上を指さした。そこにはちいさな紙が貼ってあり「チラシ厳禁！　無断配布は広告主に連絡します」と記されていた。鳶伊は頭をさげて、

「すみません。気がつかんやったです」

「すみませんじゃないよ。不法侵入で警察に連絡するぞ」

「ほんなごつ申しわけなかです。許してつかあさい」

「どこの方言だよ、この田舎者が。許してほしかったら土下座してあやまれッ」

一瞬迷ったが、天音に迷惑をかけるわけにはいかない。ひれ伏してコンクリートの床に額をすりつけた。頭上で息を呑む気配がした。男が去っていく足音に軀を起こすと、膝の汚れをはたいて首をごきりと鳴らした。鳶伊はマンションをでてポスティングを続けた。

夕方近くなって、下校中の小学生たちがむこうから歩いてきた。塀のなかでは女を見かけない

のと同様、子どもを眼にする機会はなかったので鼓動が速くなる。ランドセルに制服姿の小学生たちは肩をぶつけあって無邪気にはしゃいでいる。ひとりの女の子の笑顔に、遠い記憶が蘇《よみがえ》った。鳶伊が生まれ育った養護施設（現在の名称は児童養護施設）で仲のよかったサッちゃんという女の子に似ている。鳶伊が小学校三年のとき、ひとつ年下のサッちゃんは里親にもらわれていき、それきり会っていない。

鳶伊は中学生になると、養護施設の高校生グループから執拗ないじめを受けた。職員もそれに気づいていたが、彼らの暴力を恐れてなにもいわない。鳶伊は十五歳のある夜、グループのリーダー格だった少年をハンマーでめった打ちにして上下の前歯を叩き折り、施設を飛びだした。

その後は路上で寝起きしながら、喰いものと金を求めて盛り場をうろついた。あるときパチンコ屋でチンピラの財布を盗んで捕まり、路地裏で袋叩きに遭っているところを、通りかかった帯刀信吉に助けられた。帯刀の子分になったのは、それがきっかけだった。

あれから五十年の歳月が流れたが、当時もいまも自分にはなにもない。ボストンバッグひとつで痴行寺をでるとき、おまえは身軽じゃなあ、と鈍昧愚童は笑った。

「こげん歳になって情けなかです」

鳶伊がそういったら愚童は首を横に振って、

「それでよい。人間は本来無一物《ほんらいむいちもつ》。ひとは生まれるときもひとりなら、死ぬときもひとりじゃ。地位や名誉や財産がどれだけあろうと、あの世へは持っていけん。放下着《ほうげじゃく》というて、いっさいの執着《しゅうじゃく》を捨てるのが悟りへの道よ」

わしはまだ、なにかに執着しとるじゃろうか。鳶伊はチラシを配りながら自問した。帯刀に仕えていたころは、いつ死んでも悔いはないと思っていた。また、いつ死んでもおかしくなかったから、身のまわりのことに執着を持たなかった。いまは年老いたぶん、なにもほしいものはなく気力も欲求も薄れている。しかし悟りに近づいた気はしない。


鳶伊はポスティングを終えると四条天音と神社で合流し、空き地に停めてあった白いハイエースバンに乗った。天音は運転席でタバコに火をつけて、

「ちょっと休憩させてね。鳶伊さんも吸う？」

ライターとタバコの箱をさしだした。助手席の鳶伊はそれを断って、

「昔はぼんぼん吸うとりましたけど、懲役でやめられたです」

「そっか。三十年も禁煙してたんだもんね。最近吸えるところないし、臭いがしたらお客さんからクレームくるから、わたしもやめたい。だけど仕事のあとの一本が旨いのよね」

「わかるです」

「きょうはポスティングのほかに、急ぎで不用品の処分があったの。でも場所が遠くてね」

「断ったとですか」

「うん。お客さんの依頼はけっこうあるけど、わたしと鳶伊さんだけじゃ、ぜんぶの仕事は受けられない。断るのがもったいなくて――」

鳶伊は相槌を打った。

「誰かうちで働くひといない？　そういっても鳶伊さんは、まだ知りあいいないよね」

「はい、おらんです」

「ひとりだとさびしいでしょう」

「いえ、ひとりは慣れちょりますけ」

「でも、これからはひとりじゃないのに慣れてね。うちの仕事はコミュ力が大事だから」

「コミュリョク？」

「コミュニケーション能力のこと。三十年まえは、こういう略語なかった？」

「さあ——あったかもしれんですが」

「最近の略語は、もっとわかんないでしょ。インスタとかサブスクとか」

「ぜんぜんわからんです」

「ゆっくりでいいから、おぼえていって。いまの時代になじまないと」

「はい」

「鳶伊さんもスマホ持たなきゃね。はじめてのお客さんの家へいくときや、きょうみたいなポスティングのときは地図アプリでルートや現在地がわかるから便利よ。それと運転免許もとって」

鳶伊が収監されるまえ、携帯電話はすべてレンタルで音声通話しかできず、一般的な通信機器は液晶画面に文字や数字を表示するポケベル——ポケットベルだった。いまのスマホはさまざまな機能があるらしいが、使いこなせそうもない。運転免許は刑務所でも更新手続きができた。しかし長期の服役だけに更新する気になれず運転免許は失効し、一から取得するしかない。

鳶伊は部屋住みだったころ、帯刀が子分に小遣いを送ろうとしてＦＡＸに一万円札を入れたのを思いだした。そのＦＡＸも、いまはほとんど使わないという。鳶伊が養護施設で観ていたテレビはモノクロのブラウン管式で、映りが悪くなると叩けば直った。時代は移ろうものにせよ、昭和の後半から平成、令和にかけての変化は急激すぎるように感じられた。

閉めきったカーテンの隙間から陽光が漏れている。

壮真はベッドに横たわり、枕元に置いたノートパソコンの画面に眼をむけ、右手を動かした。それが終わるとタッチパッドに触れ、ブラウザを閉じた。イヤホンを耳からはずして大きく息を吐き、丸めたティッシュをゴミ箱に放りこんだ。おれは真っ昼間からなにをしてるんだろ。虚脱感とともに自己嫌悪に陥るものの、いったん催すと歯止めがきかない。

アダルト動画を観るまでは、朝からシューティングゲームをしていた。オンラインで世界じゅうのプレイヤーと協力したり対戦したりして勝利を争う。大学生だったころは寝食を忘れて没頭したのに、最近はゲームで勝ってもむなしい。

このあいだ透也と電話で話したとき、それを口にすると、

「なんで勝ったのにむなしいんだ」

「たぶん現実《リアル》がつまんねえからだと思う」

「現実も人生っていうゲームじゃねえか」

「そういうもんかな」

「同時接続八十億人、超高解像度、自由度無限、オープンワールドのサバイバルゲーム。そこでたんまり金を稼いだ奴が勝ち。その攻略法を見つけるのが大変だけどな」

「でも無理ゲーじゃん。難易度高すぎだし」

「だからチート使うんだよ。ふつうにやってたんじゃ勝ち目はねえ」

チートとはゲームでの不正行為を意味し、現実社会のチートといえば犯罪にあたる。矢淵凌がいったようにリスクを怖がっていては、平均年収約二百万円の非正規雇用から這いあがれない。が、まだ犯罪に手を染める決心はつかなかった。

壮真は部屋をでて洗面所で手を洗い、冷蔵庫を開けた。ゆうべコンビニで買ったツナマヨと鮭《さけ》のおにぎりをだすと、電子レンジで軽く温めてからリビングのソファで食べた。ソファとテーブルは地味な茶色でデザインも古くさい。テレビはいちおう液晶だが、画面のふちが太いのが時代を感じさせる。

平日昼間のリビングは、たいてい誰もいない。忍川澪央は部屋にこもっているし、沼尻勇作はピッキングのバイトである。最近入居した鳶伊仁も朝からでかけていくが、なんの仕事をしているのか。鳶伊が引っ越しのあいさつで持ってきた菓子折りの中身は、なぜかバウムクーヘンだった。ちょうど腹が減っていたから切らずにかぶりつくと、口のなかの水分が奪われて喉を詰まらせそうになった。

鳶伊も澪央とおなじで、共用スペースではめったに見かけない。かと思ったら、足音もたてず突然背後にいたりするから肝を冷やす。異様な存在感があるのに気配を感じさせないのが奇妙だった。鳶伊がいる和室は、いつもしんとして物音がしない。もうひとつ奇妙なのは、鳶伊が越してきてからトイレや浴室がぴかぴかになったことだ。鳶伊がやったとしか思えないが、掃除をしているところは見たことがない。

沼尻も不思議がって、あのひとは何者だろう、といった。

「還暦はすぎていそうなのに、まったく生活感がないんだよね」

「ちょっと怖い雰囲気もありますよね」

「うん。ガタイがいいし、顔もただ者じゃないって感じがする」

壮真はおにぎりを食べ終えると、ソファにもたれてテレビを観た。ワイドショーでユーチューバーの特集があり、彼らの日常や動画制作の現場を紹介していた。ゲーム実況で人気の男性ユーチューバーはチャンネル登録者数が二百万人で、年収は一億だという。歳は二十三歳だと聞いて溜息《ためいき》が漏れた。自分がゲームするのを実況するだけで、どうしてそんなに稼げるのか。

おなじようにゲームをしているおれは、と壮真は思う。六月に入って銀行の預金残高は底をつき、手元にある現金は一万円を切った。交通費があるうちに日払いのバイトをするしかないが、求人サイトで募集しているのは肉体労働ばかりだった。ここしばらく外出もせず、カップ麺やおにぎりばかり食べているせいか体力に自信がない。引っ越しのバイトのように、社員やバイトのリーダーから怒鳴られながら作業をするのはもう厭だった。

こんなとき親に頼れないのがつらい。両親が離婚したのは中学一年のときだった。両親は壮真が幼いころから不仲だったのでショックはあまりなく、夫婦喧嘩《げんか》を見ないですむぶん安堵した。母はそのあと年下の男と再婚し、五年まえに脳梗塞で逝った。

父は会社が潰れてから自宅を処分し、岡山の実家に帰った。いまは年金暮らしの祖父母と同居して、ネットの中古品販売で細々と収入を得ている。ひと月ほどまえ父から電話があって、

「ずっと連絡ないけど、元気にしてるか」

「まあまあ。そっちはどうなの」

「じいちゃんの認知症がだいぶ進んでな。ちょっとまえのことも忘れるし、うろうろするから眼

が離せん。ばあちゃんも足腰が悪いから大変だ」

父は経営者だったころとちがって声に覇気がなくなった。また事業をはじめたいようだが、もう五十三歳とあって再起はむずかしいだろう。認知症の祖父を抱えていてはなおさらだ。

壮真は部屋にもどるとユーチューブを観たり、またゲームをしたり、また求人サイトを見たり、きょうも無為な時間をすごした。夜になると焦りと不安で胸がひりひりする。十時をまわったころ、透也に電話した。どこかで会って金を貸してもらえないかと思ったが、それを切りだすまえに透也は呂律《ろれつ》のまわらない口調で、いま大阪、といった。

「ミナミで呑んでる」

「マジか」

「マジマジ。仕事の休みもらったんだよ、三連休」

帰ったら連絡する。透也は電話を切った。そのあとキャバクラらしい店内の画像がスマホに送られてきた。派手なドレスの女たちに囲まれた透也が、グラスを片手にピースしている。妬《ねた》ましさに動揺したせいか、無性に酒が呑みたくなった。コンビニでいちばん安い缶酎ハイなら百円ちょっと。それを二本と缶詰やポテトチップスを買って晩飯にしよう。そんなことをしている場合ではないときに、そんなことをしてしまうのがおれだ、と壮真は自嘲した。

空は雲に覆われて月も星も見えない。コンビニで買物をすませてコーポ村雨にもどってきたとき、谷中霊園のほうから女の鋭い声がした。

「お願い。その子を放してッ」

「やだね。おまえ、おれのいうこときかねえじゃん」

こんどは男の声だった。

気になって谷中霊園を覗いたら、街灯のそばにTシャツとショートパンツの忍川澪央が立っていた。彼女のむかいに十八、九に見える男がふたりいる。ひとりは金髪のソフトモヒカンで首にトライバルのタトゥーがあり、もうひとりは茶髪のロン毛で眉毛がない。

タトゥーの男はハチワレの仔猫を片手で抱き、もう一方の手に剪定《せんてい》バサミを持っている。刃が反りかえり、グリップのあいだにバネがある。ロン毛はスマホのカメラを澪央にむけて動画を撮っているらしい。ふたりとも金の刺繍《ししゅう》が入った黒いジャージで、ガラも頭も悪そうだ。

「なあ、どう思う」

タトゥーがにやにやしながら、仔猫のちいさな耳に剪定バサミをあてた。

「両耳切り落としたら、ドラえもんみたいでかわいくね？」

「やめて。なんでそんなことするの」

澪央が眉をひそめていった。

「野良猫はみんなの迷惑だからさ。いなくなったほうがいいんだよ」

「その子は野良猫じゃなくて地域猫。近所のひとやあたしが世話してるの」

「地域猫？　外にいりゃあ野良猫じゃん。そのへんでしょんべんしたりクソしたり迷惑なんだよ」

そうそう、とロン毛がいった。

「おれたちは社会のために野良猫を駆除してるんだ」

「動物虐待は犯罪よ。わかってるの」

「知らね。耳より先に脚切ろう。ひっかかれそうだから」

タトゥーは仔猫の白い前脚を剪定バサミではさんで、

「やめてほしかったら服脱げっていってんだろ。早くマッパになれよ」

「いいねー。この動画、ぜってーバズるぜ」

「よーし、もう切り落とすぞ」

タトゥーが剪定バサミの刃をせばめると、仔猫は痛いのかシャーッと威嚇《いかく》した。仔猫が逃げないのはタトゥーがきつく抱いているからだろう。

「わかった。わかったから、やめてッ」

澪央はTシャツの裾を両手で持った。こんなクソ男たちに関わりたくないが、見て見ぬふりはできなかった。壮真はレジ袋をさげたまま駆けだすと、澪央と男たちのあいだに割って入った。

なにかいおうと思ったけれど、とっさにことばがでない。

なんだおまえ。タトゥーが眉間に皺を寄せて、こっちをにらんだ。

「この女の知りあいか」

「ああ」

強い口調で答えたつもりだったが、緊張のせいで声がかすれた。

「どういう知りあいだ。おまえの女か」

「そうじゃないけど——」

「けど、なんだ。邪魔すんじゃねーよ」

「こいつ正義マンじゃね？　よけいな人助けしてドヤる奴」

ロン毛がそういうとスマホをジャージのポケットにしまい、業務用らしい大型のカッターナイ

フをとりだした。カッターの刃をカチカチだして、こっちに近づいてくる。思わず身を硬くしたらタトゥーが鼻を鳴らして、

「どうしたんだよ、正義マン。助けにきたんじゃねえのか」

「とにかく――やめろよ」

うわずった声でいったとたん、ロン毛に向こう脛《ずね》を蹴りつけられた。壮真は烈しい痛みにかがみこみ、レジ袋が地面に落ちた。うひゃひゃひゃ。ロン毛が大声で笑い、

「弱《よ》えー、こいつ。ローキック一発で沈んでやんの」

いいこと思いついた、とタトゥーがいった。

「女の服をこいつが脱がせるってのはどうだ」

「それいい。めっちゃウケる」

口のなかがカラカラに渇き、腋《わき》の下を冷たい汗が流れた。誰かが通りかからないかとあたりに眼をやったが、夜の墓地に人影はない。警察を呼ぼうにもスマホは部屋に置いたままだ。

「おい正義マン、女の服脱がせよ。でないと猫の脚切って、おまえも刺すぞ」

ロン毛がそういったとき、タトゥーが不意にのけぞった。剪定バサミが手から落ち、腕のなかから仔猫が飛びだした。澪央が駆け寄って仔猫を抱きあげた。

タトゥーは手首をさすりながら背後を振りかえって、

「なにすんだよ。誰だ、てめえ」

そこに立っていたのは鳶伊仁だった。素肌に青い作業着を羽織り、トランクスにゴムサンダルという間の抜けた恰好《かっこう》だ。鳶伊はものもいわずにタトゥーの喉笛を指先で突いた。ごく軽い動き

だったが、タトゥーはしゃがみこんで、げえげえと蛙《かえる》のようなうめき声をあげた。

ロン毛がカッターナイフをかまえて鳶伊ににじり寄り、

「ふざけんなよ、おっさん。刺されてえのか」

鳶伊は無言で作業着を脱いだ。上腕から肩、分厚い胸にかけて刺青がある。

「そんなんでびびると思ってんのか。ぶっ殺すぞ、こらッ」

ロン毛は怒声をあげてカッターナイフを突きだした。鳶伊は脱いだ作業着をすばやく振ってカッターナイフに巻きつけると、ロン毛の腕をとってねじりあげた。ロン毛はカッターナイフを落として悲鳴をあげた。次の瞬間、鳶伊の拳がみぞおちにめりこみ、ロン毛は前かがみに崩れ落ちた。鳶伊はなにごともなかったような表情で作業着を羽織り、はよ帰れ、といった。

「またこげなことしよったら、ぶち殺すぞ」

声に威嚇の響きはなかったが、それがかえって恐ろしい。タトゥーとロン毛はしばらく苦悶《くもん》してからようやく立ちあがり、おびえきった表情で逃げ去った。ふたりのうしろ姿をぼんやり見つめていると、

「ありがとう、おじさん」

澪央の声でわれにかえった。ありがとうございました。壮真も鳶伊に礼をいった。鳶伊は軽くうなずいてから彼女に訊いた。

「なんがあったと」

「あたしがこの子と遊んでたら、突然あいつらがきて――」

仔猫を傷つけたくなかったら服を脱げとおどされたという。澪央は仔猫の前脚にそっと触れて、

痛かった？　と訊いた。鳶伊は腰をかがめて仔猫を覗きこみ、

「怪我《けが》はしとらんごたるが、どげんするとね」

心配だから、あした病院に連れてく。澪央はそう答えてから、

「おじさんは、どうしてここに？」

「風呂ば入ろうと思うたら、こっちで叫び声がしたけん」

「あの――おじさんってヤクザなの？」

「昔はの。三十年まえに足は洗《あろ》うちょる」

鳶伊が地面に落ちていた剪定バサミとカッターナイフを拾って、

「これは仕事で使えるけん、持って帰ろう」

「仕事って、どういう――」

そう尋ねたら、便利屋たい、と鳶伊は答えた。

「久我さんはいつも部屋におるごたるが、仕事はなんしようと」

「いまはなにもしてません。バイト探してるけど、なかなか見つからなくて」

「なら便利屋で働かんね。人手が足らんけん」

唐突な誘いにとまどいつつ、検討します、と答えた。

「働く気になったらいうて。日払いもできるけん」

鳶伊は剪定バサミとカッターナイフを作業着にしまうと、ゴムサンダルをぱたぱたいわせてコーポ村雨にもどっていく。鳶伊が自分の苗字《みょうじ》をおぼえていたのが意外だった。

「あ、そうだ。お兄さんもありがとう」

澪央はついでのようにいった。

「お兄さんじゃなくて久我壮真。まえに自己紹介したじゃん」

「だね。でも忘れてた。さっきのおじさん、なんていうんだっけ」

「鳶伊さんだろ」

「じゃトビーとソーマね」

「なんだそれ。コンビじゃねーし」

「この子はマチルダ」

澪央はハチワレの頭を撫《な》でた。この仔猫は以前も民家の軒下で見たことがある。そう思ったとき、左耳の先端がV字に切りとられているのに気づいた。壮真はそれを指さして、

「さっきの奴らがやったのかな」

「ちがうよ。これはさくら耳」

澪央によれば、さくら耳とは不妊手術や去勢手術済みの目印だという。雌猫は一年に二回から四回出産し、一回に四匹から八匹の仔猫を産む。しかも雌猫は生後半年ほどで出産できるようになるため、一年で数十匹に増える可能性がある。

「そうなったら猫どうしで餌のとりあいになるし、近所にも迷惑がかかるから殺処分の対象になる。それを防ぐために、ボランティアのひとたちが猫を捕まえて手術を受けさせるの。そのとき麻酔がきいた状態で耳の先をカットして、もといた場所にもどしてあげる。雄は右耳で雌は左耳って決まってるから、性別と手術済みなのがわかるでしょ」

「くわしいんだね」

「コーポ村雨にくるまえから、ときどき谷中へ猫を見にきてた。それでボランティアのおばさんから教えてもらったの。地元のひとは地域猫をかわいがってるけど、さっきのふたりみたいに猫を虐待する奴らがいて――」

ネット上には猫の虐待を目的にしたサイトがあって、おなじ趣味を持つ連中が情報交換している。地域猫が大怪我をしたり、不審死を遂げたりする事件は全国各地であとを絶たない。谷中でも、住民たちに人気のある地域猫が何者かに連れ去られる事件が起きた。壮真はそれを聞いて胸がむかむかした。猫を虐待するような奴らは最低最悪だ。

ふたりはコーポ村雨にもどった。澪央はマチルダという猫を抱いて玄関に入ると、

「部屋に入れてあげて。あたしがごはんやトイレの準備するから」

「えッ。きみの部屋じゃないの」

「そうしたいけど、あたし猫アレルギーなの。ちょっと抱っこするくらいは平気だけど、ずっとおなじ部屋にいると――いまでも、ほら」

澪央の腕には赤い発疹《ほっしん》ができている。

散らかり放題の部屋に入れたくなかったが、彼女はずかずか踏みこんできて、マチルダを床にあったクッションにおろした。ハチワレの仔猫はまんまるな眼であたりを見まわすとピンク色の鼻でクッションを嗅いでから、ぺたりと腹ばいになった。

8

コロナ禍をきっかけに、人生は予想もしなかった方向へ転がっていく。

父の会社が潰れ、大学を中退し、若林結衣にふられ、バイトを転々としてシェアハウスに住むはめになった。そしていま、おれの部屋にはハチワレの仔猫がいる。わけがわからない。

「じゃあ、いってくるからね」

壮真はケージのなかのマチルダに声をかけた。ハンモックでまるくなったマチルダは薄目を開けてこっちを見てから、まぶたを閉じた。まだ眠たそうだ。ケージは二段になっていて下段に餌入れと水入れ、段ボール製の爪研ぎ、猫砂を敷いたトイレ、上段にステップとハンモックがある。

部屋をでて玄関にいくと、作業着姿の鳶伊が上がり框《がまち》に腰かけて靴を履いていた。

マチルダを拾って三日目の朝である。

おとといの夜、鳶伊に便利屋でバイトしたいといったら、面接もなくきょうから出勤になった。三十年まえに足を洗ったとはいえ、もとヤクザで刺青のある男と働くのは不安だった。けれども持ち金は尽きる寸前だし、鳶伊にはあぶないところを助けられた。どうせおなじ家に住んでいるのだから信用してみようと思った。

ふたりはコーポ村雨をでて日暮里駅へいった。

もんじゅという便利屋は荒川区町屋にあるそうだから電車で四分もあれば着く。時刻は八時で駅構内は混んでいる。改札口にいこうとしたら、鳶伊は券売機のまえで小銭をじゃらじゃら数えていた。壮真は彼の背後から、あのう、と声をかけた。

「スイカかパスモ持ってないんですか」

「それが便利ていわれたばってん、ようわからんけね」

「便利屋って、あちこちいくんでしょう。ぜったい持ってたほうがいいですよ」

パスモの定期券の作りかたを教えると、鳶伊は感心して礼をいった。さっそく使ってみてください。壮真はうながした。鳶伊は慎重な手つきでカードを読みとり部分にタッチしたと思ったら、すごい勢いで自動改札機を通り抜けた。

「どうしてそんなに急ぐんですか」

「あれが閉まったら、ピポピポいうて心臓に悪いやろ」

刃物を持った男に平気でむかっていくくせに、フラップドアを怖がるのがおかしかった。

ふたりは町屋駅で電車をおりて歩きだした。駅のそばには都電荒川線という路面電車が走っていてレトロな雰囲気だ。昭和から続いているような個人商店や新しいカフェやファストフードといった雑多な店がならぶ商店街を抜けると、ひなびた住宅街に入った。

鳶伊は六十五歳だというが、背筋をまっすぐ伸ばしてきびきび歩く。壮真は彼のうしろを歩きながら、マチルダと澪央のことを考えた。

マチルダがはじめて部屋にきた夜は大変だった。

澪央は大きな段ボール箱をケージがわりにして、底にタオルを敷いた。トイレは平たい段ボール箱にビニール袋をかぶせ、庭から掘ってきた土を入れた。続いて澪央は、餌入れと水入れ用の紙皿やキャットフードをコンビニで買ってきた。壮真はそのあいだずっと部屋を掃除していた。マチルダは疲れていたようで、大きな段ボール箱のなかですぐに眠った。壮真はゆっくり上下する痩せた胸を眺めつつ、澪央に訊いた。

「どうしてマチルダって呼ぶの」

「レオンって映画、観たことある？」

「ううん、観たことない」

「その映画にマチルダって子がでてくるの。すっごくかわいくて華奢《きゃしゃ》だけど、強い女の子」

「この猫がその子に似てるの？」

「うん。ちっちゃくてかわいくて、ひとりぼっちで――ハチワレの黒いところがサングラスかけたマチルダみたいだから」

翌朝、澪央とふたりでマチルダを動物病院へ連れていった。動物病院は日暮里駅のそばにある。キャリーバッグがないから、マチルダは彼女のトートバッグに入れた。

動物病院は猫や犬を連れた飼い主たちで混みあっていた。キャリーバッグのなかで鳴く猫、おびえた声で吠える犬。それをあやすひとびとの声が待合室に響く。

四十がらみの女性獣医は愛想がよかったが、ハチワレの仔猫は慣れない雰囲気が怖いらしく、診察台の上で縮こまっていた。幸い前脚に異常はなく、ほかに怪我もしていなかった。

獣医はマチルダの歯を調べて、この子は生後六か月くらいだよ、といった。

「もっとちっちゃく見えるけど」

栄養不足のせいで発育が遅いという。動物病院をでてから澪央がいった。

「あたしたちで面倒みてあげようよ。マチルダが元気になるまで」

おれの部屋で？　壮真はそういいたいのを我慢して、

「ゆうべから思ってたけど、きみってちゃんとしゃべれるじゃん。いつもシカトしてたのに」

「知らないひとは警戒しちゃうの。あたし人間不信だから」

「だったらシェアハウスに住むのはしんどくね？」

「そうなんだけど、コーポ村雨は家賃安いし、このへんの街が好きなの」

澪央はコーポ村雨に以前住んでいた知人から、大家の村雨文子を紹介されたという。このまえ仕事を訊いたらフリーターだと答えたが、いつも部屋にいるのが気になって、

「バイトはしてないの」

「やってるよ。でも在宅でできるから」

具体的な内容は答えなかった。壮真は自分のことを澪央に知ってほしくて、父の会社がコロナ禍で倒産し、大学を中退したことやバイトを転々としたことを語った。

意外と苦労したんだね、と澪央はいった。

「もっとチャラいひとだと思ってた」

「チャラいっちゃチャラいよ。ノリが軽いから」

「あたしは、すごくめんどくさい性格。ほぼほぼ病んでるもん」

「そうは見えないけどな」

動物病院の費用は澪央が払った。そのあと壮真はマチルダを連れてコーポ村雨にもどり、澪央

はリサイクルショップでケージやキャリーバッグなどを買ってきた。彼女にばかり金をだせるのも気がひけて、おれもいくらか払うよ、と壮真はいった。

「いいよ。あたしがこの子を連れてきたんだから」

澪央は遠慮したが、男らしいところを見せたくて強引に金をわたしたせいで、いよいよ金がなくなった。便利屋で働くことにしたのは、それもある。マチルダを飼うにあたって、村雨と沼尻がなんというかが気がかりだった。とはいえ、いま相談して断られても困るので、ひとまず内緒で飼うしかない。

もんじゅの事務所は、三階建ての古びたマンションの二階にあった。入口にオートロックはなく階段で二階にあがる。事務所に入ると、ちっぽけな応接用のソファとテーブルがあり、パーティションのむこうに事務用のデスクが五つあった。そのひとつに青い作業着姿で化粧気のない女がいて、スマホで誰かと話していた。四十代前半に見える女は電話を切るなり、

「大急ぎでエアコンの清掃。鳶伊さんは、このあいだやったから手順はわかるよね」

「はい」

「じゃあ、いますぐふたりでいって」

壮真は眼をしばたたいて、え？　といった。

「おれもですか」

「そう。わたしは店長の四条天音。きみの自己紹介はあとでいいから」

女は有無をいわせぬ口ぶりで眼つきがきつい。鳶伊に手招きされて隣の部屋にいくと、そこは倉庫として使っているようで、さまざまな機材やロッカーがある。鳶伊は電動ドライバーや洗剤

や洗浄機や脚立を用意している。ロッカーにあった作業着に着替えたら、鳶伊はもう荷物を担いで部屋をでていく。壮真はあわててあとを追った。

依頼があったのは歩いて十五分ほどのマンションで、エアコンは二台あった。玄関にでてきた三十代前半くらいの主婦が鳶伊を見て顔をこわばらせたので、壮真は精いっぱい愛想笑いをした。室内は広くて内装はきれいなのに主婦は不精者らしく、ずいぶん散らかっている。

エアコンの清掃は吉祥寺に住んでいたころ一度やっただけだから、うまくやれるか心配だったが、鳶伊は器用に作業を進め、それが一段落すると部屋の掃除まではじめた。リビングのソファでスマホをいじっていた主婦は途中で様子を見にきて、

「よけいなことしないでッ。掃除はエアコンだけでいいのッ」

金切り声をあげた。鳶伊が床に積み重なった衣類を片づけていたら、ほとんど紐《ひも》みたいな下着や透け透けのランジェリーがでてきたせいだ。

作業は三時間ほどで終わり、料金は二万四千円だった。消耗したのは体力と洗剤くらいだから、便利屋はけっこう儲かるのかもしれない。帰り際に鳶伊がビニール手袋をはずすのを見ると、左手の小指と薬指の第一関節から先がない。ヤクザだったころのなごりだろうが、実際に詰めた指を見るのははじめてだけに気味が悪かった。

もんじゅの事務所にもどったのは十二時ごろだった。

四条天音はべつの現場にいっている。壮真と鳶伊は洗面所で手を洗い、事務用のデスクについて休憩した。まもなく天音が帰ってくると牛丼屋のレジ袋をデスクに置き、

「お疲れさん。昼ごはん買ってきたから、みんなで食べよ」

昼飯をおごってもらえるとはラッキーだ。内心ほくそ笑んでいると、鳶伊が冷蔵庫からだしたペットボトルの麦茶をグラスに注ぎながら、

「久我さんは麦茶でよか？」

「あ、自分でやります」

四十四歳も年上の鳶伊から、さん付けで呼ばれるのが面映《おもは》くて、

「久我さんはやめましょう。壮真でいいです」

鳶伊はうなずいた。天音が牛丼の容器をデスクにならべて、

「じゃあ、わたしもそう呼ぶね。昼ごはんのまえに自己紹介しよっか」

簡単に経歴を話したら、天音は一重まぶたの眼を細めて、

「壮真にきてもらえて助かる。若いひとがいなきゃ、お客さまに与える印象がよくないからね。わたしと鳶伊さんだけじゃ、いかつい雰囲気でしょう」

同意もできず笑ってごまかした。天音の肩書きは店長だが、もんじゅの経営者でもある。三人は牛丼を食べはじめた。鳶伊に眼をやると、容器がもう空になっている。壮真は眼をみはって、

「食べるのめっちゃ早いですね」

鳶伊がなにかいいかけた。天音はそれをさえぎるように、まだ、といった。

「いわないほうがいいんじゃない？」

「けど、わしは知っといてほしいです。こそこそしとうないけん」

「わかった。きみは鳶伊さんとおなじシェアハウスだって聞いたし、うちで働いてもらうから話

しとく。でも、お客さんやほかのひとには黙っててね」

「わかりました」

「鳶伊さんは先月まで刑務所にいたの。三十年間」

「三十年も――いったいどんな罪で？」

「ひとば殺したと」

鳶伊はぼそりといった。

「娑婆で三人、ムショでひとり。そのまえも――」

とにかく、と天音は口をはさんで、

「懲役が長いと早喰いになるの。ね、鳶伊さん」

「はい。飯の時間に房の掃除やら便所やらすませないけんし、カラサゲちゅうて食器の回収があるけん、みな十分もかからんで喰うてしまいます」

房というのは監房のことらしい。天音は続けて、

「刑務所の生活は規則正しいから、みんな早寝早起きで整理整頓するようになるの」

「わしは部屋住みやったけん、整理整頓は若いころからやっとったです。何年か部屋住みしたら、どげな怠けもんでも掃除せなおられんようになります」

部屋住みとは、ヤクザの組事務所や組長宅に住みこんで家事や雑用をすることだという。きょう鳶伊がエアコンをていねいに清掃して部屋の片づけまではじめたのは、そのせいだろう。

コーポ村雨のトイレや浴室がぴかぴかになっていた理由も、やっとわかった。が、そんなことよりも鳶伊が複数の殺人で三十年も服役していたとは驚きだった。もとヤクザというだけで厭な

のに殺人の前科があるとは最悪だ。にもかかわらず、鳶伊に恐怖や嫌悪感をおぼえないのが自分でも不思議だった。

昼食のあと三人は事務所をでると、マンションの駐車場に停めてあったハイエースバンに乗った。行き先は池袋《いけぶくろ》で、客の依頼内容はオフィスの模様替えである。ハイエースは四人乗りで、うしろに広い荷室がある。天音は車を運転しながら後部座席の壮真に訊いた。

「免許持ってるよね」

「ええ。ペードラですけど」

「よかった。鳶伊さんは免許失効してるから、ふたりで遠出するときは壮真が運転して」

はいと答えたものの運転に自信はない。コロナの影響で大学の授業がリモートになり、時間に余裕ができたから自動車学校に入ったが、免許があったほうが就職に有利だと思っただけで車にあまり興味はない。路上教習のとき追突事故を起こしかけたのを思いだすと、いまでも心臓がどきどきする。

オフィスの模様替えは力仕事だったが二時間もかからず、きょうの仕事はこれで終わりだった。もんじゅの事務所にもどると天音は茶封筒をさしだして、きょうのバイト代、といった。

「いまはまだすくないけど、慣れたらもっと払えるし、ゆくゆくは社員になってくれたらうれしい。壮真は営業もできるでしょ」

「たぶん」

「鳶伊さんにも営業頼みたいけど、ぜんぜん笑わないから」

「すみません。自分では笑《わろ》とるつもりなんですが、顔がいうこときかんで――」

鳶伊は顔の筋肉をひくひくさせた。ヤクザとしての過去と三十年におよぶ服役生活で、笑顔を作れなくなったのか。強面《こわもて》で軀の大きな鳶伊が無理に笑みを浮かべようとするのは滑稽だが、こっちが笑うわけにはいかない。天音も笑いを噛《か》み殺して、

「鳶伊さん、もういいよ。無理しないで」

もんじゅという社名の由来を訊いたら、天音はこういった。

「お世話になってるお坊さんがつけてくれたの。三人寄れば文殊の知恵っていうでしょ」

「文殊ってなんですか」

「文殊菩薩《ぼさつ》よ。知恵をつかさどる菩薩」

菩薩は仏の次の位にあり、悟りを成就させるために衆生――人間をはじめ命あるものすべてを導くというが、仏教のことはよくわからない。

事務所をでたあと、鳶伊は隅田川《すみだがわ》沿いを散歩してから帰るといった。隅田川までは歩いて十分ほどだ。電車のなかで茶封筒の中身を計算したら、時給に換算して千二百円だった。われながら打算的だと思うけれど、まあまあの時給でこんなに早く帰れるのなら、まだ続けられそうだった。もっとも同僚で同居人が、もとヤクザのうえに殺人の前科があるのは問題だが。

コーポ村雨に着いて部屋のドアを開けたら、澪央が坐っていたから肝を潰した。彼女の膝の上にマチルダがいる。勝手に入ってごめんね。澪央は微笑して、

「マチルダのことが気になってドアをノックしたら、鍵があいてたから」

「いままでバイトだったんだよ。鳶伊さんと」

「どうだった」

「まあ、なんとか。猫アレルギーは大丈夫？」

「うん。さっききたばっかだもん。うんちしてたからトイレ片づけといた」

「ありがとう」

「バイトのときは鍵あけといて。あたしがマチルダの面倒みるから」

壮真は迷いながらもうなずいた。

澪央が部屋に出入りするのはプライバシーの面でどうかと思うが、留守のあいだマチルダを放っておくのも心配だった。壮真は彼女の隣に腰をおろすと、マチルダを撫でようとして頭に手を伸ばした。とたんに仔猫は飛びのいてローテーブルの下に隠れた。

「どうしたんだよ、こっちにおいで」

ローテーブルの下を覗きこんで、おーい、と呼んだら、

「だめだめ、急に触ろうとしちゃ。猫は速い動きを怖がるから」

「え？　そうなの」

「大きな声もＮＧ。猫はゆっくりした動きとやさしい声が好きなの。だから猫はおばあちゃんが好きでしょ」

「そういえば、ユーチューブでそんな動画観たことある。野良仕事してるばあちゃんの背中にずっと猫が乗ってたり、ばあちゃんが餅作るのを猫がじーっと見てたり」

「でしょう。だから、おばあちゃんを見習って」

「どうすればいいの」

「猫に触るときは指先をゆっくり近づけ、まず匂いを嗅がせてあげて。それからそっと触るの」

いわれたとおりにしたら、こんどはうまく撫でられた。ほらね。澪央は得意げにいった。猫が指先の匂いを嗅ぐのは、あいさつの意味もあるらしい。壮真は喉が渇いてキッチンにいった。冷蔵庫からミネラルウォーターをだしてもどってくると、玄関で鳶伊が靴を脱いでいた。いま帰ってきたところらしい。おかえりなさい。声をかけたら鳶伊が訊いた。

「猫はどげんしとうね」

「元気です」

「見てもええ？」

「どうぞ」

鳶伊が部屋に入って腰をかがめた瞬間、マチルダはすごい勢いで駆けだして広い肩に飛び乗った。肉の厚い頬に軀をすりつけている。鳶伊は大きな掌で仔猫の頭を撫でた。

もんじゅの仕事はエアコンの清掃に加えて、草むしりや草刈りや庭木の伐採が多かった。四条天音によれば、毎年この時期はそうした依頼が増えるという。六月もなかばをすぎて関東地方はすでに梅雨入りした。雨のなか、外で作業をするのは不快なうえにくたびれる。

バイトをはじめてしばらくは筋肉痛に悩まされたが、部屋にこもって無為な時間をすごすよりはましだ。日払いのバイト代があるから、ひとまず金の心配はしなくていい。軀を使う仕事だけに飯が旨く、体調もよくなった。壮真はひさしぶりに焦りと不安から解放され、楽しみもできた。ひとつは澪央に会えること、もうひとつはマチルダがいることだ。

澪央は壮真がバイトのあいだ部屋に出入りして、マチルダの面倒をみている。おかげで連絡先も交換できた。バイトから帰ってきたとき澪央が部屋にいると、いっしょに暮らしているような錯覚に陥る。彼女は人間不信だというわりになれなれしくて、壮真をソーマ、鳶伊はトビーと外国人みたいな呼びかたをする。澪央がもっと部屋にいてくれたら、いまより親密な関係になれるかもしれない。そんな下心があるものの、くしゃみや鼻水や蕁麻疹《じんましん》といった猫アレルギーの症状がでると、澪央は自分の部屋に帰ってしまう。

それでもマチルダがいるから、さびしくはない。ハチワレの仔猫はキャットフードをもりもり食べるせいで、日増しに肉づきがよくなり体力も増してきた。さくら耳や地域猫のことを知らないひとも多いので、もし脱走したとき野良猫だと思われないよう、ピンクの首輪をつけた。

澪央によればマチルダは昼間はたいてい寝ているそうだが、深夜になると室内をぴょんぴょん跳ねまわる。壮真はネット通販で買った猫じゃらしやボールで遊んでやる。マチルダは元気を持てあまして、きりがない。もう寝ようかと思っても、黒目がちのくりくりした眼で見つめられると、また遊んでしまって寝不足になる。

猫に関しては、澪央からいろいろ教わった。猫用のドライフードは「カリカリ」と呼ぶ。猫が耳をうしろに倒すのは「イカ耳」で、警戒しているときや不安なときにそうなる。腹を上にむけて寝るのは「ヘソ天」でリラックスしている証拠だ。犬の「お座り」みたいに尻を床につけ、前脚をそろえて坐るのはエジプト神話の猫の女神に似ているから「エジプト座り」。前脚を畳んで置物みたいに坐るのは「香箱座り」。うつぶせて顔を床につけて寝るのは「ごめん寝」。

用を足したあと猛ダッシュしたり、すごい勢いで爪を研いだりするのは「うんちハイ」。尻尾《しっぽ》をぴんと立てているときは機嫌がいい。尻尾がぼわぼわふくらむのは緊張や威嚇で、ばたばた振るのは不機嫌のサイン。

マチルダは澪央と壮真になついている。しかしそれ以上になついているのが鳶伊だ。鳶伊もマチルダが好きらしく、遠慮がちに様子を見にくる。マチルダはそのたび彼に飛びついて軀をすりつけ、喉をごろごろ鳴らす。

鳶伊に助けられたのをわかっているとは思えないが、なつく理由はほかに見あたらない。あるいは澪央がいったように猫は年寄りが好きだからか。マチルダは鳶伊に抱っこされると眼を細め、前脚を交互に突きだして彼の胸や腹を踏む。澪央はそれを見て、ふみふみしてる、といった。

「トビーのことを親だと思ってるのよ」

ふみふみは仔猫が母乳を飲むときに母猫の乳房を押していたなごりで、甘えているときやリラックスしているときにするという。鳶伊は複雑な表情で、わしが親かね、といった。

「子どももおらんとに」

「トビーは結婚しなかったの」

「そげなことしたら娑婆に未練ができるけん。若いころは、いつ抗争《でいり》で死ぬかわからんやった。死なんでも、長い懲役いったら相手に悪かろう」

「ヤクザって大変なんだ。でも、いまからだって結婚できるじゃん」

「せんでよかばい。わしはひとりが性《しょう》に合《お》うちょるけ」

鳶伊は腕のなかのマチルダに眼をやった。まだふみふみを続けている。マチルダがうちにきたとき、澪央は元気になるまで面倒みてあげようといった。マチルダは地域猫だから、もうすこし大きくなったら外にもどすというが、しだいに愛着が増して別れるのがつらくなりそうだ。

おとといの夜、沼尻勇作とリビングで顔をあわせたら、

「夜中に鳴き声とか物音がするけど、猫を飼ってるの」

マチルダが騒ぐせいで気づかれたらしい。猫が嫌いだったらどうしようかと思ったが、

「飼っても問題ないよ。特に猫が好きってわけじゃないけどね」

「よかったです。ただ村雨さんにはなにもいってないんで――」

「秘密にしとくよ。村雨さんは、たまにしかこっちにこないから大丈夫だろ」

ほかのシェアハウスはどうだか知らないが、村雨は大家といっても管理業務はしないに等しい。いい意味では住人の自主性を尊重してくれているし、悪い意味ではほったらかしだ。

「最近は朝からでかけてるみたいだけど、バイトはじめたの？」

鳶伊に紹介された便利屋のことを話すと、沼尻は声をひそめて、

「このあいだ村雨さんとばったり会ったら、鳶伊さんのこと訊かれたよ。あのひとはどう？　って。べつになにもないですって答えたけど、こんどはこっちが気になってね。なにかあるんですかって訊きかえしたら――」

鳶伊に前科があることを匂わせたという。あのおしゃべりばあさんめ。壮真は胸のなかで舌打ちした。沼尻は続けて、なにか知ってる？　と訊いた。

「あのひとといっしょにバイトしてるんだろ」

「ええ。昔はヤクザで長いあいだ刑務所にいたみたいです。でも、いまはすごくまじめですよ」

「んー、ぼくはそういうの嫌いだな。昔はワルだったけど、いまは更生したってパターン。最初

からまじめにやってるひとのほうがえらいのに、もとワルだった奴をどうして持ちあげるんだろ」

「よくわからないけど、そのほうが話題になりやすいとか——」

「ぼくなんか、まじめひと筋で生きてきたんだ。学生時代からしっかり勉強して大学だって——」

沼尻は都内にある国立大学の校名を口にした。高偏差値の大学だったから驚いていると、

「まえにもいったとおり就職氷河期で苦労して就職したのに、いまはこのざまさ。それでもまじめに働いてるけど、誰も評価してくれない」

「そんなことないですよ。沼尻さんはすごくがんばってると思います」

「そういってくれるのは、きみだけさ。でも、いくらがんばったって給料はあがんないし、金も貯《た》まんない。病気になったら一巻の終わりだよ」

「実家に帰ったりはできないんですか」

「無理だね。ぼくが住むような余裕はない」

沼尻の実家は栃木で、家具職人だった父親は七年まえに死に、母親は出もどりの姉と団地で暮らしているという。沼尻は溜息をついて、ところで、といった。

「最近きみは、あの子と仲がいいみたいだね」

「あの子？」

「ほら、あの愛想のない子だよ」

「忍川澪央ですか」

「うん。きみの部屋に出入りしてるじゃん。いいよなあ、若いひとたちは」

「そういう関係じゃないです。彼女は猫の面倒をみにきてるだけなんで」

「それでもうらやましいよ。ぼくなんか女性との出会いはぜんぜんない。出会っても相手にされないけど」

おれみたいな、と壮真は思った。その日暮らしの青二才をうらやむ沼尻が気の毒だった。

9

もんじゅは不定休だから休みは交替でとる。壮真は週末にはじめての休みを入れたが、天音と鳶伊に休みの予定はない。天音は経営者だからともかく、鳶伊はなぜ休まないのか。わけを訊いたら、休んでもすることがなか、といった。

「店長は忙しそうやし、はよ娑婆に慣れないけんけね」

「ひまなときはマチルダを見にきてください。鳶伊さんにいちばんなついてるんだから」

鳶伊はうなずいて、わずかに眼をなごませた。何日かまえ、鳶伊ははじめてのスマホを買った。仕事が終わったあとの事務所で、天音がスマホの操作をおぼえさせようとして、

「いまから鳶伊さんにかけるから電話にでて」

はい。鳶伊は答えてスマホを凝視している。まもなく着信音が鳴ったが、鳶伊はスマホを見つめたままで首をかしげた。壮真は彼の手元を覗きこんで、

「どうしたんですか」

「ここを押しよるんやけど、ぜんぜん動かんのよ」

鳶伊はひと差し指で応答ボタンをぐりぐり押している。太い指が画面にめりこんで、めきめきと音がした。壮真はあわてて、そんなに力入れちゃだめですよ、といった。

「タップするんです」

「なんかね、タップちゃ」

先が思いやられたが、電話をかけたり応答したりはできるようになった。

壮真は休みの日、透也に誘われて六本木《ろっぽんぎ》へ呑みにいった。待ちあわせしたステーキハウスはファッションビルの最上階にあった。店内は重厚な雰囲気で、窓から六本木の夜景が見える。

透也はあいかわらず羽振りがよく、ハイブランドの服やバッグを見せびらかし、黒毛和牛のフィレステーキを注文した。壮真はメニューを見ながらハンバーグにしようと思ったが、透也は従業員にむかって、おなじので、といった。

「遠慮すんな。おれのおごりだから」

そういわれると、つい甘えてしまう自分が厭だった。透也の話題はファッションやグルメのことばかりで、いいものを身につけて、いいものを食べるのが金を稼ぐ秘訣《ひけつ》だという。

「ただ見栄《みえ》を張ってるわけじゃねえ。まわりの見る眼が変わるし、セレブと知りあう機会も増える。貧乏臭い生活してたら、そういうひとたちと話があわねえからな」

自慢話を聞くのに疲れて、便利屋のバイトをはじめたことを話したら、

「おれがせっかく矢淵さん紹介したのに、どうして金にならねえバイトやるんだよ。便利屋なん

て思いっきり底辺だろ」

「たしかに底辺だけど、そんなに厭じゃない」

「どんな奴と働いてるんだ」

天音はさばさばした性格ではっきりものをいうから、よけいな気を遣わなくていい。鳶伊は寡黙なうえに見た目と経歴は怖いけれど、仕事はきちんとこなすので頼りがいがある。天音に口止めされたので鳶伊の経歴は黙っていたが、歳は六十五だといったら、

「ジジイじゃねえか」

透也はげらげら笑った。

「人生終わってる奴と働くなよ。老害といっしょにいたら、おまえまで負け組になっちまうぞ。矢淵さんがいったみたいに年収二百万円以下のアンダークラスから抜けだすには――」

「チートをやれってか」

「そうそう。まじめに働くなんてコスパ最悪だぞ」

食事のあと透也は行きつけのガールズバーに顔をだし、そこでも気前よく女たちに酒をおごった。壮真がいくらか金を払おうとするのを透也は断って、次はキャバクラにいくという。すこしまえの自分なら喜んでついていっただろう。しかしいまは興味が湧かない。早く澪央とマチルダに会いたかった。先に帰るといったら透也は赤い顔で、なんでだよ、と訊いた。

「仔猫がいるんだよ。そろそろ餌をやらなきゃ」

「はあ？　ペットなんか飼う余裕あんのか」

「ないけど、面倒みることになったから――」

透也はあきれた表情でかぶりを振り、タクシーで送ってやるといいだした。

「おれはまだ呑むけど、いったん休憩。シェアハウスってどんなのか、見てみてえからな」

「見たってつまんねえぞ。ふつうの家だから」

「すぐ帰るから心配すんな」

おごってもらっただけに断りきれず、透也が停めたタクシーに乗った。部屋に澪央がいたらまずいので、いまから友だちといっしょに帰る、と彼女にラインを送った。

コーポ村雨に着いてタクシーをおりると、タイミング悪く大家の村雨文子がむこうから歩いてきた。村雨はふだんとちがうよそゆきの恰好で、酔っているのか足元がふらついている。

「シニアクラブの友だちにお呼ばれしてね。わたしゃ歩いて帰るっていったのに、むこうが勝手にタクシー呼んじゃって。そしたら運転手がいうの。お迎えにあがりましたって――お迎えなんて縁起でもないから、意地になって歩いて帰ってきたの。だいたいシニアっていうのも縁起悪いわよね。シニなんて――」

村雨は一方的にしゃべり続けて自宅に入っていった。透也は首をひねって、

「なんなんだ、あのばあさんは」

「うちの大家。むかいに住んでる」

透也を部屋に案内すると、幸い澪央はおらずマチルダはケージのなかにいた。外にでたそうな顔つきだが、透也は関心なさそうだから扉は開けなかった。透也は立ったまま室内を見まわして、
思ったより片づいてるな、といった。

「でもストレス溜まるだろ。ほかに住んでる奴がいるから」

「ストレスがないわけじゃないけど、いまは贅沢いえない。金貯めたら引っ越す」

「おれの仕事手伝うか」

透也は珍しく、しんみりした口調でいった。

「もっと稼ぎたいけど、仕事をまかせられる奴がいない。おまえなら信用できるから」

「そういってくれるのはうれしいけど、やばい仕事だろ」

「うん。野菜の手押し」

「なんだそれ。農家のバイトか」

「ちげーよ」

「じゃあ、なんだよ」

「野菜は大麻、手押しは手わたし。要するに大麻の配達さ」

「おまえ——そんなことやってんのか」

「やってるとはいってねえ。紹介できるかもってこと」

「矢淵さんってひとも、そういうしゃべりかたしてたな」

「ま、気がむいたらいってくれ」

「大丈夫か。もし警察に捕まったら——」

「だから、おれがやってるとはいってねえだろ」

「ごまかすな。ほんとのこといえよ」

「やってねえって。じゃあ、おれはまた呑みにいくぞ」

ふたりで廊下にでたら澪央の部屋のドアが開いて、彼女がでてきた。澪央は透也がいるからか、

なにもいわず会釈してリビングにいった。透也は玄関で声をひそめて、

「あの子イケてるじゃん。こんど紹介しろよ」

「おまえ、彼女いるだろ」

「いるけど、ああいうガキっぽいのもいいんだよ」

透也が帰ったあとマチルダをケージからだすと、さっそく壮真にぶつかってきた。猫が体当たりをするのは愛情表現だとネットに書いてあった。続いてマチルダは段ボール製の爪研ぎをがりがりやりだした。爪研ぎはケージのなかにあるのとはべつに、外でも爪が研げるようにもうひとつ買った。ほかの猫もそうらしいが、マチルダはとにかく段ボール箱が好きだ。宅配便の段ボール箱が届くと必ずチェックして、上に乗ったりなかに入ったりする。

すこしして澪央が部屋にきた。彼女は床に腰をおろして仔猫を撫でながら、

「ソーマの友だち、なんか派手な感じね」

「まえは地味だったんだけど、急に雰囲気が変わった」

透也は自分はやってないといったが、あれはぜったい嘘《うそ》だ。警察に捕まるまえに大麻の配達をやめさせたい。けれどもいまの透也は金儲けに夢中だから、おれのいうことなどきかないだろう。

壮真が考えこんでいると澪央が訊いた。

「急に雰囲気が変わったのは、恋愛してるからじゃない？」

「どうかな。彼女はいるみたいだけど」

「ソーマはいないの」

「いたけど、ふられた。澪央は？」

「いない。っていうか、作ろうと思わない」

澪央はきっぱりした口調でいった。できれば彼氏になりたかっただけに、壮真は落胆した。彼女はまえに人間不信といったから、過去にそうなる原因があったのかもしれない。


日曜の朝、壮真は就活用のスーツにワイシャツを着て出勤した。

事務所に着くと、天音は珍しく化粧をして濃紺のドレスを着ていた。いつもはうしろでまとめている髪はきれいにセットされ、胸元にパールのネックレスがある。壮真はロッカーにあったシルバーのネクタイを締め、同色のポケットチーフを胸にさした。

きょうは天音とふたりで結婚式と披露宴の代理出席にいく。奇妙な依頼だと思ったが、天音によれば便利屋が結婚式や葬式に代理出席するのは珍しくないという。

「今回の新郎は会社の社長なんだけど、社員がひとりも出席しないから、そのかわりにいくの。わたしは専務、きみは平社員って設定だからまちがえないで」

「どうして社員が出席しないんですか」

「知らない。お客のプライバシーは詮索しないから」

「じゃあ会場で誰かに話しかけられたら――」

「あたりさわりのないことをいって。突っこまれちゃだめだし、目立ってもだめ。だけどハレの日を祝ってる雰囲気もださなきゃ。そして披露宴が終わったら、みんなに顔を忘れてもらう」

「顔を忘れてもらうって、むずかしいですね」

「誰かが顔をおぼえてて、街で声かけられたらまずいでしょ。だから気配を消すの」

天音は打ちあわせのときに依頼主から受けとったという現金を、ふたつの祝儀袋にしまい、

「鳶伊さん、表書きをお願い。わたしのは女性っぽく、壮真のは若者っぽい字で」

鳶伊は筆ペンを手にして、さらさらと表書きを書いた。鳶伊が引っ越しのとき持ってきた菓子折りののし紙には達筆な筆文字があったが、祝儀袋の表書きもものすごく上手だった。どうしてそんなに字がうまいのか訊くと、長期の服役囚には達筆が多いという。

「書類や手紙はぜんぶ手書きやし、ひまつぶしに字の練習するけんね」

鳶伊は近所の草刈りにいき、壮真と天音は電車で式場のあるホテルへむかった。結婚式は高校三年のとき、父方の従姉《いとこ》の結婚式へいって以来だから緊張する。しかも偽者として出席するだけに、ボロをださないか不安だった。

「ギャラが増えるから鳶伊さんにもきてほしかったけど、作り笑顔ができないし、あのひとが黒いスーツを着ると――」

「どう見ても、やばいですよね」

電車のなかでふたりは笑った。

ホテルに着くと、壮真と天音は受付で祝儀袋をわたし式場に入った。新郎は四十代なかばくらい、新婦は二十代後半に見えた。新婦側は親族を含めて人数が多いのに、新郎側はわずかしかいない。よほど人望がないのか、なにかトラブルを抱えているかだろう。

結婚式に続いて披露宴では、天音から呑みすぎないよう注意されていたので酒はひかえて料理を食べた。天音は専務としてマイクを握り、新郎を称《たた》えるスピーチをした。メモを見ないでよどみなく祝辞を述べる天音は、作業着のときとは別人のようだった。

「びっくりしました。あんなに堂々とスピーチできるなんて」

席にもどってきた天音に小声でそういったら、

「年の功よ。四十三にもなると結婚式はたくさんでてるもん。自分の結婚式はめちゃくちゃ緊張したけど、いま考えたらバカみたい」

「どうしてですか」

「離婚したから。旦那とはずっと喧嘩ばかりだった」

なぜ喧嘩ばかりだったのか。訊いても天音は答えなかった。

新郎新婦の両親がビールを注ぎにきたときは狼狽《ろうばい》したが、特に怪しまれることはなく披露宴は終わった。ふたりは引き出物が入った紙袋をさげてホテルをあとにした。

会場では気を抜けないが、タダで呑み喰いできて引き出物までもらえるとは美味《おい》しい仕事だ。エアコンの清掃のときも便利屋はけっこう儲かると思ったから、天音にそれをいうと、

「そんなに儲かんないよ。同業者は多いし、経費もけっこうかかるから。仕事の幅を広げるには、いろんな資格もいる」

家庭のゴミを処理するには一般廃棄物処理業、産業廃棄物の処分をするには産業廃棄物処分業の許可が必要である。前者はほとんどの自治体で新規の募集をしていないので、許可を取得した業者に外注する。不用品をひきとって販売するには古物商許可、依頼主を送迎するには普通二種運転免許、専門的な電気工事をするには電気工事士、ひと捜しや浮気調査には探偵業届出証明書、ペットシッターには第一種動物取扱業の資格がいるという。

「古物商と普通二種と探偵は持ってるけど、ほかは勉強するひまがなくて」

「え？　探偵ですか」

「探偵業届出証明書をとるだけなら簡単よ。探偵業開始届出書と誓約書、履歴書、住民票の写し、身分証明書、登記事項証明書を警察署に提出して、三千六百円の手数料を払ったら、あとは証明書をとりにいくだけ」

「それだけで探偵になれるんですか」

「なれる。ただ実際に探偵業をやるには専門的な知識がいるし、広告にお金かけなきゃ依頼はこない。わたしは便利屋はじめるまえに探偵学校で講習と実習受けたけど、そういう依頼はたまにしかないね」

「すごいなあ。店長っていろいろ勉強してるんだ」

「勉強は嫌いよ。でも、なんとかして稼がないとね。娘の面倒もみなきゃいけないから――」

ひとり娘は高校二年で、天音の母親と葛飾《かつしか》区の実家に住んでいるという。天音は母親もシングルマザーだといい、親娘《おやこ》そろって男を見る目がないのよね、と苦笑した。

きょうの仕事はそれで終わり、もんじゅの事務所に寄ってからコーポ村雨に帰った。部屋で普段着に着替えてリビングにいくと、沼尻が洗面所にいた。きょうはバイトが休みらしいが、いつもと雰囲気がちがう。紺のポロシャツに白いジーンズというさわやかな恰好で、洗面所の鏡を見ながらブラシで髪を整えている。

「いまからお出かけですか」

「うん」

「もしかしてデートとか」

「いや、そういうのじゃないけど——」

沼尻はにやけた顔でことばを濁した。


鳶伊は仕事のあと、町屋の商店街を散歩して電車に乗った。街を歩くのはようやく慣れた。いまだに慣れないのは電車である。東京の通勤ラッシュはいまにはじまったわけではなく、自分が服役するまえと大差ないだろう。けれども東京以外で乗った電車は、こんなに混んでいなかった。乗客たちがスマホを一心に見つめているのも、あいかわらず不気味に思える。

スマホの操作は壮真や天音に教わったが、アプリ、アップデート、インストール、ダウンロードといった用語をおぼえるのに苦労する。なにかというとIDとパスワードを入力しろと表示されるのもわずらわしい。とはいえネットで検索したり動画を観たり写真を撮ったりゲームをしたり、三十年まえは考えられなかったことができる。

ポケベルすらなかった一九八〇年代なかばまでは電話は固定電話と公衆電話のみで、誰かにメッセージを残すときは駅の伝言板——改札口付近にある黒板にチョークで伝言を書いた。当時からすれば飛躍的に便利になったはずだが、スマホにかじりついているひとびとはみな気ぜわしそうな表情で余裕があるように見えない。もっとも自分も笑顔がないと天音にいわれた。笑顔とは無縁の生活を送ってきたし、子どものころは大人たちからこういわれた。

「歯を見せて笑うな」

男が歯を見せて笑うのは、はしたないとされていた。しかしいまテレビにでている男たちは、みな大口を開けて笑っている。

鳶伊は日暮里駅で電車をおりて痴行寺へいった。外はまだ明るいが、鈍昧愚童は庫裡の座敷で晩酌をしていた。座卓には、スーパーで買ったらしい枝豆や焼鳥やコロッケといったつまみがならんでいる。愚童は冷酒の二合瓶を手酌でぐい吞みに注ぎ、おまえも一杯やれ、といった。

「では、すこしだけ」

鳶伊は厨房《ちゅうぼう》から持ってきたぐい吞みで冷酒を受けた。

「それで、きょうはなんの用じゃ」

「スマホを買いましたので、番号をお伝えしようと」

「わざわざここへこんでも、そのスマホから身どもに電話すればすむじゃろうが」

鳶伊は坊主頭を指でかいた。まあよい、と愚童はいって、

「便利屋の仕事はうまくいっておるか」

「はい。どうにか」

「天音はずけずけものをいうが、気だてのよい子じゃや。力になってやってくれ」

「はい」

「シェアハウスの住み心地は？」

「よかです」

「思ったよりも早く、いまの時代になじんでおるな」

「あまりなじんどる気はせんです。いろいろ昔と変わっとうけ」

「どう変わった。三十年まえとくらべて」

「うまいことといいきらんですけど、スマホやらインターネットやら便利なもんがあるとに、みな

忙しそうにしとるのは、なしてでしょう」

「民に利器多くして国家ますます昏《みだ》る、と紀元前四、五百年に老子《ろうし》がいうておる。便利な道具が増えるほど、世の中は混乱するということじゃ」

「ちゅうことは、あまり便利にならんほうがええと――」

「なにかを得れば、なにかを失う。人間は不便なほうが助けあうもんじゃ。おぬしら便利屋は客の不便を解決するだけが能やない。機械にはできんことをやらねばの」

「機械にはできんこと、ですか」

愚童は答えずに座卓のつまみを顎で示して、

「おまえも喰え」

鳶伊は首を横に振り、わしは、といった。

「わしはこのままでええんでしょうか」

「どういう意味じゃ」

「なんも目的がないとです。ただ生きちょるだけで」

「娑婆にでてきたばかりのくせに焦るでない。また切った張ったの世界へもどりたいのか」

「いえ、もどりません」

「堅気でやっていくつもりなら、昔の自分はきれいさっぱり捨てろ。なんのために生きておるかを考えるのが人生じゃ」

鳶伊はコーポ村雨に帰ると自分の部屋に入った。広さは刑務所の単独室とおなじ三畳だが、洗面台や便器がないぶん広く感じる。衣類は押入れにしまっているので家具はちゃぶ台しかない。座布団にあぐらをかいてひと息ついたとき、ノックの音とともに壮真の声がした。

「鳶伊さん、ちょっといいですか」

ドアを開けたらマチルダを抱いた壮真が立っていた。そのうしろに澪央もいる。仔猫は床におろしてほしそうに身をよじった。この子がにゃあにゃあ騒ぐんです、と壮真がいった。

「鳶伊さんが帰ってきたのがわかるみたいで」

「トビー、遊んであげて」

ふたりを部屋に入れると、マチルダはさっそく鳶伊のあぐらの上に乗った。顎の下を撫でてやったら、眼を細めて喉をごろごろ鳴らした。澪央によれば、顎は自分の舌が届かない場所だから、撫でると喜ぶらしい。壮真と澪央は室内を見まわすと小声でつぶやいた。

「部屋が片づきすぎ」

「っていうか、なんにもない」

マチルダは鳶伊の足の親指を嗅いでいたが、不意に顔をあげて口角を吊《つ》りあげた。なにかに驚いて呆然《ぼうぜん》としたような表情だ。すまんすまん。鳶伊は仔猫を覗きこんで、

「わしの足が臭かったんか」

それはフレーメン反応、と澪央がいった。

「猫が変顔になるのは臭いんじゃなくて、匂いを調べてるんだって。猫の上顎には鋤鼻器《じょびき》っていう器官があって、それで匂いをとりこむときに口が半開きになるの」

でもすごい顔、と壮真が笑った。

「人間がクッサーってなったみたい」

「猫がこげん顔するとは知らんかったばい」

鳶伊はまだ口を半開きにしているマチルダの頭を撫でた。そうだ、と澪央がいった。

「いまからごはん食べにいくんだけど、トビーもいっしょにどう？　案内したいところがあるの」

夕食はずっとひとりで喰ってきただけに気が乗らない。自分にとって食事は命をつなぐものでしかなく、食べることを楽しむ習慣はなかった。以前なら断っていたが、昔の自分はきれいさっぱり捨てろと愚童はいった。鳶伊はぎごちなくうなずいた。


その日の依頼は民家に巣を作ったスズメバチの駆除だった。

もんじゅの三人は必要な機材をハイエースバンに積みこみ、午後から千葉の郊外へむかった。運転席に天音、壮真と鳶伊は後部座席にいる。機材のなかには専門の業者が作ったというスズメバチ捕獲器がある。業務用掃除機にアクリル製のコンテナをホースでつないであり、吸引されたスズメバチがコンテナに溜まる仕掛けだ。

天音が郊外の道を飛ばしながら、まだ時間が早いのよね、とつぶやいた。

「ほんとはスズメバチが巣にもどる夜のほうがいいんだけど、お客さまがすぐに駆除してっていうから。きょうでやりかたをおぼえて、次からはふたりでいって」

マジですか。壮真は顔をしかめた。

「虫は苦手なんですけど」

「便利屋は虫がつきものだから、避けて通れないよ」

「虫がつきもの？」

「草むしりのときも土のなかから虫がでてくるでしょ。部屋の清掃だと蝿やゴキブリがうじゃうじゃいることもある」

「厭だけど、がんばります。スズメバチって刺されたらどうなるんですか」

「わたしが刺されたときは、もう激痛で涙目。すぐ病院いったから大丈夫だったけど、アナフィラキシーショックで死ぬこともある。だから、じゅうぶん気をつけてね」

「鳶伊さんは、スズメバチ捕まえたことあります？」

「うん。おやじが好きやったけね」

「おやじって——おとうさんですか」

「わしが世話になっとった組長たい。スズメバチを生きたまま漬けた焼酎は精がつくちゅうて、若いもんに捕まえさせて、ぐびぐび呑みよった」

「——とても現代とは思えませんね」

「うん。昭和の話やけん」

ゆうべ澪央に案内されたところは、いい意味で昭和の雰囲気だった。三人は日暮里駅西口から歩いて五分ほどの「夕やけだんだん」と呼ばれる階段をくだり、一九五〇年代から続く谷中銀座商店街へいった。下町情緒が残る通りを歩いていると、鳶伊がつぶやいた。

「このへんはよか雰囲気ばい。わしの子どもンころのごとある」

　でしょう。澪央は笑みを浮かべて、

「谷中と根津《ねづ》と千駄木《せんだぎ》は谷根千《やねせん》っていって、古い街並が残ってるから人気があるの。で、ところどころに猫がいる」

夕食を食べたのは老舗《しにせ》のお好み焼屋だった。鳶伊はふだんどおり早喰いで、熱々のお好み焼をはふはふいいながら一瞬でたいらげた。鳶伊がことば少なに語ったところでは、生まれは北九州だが上京からまもなく服役したので、東京の街はほとんど知らないという。


目的地には一時間ほどで着いた。あたりは緑に囲まれた住宅街で、依頼主は五十がらみの主婦だった。主婦は以前荒川区に住んでいて、天音に何度か仕事を頼んでいたという。

「ここは主人の実家なんだけど、いまは使っていない納屋から大きな蜂がぶんぶん飛んでくるの。近所に子どももいるから心配で——」

主婦に案内されて納屋にいくと、見たこともないほど巨大なスズメバチが壁板の隙間から出入りしている。天音がきびしい表情になって、

「やばい。これはオオスズメバチよ」

オオスズメバチは世界最大のスズメバチで攻撃性と毒性が強い。大きいものだと体長五センチ、毒針の長さは七ミリにおよび、薄い防護服なら貫通する。天音からそれを聞いて恐ろしくなった。オオスズメバチの巣があるのはたいてい森のなかで、民家に巣を作ることはまれらしい。

「最近の天候不順のせいかもね。とにかく慎重に作業しなきゃ」

三人は作業着の上からゴーグルつきの防護服を着て、ゴム手袋とゴム長靴を身につけた。オオスズメバチの巣は納屋の壁の裏側にあるようだ。天音が壁板の隙間を金属製の網で覆った。長い筒状の網は入口が漏斗状になっていて、なかに入ったオオスズメバチがでられない構造になって

いる。天音が壁板を叩くと、それに刺激されたオオスズメバチが次々と網に落ちた。しかし壁板にはほかにも隙間があり、オオスズメバチはそこからも飛びだしてきた。

「網で捕まえてッ」

天音の声に捕虫網を手にして納屋に近づいた。黒とオレンジの毒々しい縞模様がゴーグルのまえを乱舞し、モーターがうなるような羽音が耳をかすめる。何匹ものオオスズメバチが首筋や肩を這いまわり、大きな顎をカチカチ鳴らした。いまにも刺されそうな恐怖に身動きができない。

鳶伊は虫捕りをする子どものように捕虫網を振りまわし、オオスズメバチを捕らえていく。もとヤクザで殺人の前科があるとはいえ、六十五歳の高齢者である。壮真は年寄りに負けてはいられないと自分をはげまし、及び腰で捕虫網をふるった。

あたりが静かになると、依頼主の許可をもらって壁板をはずした。天音がスズメバチ捕獲器で巣にいたオオスズメバチを吸引し、三人がかりで巣を撤去した。壮真はぶつぶつしたものが怖い集合体恐怖症だけに、六角形の穴が無数にあいた巣は不気味でたまらない。

駆除したオオスズメバチと巣はゴミ袋に密封して可燃ゴミとして処分する。ゴミ袋と機材をハイエースバンに積んで作業は終わった。帰りの車内で鳶伊に訊いた。

「怖くなかったんですか。オオスズメバチ」

「怖かったばい」

「でも平気そうだった。谷中霊園でおれと澪央にからんできた奴らを相手にしたときも、ぜんぜん怖がってなかったですよね」

「え？　そんなことがあったの」

天音が訊いた。壮真はいきさつを話してから、

「おれはあのとき、めっちゃびびってました。鳶伊さんが助けてくれなかったら、マジでどうなってたか――」

鳶伊はわずかに眉を寄せて、

「もうええちゃ。すんだことやけ」

「教えてほしいんです。どうやったら怖さを克服できるのか」

「怖さは克服できんやろ。ただ逃げようかどうしようか迷うたら、よけいに怖なる。もう逃げられんち覚悟決めたら、そげん怖くはのうなるばい」

鳶伊さんがいうと説得力あるね、と天音がいった。

「わたしもびびりだけど、仕事のときはあきらめてる。なんでもやるしかないんだって」

「おれは逃げてばっかで、ときどき自分が厭になります」

「いろいろ経験を積めば変わってくるよ。便利屋の仕事は、社会の裏側を見られるからメンタルが強くなる。強くなきゃ務まらないけど」


オオスズメバチの駆除に予定より時間がかかったので、もんじゅの事務所にもどったのは六時すぎだった。機材の清掃や片づけをすませたあと、きょうも散歩にいくという鳶伊と別れて町屋駅へむかった。路面電車が走る通りのむこうで、夕焼け空が赤く色づいていた。

帰宅して部屋に入ると、ハンモックで眠っていたマチルダが薄目を開けた。

「ただいま」

ケージの扉を開けたら、これ見よがしにあくびをしてから外にでてきた。続いて前脚をそろえてまえにだし、腰を上に突きあげて大きく伸びをした。こっちを見あげている黒い頭を撫でているとドアが開き、澪央が入ってきた。丈の短いTシャツにスウェットパンツを着ている。澪央はエコバッグからスティック状の袋に入った液状のおやつをだして、

「おやつがなくなったから買いにいってた」

袋の先端を破ってさしだすと、マチルダはちいさな舌をだして夢中で舐《な》めている。のんびりした光景に心がなごむ。マチルダはおやつを食べると、すこししてまた眠った。床で横になり手足を伸ばしていたから猫用のハサミで爪を切った。ふだんは爪切りを厭がって手足をひっこめるが、熟睡しているときはぜんぜん抵抗しない。

壮真はオオスズメバチの駆除にいったことを話して、

「おれはめちゃくちゃ怖くて逃げだしたかったけど、鳶伊さんはぜんぜん平気だった。でも虫捕り網を振りまわしてるときは子どもみたいで、かなりウケた」

「さすがトビー。あたしも見たかったあ」

そのとき玄関のチャイムが鳴って壮真は腰をあげた。リビングにいってインターホンの画面を見ると、黒いポロシャツを着た四十代前半くらいの男が映っていた。髪はオールバック、奥目で頬骨が尖った陰気な顔だ。インターホンの通話ボタンを押して、はいと答えたら男が訊いた。

「沼尻勇作さんはいますか」

沼尻の部屋を見にいくと、ドアノブに外出中と書かれたプレートがさがっている。インターホンのまえにもどって留守だといったら、あんた誰？　と男が訊いた。

「――ここに住んでる者ですけど」

「ここって沼尻さんの家じゃないの」

「そうですけど、シェアハウスなんで」

男は舌打ちして、なんだシェアハウスか、とつぶやき、

「とにかくドア開けてよ。沼尻さんに伝えてほしいことがあるんだ」

不審に思いながらドアを開けた。男は止めるまもなく玄関からあがってくると、沼尻の部屋はどこか訊き、レバー式のドアノブをがちゃがちゃ動かした。ドアには鍵がかかっている。

「何時に帰ってくる？」

「わかりません。沼尻さんに伝えておきますから、用件をいってください」

あいつはなあ。男は急に声を荒らげて、

「おれの妹に手ェだしたんだ。まだ高校二年だぞ」

「えッ」

「青少年健全育成条例違反で、思いっきり犯罪だよ。おれが警察に突きだそうとしたら、あいつは慰謝料払うから許してくれって泣きを入れてきた。おれはぜったい許さねえけど、妹は警察沙汰にしたくないっていう。だから慰謝料用意するのを待ってやってるのに、あいつは連絡よこさねえ。もしかしてバックレたんじゃねえかと思って、様子を見にきたんだよ」

きのう沼尻がめかしこんで外出したのは、この男の妹に会うためだったのか。男が探るような眼をむけてくるのがわずらわしくて視線をそらすと、澪央がドアの隙間からこっちを見ていた。

10

沼尻を訪ねてきた男は、鬼塚《おにづか》と名乗った。

「あいつが――沼尻が帰ってきたら、すぐ連絡するように伝えてくれ。もし連絡がなかったら警察に訴えるってな」

鬼塚が帰ったあと部屋にもどると、澪央は眉をひそめて、

「鬼塚ってひと感じ悪いね。あのひとがいったことがほんとなら、沼尻さんも最低だけど」

「なにか事情があるんじゃないかな。沼尻さんがそんなことするとは思えない」

壮真はピッキングのバイトで沼尻と知りあったことや、沼尻がコロナの影響で職を失い、妻子と別れたことを話した。おれもコロナのせいでひどい目に遭ったけど、と壮真はいって、

「沼尻さんは四十二歳だから、ダメージでかい。国立大卒業して、まじめひと筋でやってきたみたいなのに――」

「まじめかどうかわかんないよ。裏表があるひとも多いから」

「さすが人間不信」

澪央は薄く笑って肩をすくめた。マチルダは最近お気に入りの段ボール箱のなかで、前脚に顎を乗せてうとうとしている。澪央はそれを覗きこんで眼を細めると、

「マーちゃん、気持よさそう」

澪央はときどきマチルダをマーちゃんと呼んだり、マチと呼んだり、マチ子と呼んだりする。壮真も釣られてそう呼ぶことがある。呼びかたがちがうと混乱しそうだが、マチルダはちゃんと反応するから問題ないらしい。

玄関のドアが開く音がしたので、廊下を覗くと沼尻だった。壮真は彼を部屋に招き入れ、鬼塚がいったことを話した。沼尻は銀縁メガネを指で押しあげ、ちがうんだ、と悲痛な声をあげた。

「あの子が高二だなんて信じられない。自分でもはたちだっていってたし、あの子のほうから誘ってきた。つい誘いに乗ったぼくもうかつだったけど——」

「あの、順序だてて話してください」

壮真が口をはさんだ。沼尻がばつが悪そうな表情で語ったところでは、マッチングアプリで知りあったリサという女と、ゆうべ渋谷《しぶや》で待ちあわせてイタリアンダイニングで食事をした。そのあとリサに誘われて道玄坂《どうげんざか》のラブホテルにいったら、リサは体調が悪いからもう帰るといいだした。すこし休んだらとなだめても帰るといってゆずらない。

しかたなくラブホテルをでたら鬼塚が車で待っていて、妹から助けてくれとラインがあったので迎えにきたという。沼尻は車で芝浦埠頭《しばうらふとう》へ連れていかれ、鬼塚におどされた。

「ぼくはなにもしてないのに、リサはレイプされたって泣きわめいて——鬼塚は警察沙汰にしたくなかったら二百万払えっていう」

それって美人局《つつもたせ》っしょ、と壮真はいった。

「マチアプで知りあった女に、ぼったくりバーへ連れていかれる事件が多いって聞いたけど、それとおんなじじゃないですか」

「ぼくも美人局だと思った。でも、あのときはその場から逃げたい一心で——鬼塚におどされて、ここや実家の住所を書かされた。それとバイト先も」

「美人局なら警察に相談したほうが——」

「そんなことしたら、鬼塚はきっと実家に連絡する。ぼくはどうなってもいいけど、おふくろを泣かせたくない」

「鬼塚って下の名前はなんていうんですか」

「わからないけど、二百万なんてとうてい作れない」

「とりま交渉したらどうですか。鬼塚はすぐ連絡しろっていってたから」

鬼塚が苗字しか名乗らなかったのは、うしろ暗いことをしているせいか。沼尻はスマホを手にすると部屋の隅へいき、ひそひそしゃべって通話を終えた。沼尻は沈んだ表情で、

「慰謝料は三日だけ待ってやるって。どうすればいいんだろ」

「トビーに相談したら？　あのひとがいたら、その鬼塚って奴もびびるよ」

澪央がそういうと沼尻はかぶりを振って、

「鳶伊さんって、もとヤクザなんだろ。そんなひとに相談したくないよ。かえって話がこじれたら大変じゃないか」

「そんなに心配なら、なんでマチアプとかやんの。四十すぎのおやじがさあ、はたちの子からラブホに誘われるなんておかしいじゃん。はじめて会ったその日だよ」

「もういい。きみには相談してない」

「おじさんのことはソーマからまじめひと筋だって聞いたけど、ちがうじゃん。ただ臆病なだけ。いろんなことが怖いから、ほんとにやりたいことを我慢して、まじめぶってるんじゃない？」

沼尻は顔を紅潮させて部屋をでていった。壮真は溜息をついて、

「いまのは、ちょっときつかったんじゃね？」

「そうかな」

「沼尻さんもうっかりしてるけど、あそこまでいわなくたって――」

「しょうがないじゃん。まじめぶってるって思ったんだから」

澪央は鼻をぐずぐずいわせると、猫アレルギーがでたといって自分の部屋に帰った。


翌日の仕事は大型マンションの清掃だった。もんじゅの三人は朝から現地へいって作業にとりかかった。はじめに建物周辺の雑草を抜き、ゴミを片づけた。そのあと各階の廊下をモップで拭いて、廊下や部屋のドアの汚れを落とす。住人が通りかかると壮真は笑顔で頭をさげる。

「おはようございます」

大半はあいさつや会釈をかえしてくれるが、一部の住人は露骨に無視したり不審そうな眼をむけてきたりする。築年数が古く設備も旧式のマンションだけに、裕福な住人はいそうもない。彼らもどこかでぺこぺこしているはずなのに、自分が住むマンションを掃除する者をどうして見下すのか。

透也は以前、おたがいセレブになって、みんなを見かえしてやろうぜ、といった。ひとから見下されないためには、やはり金が必要なのだろう。透也とは、ゆうべ遅い時間に電話でしゃべっ

た。沼尻のことは伏せて、知りあいが美人局に遭ったと話したら、透也は即座にいった。

「アホだな、その知りあいは。情弱すぎるだろ」

「美人局を仕組んだのは、どんな奴だと思う？」

「んー、本職は美人局なんてケチくせえことはやんねえから――」

「本職って？」

「ヤクザだよ。その鬼塚って奴は半グレか、タチの悪い素人だろ」

「どうすればいい」

「ほっとけよ。そんなのにひっかかるほうが悪いんだ」

「でも実家の住所も知られて困ってる。なんとかしてやれないかな」

「いったん金払ったら、また難癖つけてたかられる。だからって払わなきゃガン詰めされる。その知りあいはバックレたほうが早いんじゃねえか」

沼尻は、ゆうべ澪央がいったことに怒っているはずだ。澪央がいないときに話せばよかったと、あとで悔やんだ。沼尻とは、けさ出勤まえにリビングで顔をあわせた。

「ゆうべはすみません。澪央が失礼なことをいって――」

彼女とつきあっているわけでもないのに、身内の失態を詫《わ》びるような口調になった。自分でも変だと思ったが、沼尻は疲れた表情で、もういいよ、といった。

「冷静になって考えたら、あの子がいったことも正しい。ぼくは臆病でだらしないところもあるのに、まじめぶってる。初対面で素性のわからない女とホテルにいくなんて、自分の軽率さに落ちこんだよ」

「落ちこんでる場合じゃないですよ。早く対策を考えなきゃ」

「対策なんてないよ。ゆうべはあの子がいたから黙ってたけど、写真もあるんだ」

「写真？」

「鬼塚が撮影してた。ぼくとリサって女がホテルからでてくるところを。リサはホテルをでたとたんに泣きだして、ぼくになにかされたみたいな写真だった。鬼塚は金を払わなかったら、警察に通報したうえに写真を会社と実家に送るって――ぼくは、もうおしまいだ」

「おしまいなんていわないで、誰かに相談しましょうよ」

「鳶伊さんかい？　あのひとに相談するのは――」

沼尻がそういいかけたとき、ちょっとええか、と背後で声がした。振りかえると、作業着姿の鳶伊が立っていたのでぎくりとした。沼尻は眼を泳がせ、口をぱくぱくさせている。

「わしに相談ちゃなんね」

鳶伊は無表情で訊いた。聞かれてしまっては隠しておけない。あとで話します。壮真は鳶伊にむかってそういうと、

「いいですね。沼尻さん」

沼尻は不安そうな表情でうなずいた。

マンションの清掃は午前中では終わらず、昼食はハイエースバンの車内でコンビニ弁当を食べた。鳶伊は例によって弁当をたちまち食べ終えた。出勤する途中で鳶伊に事情を話したら、

「わしがやっちゃろか」

こともなげにいった。やっちゃろかとは、なにをどうやるのか。荒っぽい手段にでられては困

るから、天音にも相談しようと思った。コンビニ弁当を食べたあと天音に意見を訊くと、

「鬼塚とリサは、たぶん常習犯じゃないの。手口がやり慣れてる」

「どうにかなりませんか」

「うちは商売だから、タダじゃ相談に乗れない。でも便利屋としての依頼なら考えがある」

「沼尻さんが依頼主になるってことですか」

「そう。料金は十万円っていいたいところだけど、きみと同居してるってことで六万円」

「それでも、まあまあ高いですね」

「ぜんぜん高くないよ。うまくいけば二百万の慰謝料は払わないですむし、経費込みだもん。おなじことを探偵や調査事務所に頼んだら、安くても二十万以上とられるよ」

「あ、そうか。店長は探偵の資格ありますもんね」

「沼尻さんってひとに訊いてみて。うちに依頼する気があるかどうか」

沼尻に電話すると、とりあえず話を聞きたいといった。天音はなにかあったときのために自宅を知っておいたほうがいいというので、彼女は今夜コーポ村雨にくることになった。


音声を消したテレビで七時のニュースが流れている。

鳶伊はテレビの画面を観ながら、天音と沼尻の会話を聞いていた。コーポ村雨のリビングである。天音と沼尻はテーブルをはさんでむかいあい、鳶伊の正面に壮真がいる。天音が運転するハイエースバンでコーポ村雨に帰ってきたのは十五分ほどまえだった。鳶伊が自分の部屋に入ろうとしたら、天音に呼び止められた。

「鳶伊さんも話を聞いてて。依頼が成立したら、やってほしいことがあるから」

美人局をする連中は昔もいた。鳶伊が部屋住みだったころ、近くの住民たちはトラブルが起きるたび、組長の帯刀信吉を訪ねてきた。警察に訴えても捜査には時間がかかるし、証拠不十分や民事不介入を理由に被害届が受理されないこともある。警察に訴えたことが加害者に伝わったら、逆恨みされるかもしれない。住民たちはそんな不安から帯刀に相談する。帯刀は双方の言いぶんを聞いて調査をおこない、すみやかにトラブルを解決した。

警察を恐れない犯罪常習者たちも、帯刀組には逆らえない。逆らえば地元を追われるか、ある日忽然《こつぜん》と姿を消すはめになる。帯刀は住民たちが謝礼を持ってきても断固として受けとらなかったが、加害者からは情け容赦なく金をむしりとった。

「堅気のもんが平穏に暮らしちょるけ、わしらの稼業が成り立つ」

帯刀はふだんから街を出歩き、住民たちと気さくに話した。当時の地域社会は住民の結びつきが強かっただけに、不審者や犯罪に関する情報はすぐに伝わった。服役中に聞いたところでは、いまは隣人が誰かも知らないのは珍しくなく、帯刀のように地域の住民と交流するヤクザもいなくなったらしい。

「それじゃあ、よろしくお願いします」

沼尻が力ない声でいって頭をさげた。こちらこそ。天音はうなずいた。話しあいの結果、あさっての夜に鬼塚をここへ呼びだすことになった。天音はリビングにビデオカメラを仕掛けて鬼塚を隠し撮りし、脅迫や恐喝の証拠をつかむつもりらしい。

「鳶伊さんはどう思う」

天音に意見を求められて、ええと思います、と答えた。帯刀なら、鬼塚を呼びだすだけで事をおさめただろう。美人局をするような男に嘘をつきとおす度胸はない。

「鬼塚は何者なんでしょうか」

沼尻が誰にともなく訊いた。友だちに聞いたんですけど、と壮真はいった。

「沼尻さんのことは伏せて今回のことを話したら、鬼塚は半グレかタチの悪い素人じゃないかって——」

半グレって、どんどん増えてるね、と天音がいった。

「もんじゅの仕事でお年寄りに会うと、身内や知りあいが詐欺に遭ったって話をしょっちゅう聞く。お年寄りもそうだけど、半グレは闇金とか貧困ビジネスとか風俗とか、弱いひとたちを喰いものにしてる。あいつらはヤクザとちがって身元を隠すから、誰が半グレなのかわからない。ぜんぜんふつうに見えるひとが、実は半グレだったりするから怖いのよ」

暴力団対策法が施行されたのは鳶伊が服役する前年——帯刀が殺された一九九二年だった。それまでのヤクザは、地上げやみかじめ料など暴力をちらつかせた金銭の要求で荒稼ぎする者も多かったが、当時の法律では事件化できなかった。それを取締りできるようにしたのが暴力団対策法——暴対法である。暴対法の施行は、たび重なる抗争で民間人にも被害をだしたヤクザ自身が招いた部分もあった。

やがて各県で暴力団排除条例——暴排条例の制定が相次いだ。二〇一一年には全国の都道府県で暴排条例が施行され、警察の締めつけは一段ときびしくなった。ヤクザはアパートやマンションを借りられず、銀行口座やクレジットカードも作れない。自分名義のスマホは持てず、ゴルフ場にいったりホテルに泊まったりしただけで逮捕される。さらに元暴五年条項により、足を洗っても五年間は暴力団関係者とみなされるので、おなじ状況が続く。それだけに更生の意思があっても社会復帰はむずかしい。

ヤクザの弱体化とともに台頭してきたのが半グレ集団である。半グレ集団はネット社会を反映して匿名性が高く、組織の構成が把握しづらい。警察に摘発されるのは末端ばかりで、上層部まで捜査がおよばないことも多い。少子化により外国人労働者の受け入れが拡大するなか、不良外国人による犯罪も増えている。

鳶伊は服役中にそうした情報を耳にして、帯刀のことばを思いだした。

「どげん法律をきびしくしたっちゃ、悪い連中はおらんごとならん。けど生まれつきの悪党はおらんやろ。親に捨てられた子や居場所のない子らが、金に困って悪さばしよる。その子らに礼儀作法教えて面倒みるとがヤクザばい。なかには堅気に迷惑かけるもんもおるばってん、うちの組ではみっともないまねはさせん。女子どもや年寄りに手ェだす奴は男やない。そげな奴は性根ば叩きなおすか、消えてもらう。わしらがおらんごとなったら、堅気を喰いもんにする連中がのさばるばい」

天音はあさっての段取りについて沼尻と話している。リビングで鬼塚と会うのは沼尻だけで、天音と壮真は近くに停めた車のなかでビデオカメラの映像を観る。

「沼尻さんは慰謝料を払うといって鬼塚を呼びだしてください」

「わかりました。呼びだしたあとは――」

「慰謝料を払うまえに、リサが未成年かどうか確認したいっていうの。学生証や身分証明証が見たいとか」

「そんなことといったら鬼塚は怒るでしょうね」

「怒るからボロをだす。沼尻さんに話してもらう内容は、あとで送ります」

「鬼塚が警察にいくといったら？」

「十中八九それはないし、もしものときはビデオカメラの映像がある。隠し撮りの映像や音声は決定的な証拠にはならないけど、警察は鬼塚の証言を疑うはずよ」

沼尻はうなずいた。天音は続けて、

「鳶伊さんは自分の部屋で待機してて。もし鬼塚が暴力をふるうような気配があったら、すぐ止めてほしいの」

「止めるだけでよかですか」

「もちろん。それ以上はやっちゃだめ。鬼塚は車でくるか電車でくるかわからないけど、ここをでたらわたしと壮真が尾行する。早く正体をつかみたいから」

11

マチルダが感心なのは、教えてもいないのにトイレをちゃんと使えることだ。

大でも小でも神妙な顔つきで用を足すと、ていねいに猫砂をかけて埋める。澪央によれば猫はきれい好きだから、飼い主がトイレで悩むことはないという。マチルダは大のあと、うんちハイで走りまわるか、そうでないときは早くトイレを片づけてといいたげな表情でこっちを見る。

「はいはい、わかったよ」

壮真はスコップで猫砂を掘って掃除する。

マチルダは用がないときも、まんまるな眼をむけてくる。壮真が見つめかえして、ゆっくりまばたきすると、マチルダもおなじようにする。澪央に教わったアイコンタクトで、猫にとってゆっくりまばたきするのは「大好き」のサインだ。マチルダはいま鶏《とり》のササミのウェットフードをたいらげた。ササミは大好物で、満足げに舌なめずりをしている。

きょうは朝から草むしりとエアコンの清掃にいった。いまの時刻は五時半で、コーポ村雨に帰ってきたのは十分ほどまえだった。澪央とは、きのうもおといも顔をあわせていない。壮真が留守のあいだにマチルダの世話をした形跡はあるが、夜はずっと自分の部屋にいる。

沼尻のことで意見したのが癪《しゃく》に障《さわ》ったのか。二時間後に鬼塚がここへきて、沼尻と話しあいをする。予期せぬトラブルが起きる可能性があるから、鬼塚がいるあいだは部屋にいるか外出したほうがいい。澪央に電話でそういったら、

「うん、わかった。忙しいから切るね」

冷淡な声がかえってきた。自分でめんどくさい性格というだけあって、気むずかしい女だ。

これからひとの出入りが多くなるので、六時をまわってマチルダをケージに入れた。まもなく天音が到着した。壮真が部屋に案内すると、彼女はハチワレの仔猫を見て眼を細めた。

「わあ、かわいい。なんて名前？」

「マチルダです」

「女の子なんだ。わたしも猫飼いたいけど、面倒みるひまがないのよね」

「大家さんには内緒で飼ってるんです」

「やばいね、それは。見つかんないようにしなきゃ」

天音はビデオカメラを二台持ってきていた。一台は消しゴムくらいの大きさで、リビングのカーテンレールの上に両面テープで貼りつけた。もう一台は置き時計型で、手にとって調べてもデジタルの目覚まし時計にしか見えない。それをリビングの隅にある木製のキャビネットの上に置いた。キャビネットは以前の住人が置いていったらしいが、いまは誰も使っていない。

鳶伊はすでに自分の部屋で待機している。沼尻がリビングをいったりきたりして、

「大丈夫かな、大丈夫かな」

小声でつぶやいている。大丈夫です、と天音がいった。

「わたしがメールした台本どおりにしゃべってくれれば」

天音はコーポ村雨の玄関が見える場所にグレーのスズキ・エブリイを停めている。ハイエースバンは小回りがきかず尾行にむかないので、レンタカーを借りたという。

七時になって、壮真と天音はエブリイに移動した。外は雨が降っている。天音は運転席でスマホを操作してビデオカメラの映像を確認した。助手席からそれを覗くと映像は鮮明で、リビングのソファで立ったり坐ったりする沼尻がはっきり見える。

天音はスマホをダッシュボードのスマホホルダーにはさんで、

「免許証持ってきてるよね」

「はい。持ってますけど――」

壮真はペーパードライバーだけに、きのうときょうは仕事の合間にハイエースバンで運転の練習をさせられた。アクセルとブレーキの位置さえ記憶が曖昧で、ひやひやしどおしだった。

「鬼塚を尾行するとき、運転をかわってもらう場合もあるから」

天音はそういったけれど、そんなことがないよう祈るばかりだ。

「鬼塚が車できたら、ナンバーで持ち主の情報がわかるんじゃないですか」

「昔は陸運局や自動車検査登録事務所で所有者情報を照会できたけど、いまは車体番号も必要だし、正当な理由がないと調べられない」

「そうなんだあ。映画だと尾行する相手の車に、こっそりＧＰＳ発信機をつけたりしますよね」

「それもだめ。探偵でも勝手につけるのは違法だから」


リビングのテーブルで沼尻と鬼塚がむかいあっている。壮真と天音は固唾《かたず》を呑んでスマホの画面を見つめた。鬼塚はいましがたソファに腰をおろした。コーポ村雨には歩いてきたが、近くに車を停めているのかもしれない。さっそくだけど、と鬼塚がいった。

「慰謝料を払ってもらおうか」

沼尻はうつむきかげんで、金額は？　と訊いた。

「二百万だよ。いまさらそんなこと訊いて、払う気あんのか」

「そのまえに妹さん――リサさんの年齢を教えてほしいんです」

はあ？　鬼塚は眉間に皺を寄せて、

「このあいだいっただろ。十七歳だよ」

「それを確認できるものはないですか。学生証とか保険証とか」

「ふざけんな。個人情報を教えられるわけねえだろ」

「でも、ほんとうに未成年かどうかわからないので――」

「わからないからどうした。もし未成年じゃなくても不同意性交等罪。同意がない性行為は、それだけで犯罪なんだ」

沼尻は顔をあげ、ぼくは、と声を震わせた。

「ぼくはリサさんとホテルには入りましたが、なにもしてません」

「妹が嘘をついたっていうのか。セカンドレイプは許さねえぞ」

「リサさんは、ほんとうにあなたの妹ですか」

鬼塚は奥目を見開いてテーブルを拳で叩いた。

「いいかげんにしろッ」

沼尻は烈しい怒声にたじろいだように見えたが、

「わかりました。いまからふたりで警察署へいきましょう」

「なんだと――警察が怖いくせにハッタリかますんじゃねえ」

「ぼくはなにもしてないけど、それでも罪に問われるなら、しかたありません」

鬼塚は悔しそうに顔をゆがめて、ようし、といった。

「警察には、おれひとりでいく。ついでにおまえがやったことをネットで拡散してやる。それでもいいんだな」

沼尻はうなずいた。クソがッ。鬼塚は怒鳴って立ちあがり、

「なんのために、おれを呼びだした。隠し撮りでもしてるんじゃねえか」

あたりを見まわした。このままではまずいと思ったとき、

「しゃあしいのう」

野太い声がした。ジャージ姿でリビングに入ってきた鳶伊はあくびを嚙み殺して、

「なにをがたがた騒いどるんじゃ。ひとが寝とうとに」

鬼塚がこわばった表情で沼尻になにかいったが、聞きとれない。鬼塚は背中をむけてリビングから姿を消した。天音はエブリイのエンジンをかけて、あいつがでてくる、といった。

「わたしが徒歩で尾行する。鬼塚が車に乗る可能性もあるから、あとをついてきて」

天音は車をおり、壮真は運転席に移動した。

雨はまだ降りやまず、ビニール傘をさした鬼塚が前方を歩いていく。その十メートルほどうしろに、やはりビニール傘をさした天音がいる。鬼塚は車できておらず、日暮里駅のほうへむかっているから電車に乗るようだ。

壮真は緊張しつつエブリイのハンドルを握り、ふたりのあとを追った。鬼塚が一方通行の道や車が通れない路地に入った場合は、天音とスマホで連絡をとりあう。天音とは位置情報の共有アプリで、おたがいの位置が把握できるから、いったん見失っても大丈夫だろう。

大通りの手前まできたとき、宅配便のトラックが道路のまんなかに停まっていた。すこしトラックを脇に寄せれば通れるのにハザードをつけて動かない。鬼塚と天音の姿は見えなくなった。いらいらしていたらスマホが鳴った。電話にでると天音が緊迫した声で、

「鬼塚がタクシー拾った。急いでこっちにきて」

宅配便のトラックはようやく動きだした。けれども焦ってアクセルを踏みすぎて急加速したり、ブレーキを踏みすぎて急減速したり、思うように走れない。

天音をエブリイに乗せたときには鬼塚を見失っていた。

「すみませんでした。おれが運転ミスったせいで――」

「しかたないよ、ペードラだから。尾行でいちばんむずかしいのは、対象者がいきなりタクシー乗った場合。こっちもすぐにタクシー拾えないと失尾しちゃう」

失尾とは対象者を見失うことだという。

天音とコーポ村雨にもどったら、リビングに沼尻がいた。壮真は部屋にもどっていた鳶伊も呼んで、尾行の失敗を伝えた。鳶伊は無言でうなずいた。沼尻はさして落胆した様子もなく、ありがとうございました、と頭をさげた。

「店長さんやみんなのおかげで、勇気を持って鬼塚と話せました」

「鬼塚は最後になんといったんですか」

天音が訊いた。沼尻は顔を曇らせて、

「てめえはぜったい許さねえ。覚悟しとけ、って」

「まだなにか仕掛けてきそうね。こんどこそ鬼塚の正体をつかまなきゃ」

おれが運転をミスらなければ、こんなことにはならなかった。壮真が落ちこんでいると廊下で足音がした。澪央がノートパソコンを抱えてリビングに入ってきた。

「そいつの正体なら、もうつかんだよ」

澪央はノートパソコンを広げてテーブルに置き、鬼塚は偽名、といった。

「本名は茶田愛之助《ちゃだあいのすけ》。年齢は四十四歳、職業はハウスメーカーの営業担当」

ちょっと待って。壮真は思わず口をはさんだ。

「どうして、そんなことがわかるの」

「あいつがこのまえここへきたとき、インターホンのカメラに顔が録画されてた。それをパソコンにとりこんで顔認識検索エンジンで調べたの」

澪央はノートパソコンの画面をこっちにむけた。そこにはテレビCMでよく見るハウスメーカーのサイトが表示されている。澪央がタッチパッドをクリックするとスタッフ紹介の画面に変わり、そのなかに茶田の顔があった。

「ここまで調べられるの？　顔の画像だけで」

「グーグルでも調べられるし、もっと高精度な顔認識検索エンジンもある。ピムアイズって検索エンジンなら九億人の顔を学習してて、おなじ顔を四秒で探しだす。ただし有料だけどね」

天音と沼尻はことばを失っている。鳶伊は意味がよくわからないといった表情だ。ハウスメーカーのサイトには、社員の顔写真に加えてプロフィールが載っていた。茶田の出身地は神奈川県横浜市、趣味は酒、ゴルフ、お笑い番組、とある。

「茶田愛之助って、やさしそうな名前だな」

そうつぶやくと天音が鼻を鳴らして、

「相手を怖がらせるために鬼塚って名乗ったんでしょ。犯罪者は自分だと特定されないよう、ありふれた苗字を使うのが多いけど」

もうひとつあるよ。澪央がそういってキーボードを叩き、

「茶田が若い子といっしょに写ってる画像もあったけど——」

まもなく画面に表示されたのは、茶田と二十代前半くらいの女が肩を寄せあってピースしてい
る画像だった。沼尻はそれを見たとたん、あッ、と叫んだ。

「この子です。これがリサですッ」

澪央によれば画像はSNSにアップされていたが、アカウントは放置されており、情報もすく
ないので投稿者は特定できなかったという。

「でも、この女の顔で検索したら、デリヘルのキャストの画像がでてきた。源氏名はゆま。茶田
との関係はわかんないけど、デリヘル嬢ってことは未成年じゃないよ」

沼尻が驚嘆した表情で、すごい、とつぶやいた。天音は眼をしばたたいて、

「あなたは、いったい何者なの。ハッカーかなにか？」

「そんな大げさなのじゃない。ネットで仕事はしてるけど」

「どんな仕事？」

「いろいろ。匿名でやってるから、くわしくはいえない」

「あなたが調べてくれたおかげで、なんとかなりそう。そのぶん手数料を払わなきゃ」

「いらない。あたしが勝手にやったんだから」

「あのさ。よかったら、うちの便利屋で働かない？」

「遠慮しとく。あたし会社勤め無理だから」

「残念だわ」

「でもネットでやれることなら、ときどき手伝ったりはできるよ」

マチルダは明け方になると騒ぎだす。

壮真が部屋にいるときは、たいていケージからだしているので室内をうろついたり走りまわったりする。猫は完全な夜行性ではなく、いちばん活動的になるのは明け方や夕暮れどきだと澪央から聞いた。マチルダが元気なのはいいけれど、早朝に起こされるのが困る。

マチルダはベッドにのぼってきて、にゃあにゃあと鳴く。ひゃあひゃあと妙な声をだすこともある。そのうち壮真の顔を前脚でぽんぽん叩く。爪は立てていないから痛くはないが、くすぐったい。もし前脚にインクがついていたら、顔が肉球のスタンプだらけになるだろう。それでも寝ていたら、どすんと上に飛び乗ってくる。壮真はたまらず起きあがって、

「もー、だめだってば」

顔をしかめてつぶやく。ハチワレのきょとんとした顔を見ると、叱る気にはなれない。すこし遊んでやってからカリカリの朝ごはんを与える。マチルダは腹いっぱいになるとすぐ眠くなり、クッションの上に横たわる。ヘソ天で寝ているときは仕返しに前脚を持ってバンザイをさせたり、ふくふくした腹を撫でたりするが、まったく動じない。淡いピンクの唇のあいだから、ちいさな牙が見えるのがかわいい。壮真はそれを眺めながら、もうひと眠りする。

きょうは午後から本棚の組み立ての仕事だった。天音によれば、通販で買った本棚や家具を組み立ててほしいという依頼はけっこうあるらしい。鳶伊とふたりで港区《みなと》のマンションにいくと、依頼主は風原《かざはら》という男だった。歳は二十代後半くらいで、モンクレールのロゴが入ったTシャツ

がはちきれそうなほど肥っている。

マンションは新しく内装もきれいだったが、室内は雑然として廊下に段ボール箱が詰みあげてある。ただ本棚を置いてほしいという部屋は片づいていて、L字形の大きなデスクにパソコンのモニターが四つもあり、風原は革張りのオフィスチェアにかけていた。風原はデイトレーダーで株の売買をしているといった。

「もうじき彼女と同棲《どうせい》してユーチューバーもやるからさ。本棚ないとかっこ悪いっしょ」

本棚は天井に届く高さのものが三つあり、壁一面を本棚にしたいというが、本が見あたらない。本はどこにあるのか訊いたら、風原は廊下の段ボール箱に入っていると答えた。

「いままではマンガしかなかったから、ネットで山ほど買ったんだ。あとで本棚にならべてね」

壮真と鳶伊は説明書を見ながら本棚を組み立てた。自分で組み立てれば一円もかからないのに、高い料金を払うのはもったいない。そう思う一方で、気軽に便利屋を利用できるのはうらやましい。組み立てた本棚を壁際に設置したあと、風原がネットで買ったという本を段ボール箱からだした。株や投資関係の本がおもだが、なにが書いてあるのかわからない分厚い洋書もある。

「そういうのが本棚にあるとイケてる感じするでしょ。ぜんぜん読めないけど」

風原は笑みを浮かべた。デイトレーダーって儲かるんでしょうね。壮真は訊いた。

「儲かるときはね。今年は二千万損してるけど」

「マジですか」

「うん。でも去年五千万儲かったから平気。便利屋って儲かる?」

「いえ、儲からないです」

「なんで株やんないの。おれ大学のとき、ちょこっとバイトしただけで、あとはずっとデイトレで喰ってるよ」

「就活はしなかったんですか」

「ぜんぜん。リーマンやったって稼げないじゃん。上司や取引先にぺこぺこするのも厭だし」

「じゃあ、これからもデイトレで――」

「ほかにも投資するよ。十億くらい貯めなきゃ老後が心配だから」

風原はちらりと鳶伊に眼をやった。こんな老後をすごしたくないという顔つきだ。

矢淵凌は大金を持ったら世界が変わるといった。相良透也は犯罪というリスクを負ってまで金を稼いでいる。最近ネットで見たアンケートでは、若者がもっとも幸せに感じることの第一位は「資産が増えたとき」だと書いてあった。誰もが金に眼の色を変えるのは、それがふつうなのか、あるいはそういう時代だからか。

茶田愛之助も金に振りまわされていた。鬼塚の本名が判明した翌日、沼尻はふたたび彼を呼びだした。沼尻が勤務先のハウスメーカーに電話すると、茶田はその夜コーポ村雨にやってきた。

茶田はリビングのテーブルをはさんで沼尻とむかいあったが、前回とちがっておどおどした顔つきだ。沼尻の隣で鳶伊が太い腕を組んでいる。天音と澪央は壮真の部屋にいて、三人でビデオカメラの映像を観た。

「あなたの個人情報は特定しました。リサさんが未成年ではないこともわかったので、警察に訴えることにしました。どちらの言いぶんが正しいか、警察に判断してもらいましょう」

沼尻がそう切りだすと、茶田は見る見る顔面蒼白《そうはく》になり床に這いつくばった。

「警察だけは許してください。女房と娘がいるんです」

「リサさんは妹じゃないんですね」

「――はい」

茶田は顔を伏せたまま消え入るような声で答えた。

「じゃあリサさんとはどういう関係？」

「――顔見知りです」

「ただの顔見知りと美人局なんかやらないでしょう。彼女がデリヘル嬢なのは知ってますか」

茶田が顔をあげると奥目を見開いて、え？　とつぶやいた。

「どうしてそれを――」

「質問してるのはこっちです。彼女との関係は？」

「ぼくは、あの子の客でした。はじめは遊びのつもりでした。でも何度も指名してるうちに恋愛感情を持つようになって――」

茶田はリサに誘われてプライベートでも会うようになった。

「あの子は大学生だったけど、ホストに貢いだせいで借金がかえせず、デリヘル嬢になったといってました。ぼくは気の毒に思って、会うたびにいくらか金を与えました。そしたらある日、店を通さずに会ってるのが店長にばれたっていって――」

リサは違約金として三百万円を払わなければ、海外へ売り飛ばされると号泣した。茶田は警察に相談するよう勧めたが、店のバックにはジャークスという半グレがいるから怖くてできないという。まもなく茶田の勤務先に店長を名乗る男から電話があり、

「おまえも違約金を払えっていうんです、三百万。払わないと会社の上司や家族に連絡するって――。ぼくはカードのキャッシングをしたり消費者金融から借りたりして、百万を彼女にわたしました。でも、あと二百万がどうしても作れなくて――」

「それで美人局をやったんですか」

「あの子が――リサがやろうっていいだしたんです」

「そのわりに手口がやり慣れてますね。マチアプで相手を誘いだすなんて」

「それもリサのアイデアです」

「なんでも彼女のせいにしてるけど、美人局は今回がはじめてじゃないでしょう。まえにもやったんじゃないですか」

「――一度だけ。でも逃げられました」

「じゃあ違約金は払ってないんですか」

「はい。返済は待ってやるから毎月利息を払えって店長にいわれました。利息だけ払っても元本はぜんぜん減らないいんです。おまけにリサとも連絡がつかなくなって――」

沼尻は軽く息を吐いて、だったらリサも怪しいですね、といった。

「店長とぐるなのかもしれませんよ」

「わかりません。店長は、おまえのせいでリサはマカオで働いてるって」

「マカオ？」

「ええ。むこうの風俗は、日本よりずっとギャラが多いそうで」

「やっぱり警察に相談するしかないですよ」

「無理です。うちの会社はノルマがきつくて、経費で自腹切ることもあるんです。でも、この歳でクビになったら再就職は無理だし、家族が路頭に迷いますから――」

沼尻は隣をむいて、どうしましょう、と訊いた。

鳶伊は無表情で、床に這いつくばっている茶田を見おろして、

「娘の歳はなんぼか」

「十歳です」

「娘に免じてかんべんしちゃる。けど、またなんかやったら、わしが会社にカチこむぞ」

茶田は平謝りにあやまって逃げるように去っていった。鳶伊がそのあと沼尻に訊いた。ところでデリヘルちゃなんね？　鳶伊が服役するまえ、デリヘルはなかったらしい。

天音はビデオカメラの映像を止めて、鬼塚って奴は信用できないね、といった。

「会社をクビになるのが怖くても、ふつう美人局なんかやんないよ。リサって女にだまされたことにして同情をひこうとしたのかも」

「同情なんかしなくていいよ。こっちが慰謝料とったらよかったのに」

澪央がそういったら天音は首を横に振って、

「追いつめたら、なにするかわかんないでしょ。気弱な奴ほどあぶないんだから。デリヘルのバックがジャークスっていうのも最悪。うかつに関わらないほうがいい」

ジャークスという半グレ集団については、テレビやネットのニュースでたびたび報じられている。ジャークスの語源は日本語の「邪悪」をもじったとも、英語のＪＥＲＫ――厭な奴、不愉快な奴というスラングからきたともいわれている。芸能人や起業家とのコネクションを持ち、さま

ざまな犯罪に関与しているが、組織の実態はつかめないらしい。

　壮真と鳶伊は作業を終えて風原のマンションをでた。

　きょうも空は曇っている。港区の住宅街は落ちついた雰囲気で、あちこちに眼をみはるような豪邸がある。壮真は駅へむかって歩きながら鳶伊に訊いた。

「テレビやネットのニュースじゃ日本は貧しくなったっていってますけど、どう思いますか」

「街ば見とうぶんには、そげな感じはせんね。どこもかしこもきれいやけん」

「昔の日本は経済格差がちいさくて『一億総中流』っていわれてたんですよね」

「うん」

「いまは格差社会で貧富の差が広がってます。さっきの風原さんみたいに、若くてもデイトレで稼いだりユーチューバーで何億も儲かったりしてるひとはいるけど、自分が中流だって思えるひとはわずかしかいないそうです」

「三流でも四流でもよかろうもん。自分が納得しとったら」

「納得してないひとが多いんじゃないでしょうか。いくら働いても生活が楽にならないんだから。沼尻さんなんか国立大でてまじめに働いてきたのに、コロナで会社が潰れちゃって、いまはバイトでしょう。おれの友だちは、まじめに働くなんてコスパ最悪だっていってました」

「コスパちゃ、なんね」

「コストパフォーマンスの略、要するに費用対効果ってことです。支払った費用や労力にくらべて、得るものが大きいのがコスパがいい。その反対がコスパが悪い」

「安くてお買い得みたいなことかね」

「そうです。みんな損得に敏感ですから」

「ようわからんばい。わしは得するんやなくて損するのが仕事やったけん」

「損するのが仕事って――」

「任侠《にんきょう》ちゅうことたい」

意味はわからなかったが、しつこく訊くのもためらわれた。

もんじゅの事務所にもどると、応接用のソファで天音と沼尻がしゃべっていた。沼尻は、なぜここにいるのか。鬼塚のことでまた問題が起きたのか。おかえり。天音が微笑して、

「沼尻さん、あしたからうちで働くことになったの」

「えッ」

思わず声をあげたら、沼尻は照れくさそうな表情で頭をさげた。

12

沼尻がもんじゅで働きだして、事務所は急に会社らしい雰囲気になった。沼尻はかつて食品会社の営業だったので、接客には慣れているし車も運転できる。朝は壮真とおなじ電車で出勤するようになった。なぜもんじゅで働こうと思ったのか沼尻に訊くと、

「美人局の件で天音さん――店長がてきぱき動くのに感動したんだよ。四十すぎてピッキングのバイトじゃ将来性はないし、きみとまた働きたかったからね」

茶田の正体を暴いた澪央にも感動して、あの子はすごい、という。すこしまえまでは鳶伊を嫌っていたが、最近は笑顔で接するようになった。もっとも鳶伊は笑わないが。

沼尻は作業のほかに営業もこなす。七三わけの髪に銀縁メガネの沼尻がワイシャツにネクタイを締め、スーツを着ると見ちがえるように垢抜《あかぬ》けてエリートサラリーマンを思わせる。すでに七月とあって猛暑のなか外回りをするのは大変だが、壮真や鳶伊がチラシを配るよりはるかに効率的で、次々に仕事が舞いこんできた。天音は売上げがあがったのを喜んで、

「便利屋って怪しいイメージがあるでしょう。仕事によってはプライベートな部分を知られちゃうから、よけいに心配するひとが多いの。でも、いかにもまじめそうな沼尻さんが営業にいくと信用されるのよ」

沼尻がいるから休みをとりやすくなったし、売上げがあがったおかげでバイト代もあがった。それはよかったけれど、気温は連日三十度を超えて外での作業は暑くてたまらない。草むしりや草刈り、庭木の剪定といった依頼はあいかわらず多く、ひと仕事終えたら汗の塩分で皮膚がざらざらになる。鳶伊は愚痴ひとつついわず黙々と作業をするが、とうていまねできない。

「暑い暑い暑い」

壮真はタオルで汗を拭っては呪文のようにつぶやく。鳶伊は作業を続けながら、ぼそりという。

暑い暑いちいうとったら、よけい暑なるぞ。鳶伊がいうことにも一理ある気はするものの、暑いものは暑い。これからが夏本番だと思ったら気が遠くなる。

毎日の楽しみはコーポ村雨に帰ったあとシャワーを浴びて、マチルダをあやしつつ冷たいビールを呑むことだ。発泡酒のほうが安いけれど、壮真はビールのほうが旨いと感じる。澪央は部屋にいるときもあれば、いないときもある。むろんいたほうがうれしいが、缶ビールをぐびぐび呑んで、ぷはーと息を漏らすと澪央は横目でこっちを見て、

「ソーマって、おやじみたい」

「かもしんないけど、なにかいわなきゃいられないんだ。ぷはーとか、くーッとか」

高校生のころ、こっそり呑んだビールは苦いだけだったのに、その旨さがわかるようになったのは、おやじに近づいたのか。便利屋は力仕事が多いだけに筋肉もついてきた。引っ越しのバイトで壮真をさんざん怒鳴りつけた社員やバイトのリーダーたちは、みんなごつい体格だった。そのうちあんなおやじになりそうなのが厭だ。

マチルダもひとまわり大きくなって筋肉がついた。そのぶん体重が増えたので、いきなり背中や腹に飛び乗られたら、うッ、とうめいてしまう。マチルダはときどき「にゃあ」と鳴くように口を開けるが、声がでていないことがある。はじめは喉を痛めたのかと心配したが、澪央によれば声がでていないのではなく、人間には聞こえない高音域で鳴いているという。

「サイレントニャーっていって、信頼してる相手にしかやらないの。だから心配いらないよ」

マチルダは好奇心も増して部屋で遊ばせているとき、ドアを開けたら外にでようとする。何日かまえドアを閉め遅れて、マチルダが廊下に飛びだした。物珍しそうにリビングを眺めているところを捕まえたが、もっと大きくなったら四畳半で飼い続けるのはむずかしいだろう。

沼尻に許可をもらえばマチルダが部屋の外にいても問題なさそうだが、どこに入りこむかわか

らないし、玄関のドアや窓から脱走する可能性もある。マチルダはよく窓辺に坐って外を眺めているだけに、以前の生活が恋しいのかもしれない。ゆうべ澪央にそれをいったら、

「逃げちゃってもしょうがないよ。っていうか、マチルダは地域猫だから、そろそろ自由にしてあげないと――」

「地域猫って勝手に飼っちゃいけないの」

「飼い主がいなければ問題ないよ。ただボランティアのひとたちは地域猫の面倒をみてるから、できれば報告したほうがいい。マーちゃんのことは、あたしがボランティアのおばさんに伝えてある。でも、もといた場所にかえしてあげたほうが――」

「そのほうが幸せかな」

だと思う。澪央は眼を伏せた。

「自然のなかで暮らしたいだろうし、ほかの猫とも遊びたいだろうし」

「おれの部屋にいるよりは、ずっと楽しいよね」

「でも心配よ。猫嫌いのひとになにかされたり、また猫を虐待する奴らがきたりしたら――」

マチルダをどうするか、ふたりだけでは決められないので鳶伊に意見を訊いた。鳶伊はすこし考えてから、マチが喜ぶようにしちゃればよか、といった。最近は鳶伊もそんな呼びかたをするようになった。

「トビーもそういうんだったら、もといた場所にかえそう」

「けど、これから暑ぅなるばい。まちっと涼しゅうなってからのほうが、ええっちゃないね」

澪央はたちまち笑顔になって、そっか、そうだよね、といった。

「トビーがいうとおり、涼しくなってからにしよ」

「うん、そうしよう」

壮真もすぐさま同意した。マチルダとは、もっといっしょにいたい。

もんじゅの事務所にかかってくる電話は、いままで天音がでることが多かった。鳶伊のドスがきいた声だと客が不安になるし、壮真は電話応対が苦手だからだが、沼尻はさすがに慣れていて、なめらかな口調で電話にでる。

「はい、お電話ありがとうございます。便利屋もんじゅ、沼尻でございます」

きょうの仕事は沼尻が電話で受けた依頼で、不用品の処分だった。外での作業にバテ気味だったから、ちょうどいいと壮真は思った。依頼主は不用品の処分を急いでいたそうで、きのう天音が見積もりにいった。

「作業は男だけできてほしいっていうから、わたしはいかない。三人でがんばって」

なぜ男だけなのか訊いたら、いけばわかるよ、と彼女は苦笑した。

壮真と鳶伊は、沼尻が運転するハイエースバンで文京《ぶんきょう》区白山《はくさん》にある依頼主の自宅へいった。依頼主の小畑豊《おばたゆたか》は七十代後半くらいの男だった。顔は土気色《つちけいろ》でげっそり痩せていたが、きちんと整えられた白髪や物腰に品がある。自宅はこぎれいな二世帯住宅で、一方に小畑と妻、もう一方に娘夫婦と孫が住んでいる。妻と娘の家族は、親戚の結婚式で北海道へいっているという。

「ぼくは病気で体調が悪いものだから、いまのうちに私物を処分したくてね。まあ終活ってやつですよ」

小畑はそういって二階にある書斎へ三人を案内した。書斎は八畳ほどの広さがあり、きれいに片づいていた。旧型のデスクトップのパソコンが置かれたデスクと椅子、大型の液晶テレビ、専門書がぎっしりならぶ本棚がいくつもある。専門書のタイトルや壁にかけてある賞状からすると、小畑は大学教授だったらしい。

なにを処分するのかと思ったら、小畑は本棚のひとつをどけてほしいといった。三人が本棚を動かすとウォークインクローゼットの扉があらわれた。小畑は気まずそうな表情で扉を開け、

「ここにあるものを、ぜんぶ処分したいんです」

そこにあったのは、おびただしい数のDVDとビデオテープだった。DVDとビデオテープはすべてアダルト系で、グラビア本や写真集も大量にあった。作業は男だけできてほしいと小畑がいったのは、これが理由だったのだ。

「それじゃあ、お願いします。ぼくは下にいますので」

小畑は書斎をでていった。三人は持ってきた段ボール箱を組み立て、DVDとビデオテープを詰めこんでいった。じろじろ見てはいけないと思いながらも、けばけばしいパッケージに眼がいく。ジャンルは女子大生ものが多い。

沼尻はラベルの文字が青く変色したビデオテープを手にして、

「懐かしいなあ。VHSなんて壮真は知らないだろ」

「知りません」

「ぼくが子どものころはDVDはまだ普及してなくて、これが主流だったんだ。鳶伊さんもそうでしょう？」

「わしが懲役いくまえ、ビデオはみなＶＨＳばい。そのまえはベータちゅうのもあった」

いまやＤＶＤ市場は衰退してレンタル店は減る一方だ。グラビア本や写真集も電子書籍で見るのがふつうになりつつあるから、時代はめまぐるしく変わったのだろう。ウォークインクローゼットにはＤＶＤプレーヤーや骨董品《こっとうひん》のようなビデオデッキもあった。それらを段ボール箱に詰めてハイエースバンの荷室に運び、作業は終了した。

小畑は空になったウォークインクローゼットのまえで大きく息を吐くと、

「これで安心して死ねます。ぼくが死んだあと、妻や娘たちにあんなものを見られたくなかったからね」

三人は本棚をもとの位置にもどし、料金を受けとって小畑の家をでた。

「あのひとって大学教授だったのに、女子大生のビデオばかり観てたんですね」

帰りの車内で壮真はいった。いいんじゃない、と沼尻がいって、

「そういう欲求はあったけど、ビデオで我慢してたんだよ。学校の先生でも生徒に手をだす奴は多いし、美人局にひっかかるぼくなんかよりえらいと思う。教育者イコール聖人君子じゃないんだから」

「たしかにそうですね。あんな品のいいおじいちゃんがあいうビデオをたくさん持ってたから、おれは色メガネで見てたかも——」

誰にでも欲求や性癖はあるから、それ自体は責められない。アダルトビデオを観るひとびとが大勢いるから産業として成り立つし、自分だってしょっちゅう観ている。いまはネット配信が主流なので、小畑のようにかさばらないだけだ。もと大学教授の老人がアダルトビデオを大量に持

っていたからといって、偏見を持つのはまちがいだろう。

小畑は顔色が悪いし病気だといったから、余命わずかなのかもしれない。都内にこぎれいな一戸建ての自宅を持って家族にも恵まれている。透也がいうセレブに近いが、病気のせいか幸福そうには見えなかった。透也はゆうべ電話してきて、バレンシアガのなにを買っただの、プラダのなにを買っただの自慢話をはじめた。

「次はロレックスのデイトナがほしいんだよな。もっと稼がないと買えねえけど」

稼ぐのはいいけどさ、と壮真はいった。

「大麻の配達なんかやめろよ。そのうち警察に捕まるぞ」

「そんなことやってねえし」

「嘘つけ。じゃあ、どうやって稼いでるんだ」

「さあな。でも医療用大麻は海外じゃ合法の国がたくさんある。娯楽用大麻でもカナダは合法だし、アメリカじゃ州によって合法だけど、たいして問題は起きてない。日本だけが危険だって騒いでる」

「だからって、警察にそんないいわけは通らないぞ」

「大麻は酒やタバコより、ずっと害がすくねえんだ。気持がふわっと軽くなるし、味覚が敏感になるから飯が旨《うめ》えぞ」

透也が大麻のよさを力説しだしたから、それ以上はいわなかったが、なぜ犯罪というリスクを負ってまで稼ぐことに執着するのか。小畑のように資産があっても、わびしい老後が待っているのなら、いくら稼いでもむなしい気がする。

もんじゅの事務所にもどると、天音が呼んだ業者がDVDとビデオテープとグラビア本などを回収にきた。あらためて段ボール箱を見ると膨大な量だ。このなかに高値がつくプレミアものがあるかも。沼尻がそういったら天音は肩をすくめて、

「うちじゃそんな鑑定はやらない。それは専門の業者さんが稼げばいいの」

業者が段ボール箱を積むのを手伝ったとき、深夜、小畑がひとり書斎にこもってアダルトビデオを観ている姿が脳裏に浮かんだ。誰も知らない小畑の秘密は軽トラックで運ばれていった。


鳶伊はコーポ村雨のリビングで芋焼酎のロックを呑んだ。

つまみや酒をならべたテーブルのむこうに壮真と澪央、隣に沼尻がいる。蒸し暑い夜である。仕事から帰って自分の部屋にいたら、澪央に呼びだされた。澪央はコンビニで買ったという芋焼酎の五合瓶を持っていて、いっしょに呑もうよ、といった。

「これ好きでしょ。トビーは北九州だから」

鳶伊は酒好きだが、帯刀信吉の護衛だったころは一滴も呑まなかった。いつなにが起きるかわからない稼業だけに自分の組を持ってからも、ほろ酔いで切りあげた。そのあと三十年の刑に服して酒とは縁が切れ、娑婆にでてからは鈍昧愚童の晩酌につきあう程度だから、酔うことに警戒心がある。といって薄い酒では味がしないので、芋焼酎のロックをちびちび呑んだ。仄《ほの》かな芋の香りが遠い昔を思いださせる。

壮真は缶酎ハイ、澪央はハイボール缶、沼尻は発泡酒を呑んでいる。発泡酒はビールに似た味らしいが、鳶伊が服役するまえは発売されていなかった。三人は半袖のTシャツとショートパン

ツ、鳶伊は刺青を隠すために長袖のTシャツを着ている。
テレビのお笑い番組に黒瀬《くろせ》リリアという女が映った。二十二歳のファッションモデルだという。この子、めっちゃかわいいよね。澪央がそういったら壮真は首をかしげて、

「芸能人とか興味あんの」

「興味ない。でもリリアみたいなスタイルにあこがれる」

「隼坂蓮斗《はやさかれんと》とつきあってんだろ。ネットのニュースに書いてあった」

「つきあってるかどうか知らないけど、あのひと嫌い。性格悪そうだから」

「でも、すっげえ人気あるじゃん。あんなイケメンに生まれたら、ほぼほぼ人生勝ち組っしょ」

壮真によれば隼坂蓮斗は二十八歳の俳優らしい。澪央が続けて、

「人生は親ガチャっていいたいの」

「何割かはそうじゃね？　外見とか貧富の差とか」

「たしかに親は選べないけど、そんなこといったってどうしようもないよ」

「自分だって黒瀬リリアにあこがれるっていったくせに」

「スタイルにあこがれてるだけ。親ガチャなんて、ただのいいわけじゃん」

沼尻が発泡酒をあおって、あー旨いな、とつぶやいた。

「もんじゅで働きだしてから酒が旨い」

「便利屋が自分にあってるって感じですか」

壮真が訊いた。沼尻はうなずいて、

「ピッキングは単調だったけど、いまは毎日変化があるからね」

「あぶない仕事もありますよ。オオスズメバチの駆除とか」

「蜂は厭だな。そういえば店長がいってた。あさってはならびの代行だって」

「ならびの代行って、チケット買う行列にならぶやつですか」

「たぶん」

「マジすか。このクソ暑いのに」

ひひひ。澪央がいたずらっぽく笑った。

「大変ね。がんばって」

「いいよなあ、澪央は。涼しい部屋で仕事できて」

「そんなに楽じゃないよ。シェアハウスに住んでるくらいだから」

ユーチューバーやったほうが儲かるんじゃない？　と沼尻がいった。

「きみは個性的だしネットスキルもあるから、きっとファンがつくよ」

「顔出しはNG。怖いよ。知らないひとに顔バレするの」

「じゃVチューバーは？　アバター使うから大丈夫っしょ」

壮真がそういうと澪央はかぶりを振って、

「あたし、あんま承認欲求ないもん」

「おれはユーチューバーがうらやましい。二十代で何千万とか何億とか稼げるし、やってて楽しそうだから」

ふつうに働いてるのがバカバカしくなるよね、と沼尻がいった。

「ぼくはサラリーマンが長かったけど、誰にも認めてもらえなかったし、金も稼げなかった。それにくらべて人気のユーチューバーは――いかん、また愚痴になっちゃった」

いいよ愚痴いっても、と澪央がいった。

「沼っちは苦労したんだから」

「いやいや、愚痴はよくない。愚痴をこぼすくらいなら、これからのことを考えたほうがいい」

澪央はいつのまにか沼尻を沼っちと呼ぶようになった。鳶伊さん、と壮真がいった。

「ネットがない時代は承認欲求とかありました？」

鳶伊は芋焼酎を口にふくんだ。すこしまえまではユーチューバーやユーチューブどころか、インターネットやメールやSNSがなんなのかもわからなかった。が、スマホの操作をおぼえるにつれて、いくらか知識が増えた。承認欲求ということばもネットの記事でよく見かける。誰もが情報を手軽に発信できる時代とあって、他人から認められたいと願うひとびとが増えたらしい。

ひとの本心はわからんばい、と鳶伊はいった。

「何十年もつきおうた身内から、寝首かかれることもある。ネットのごと顔も本名も知らんもんは、はなからあてにならんやろ。そげなことで一喜一憂せんでもええっちゃないと」

ネットを見るかぎり、いまの時代は他人になにかを求める者が多い。政府がなになにをしてくれない。会社がなになにをしてくれない。誰それがなになにをしてくれない。鳶伊が部屋住みだったころ、帯刀にいつもこういわれた。

「ひとに恵んでもろとるうちは子どもばい。ひとに与えられるとが大人じゃ」

ひとに与えるものがないまま年老いた自分は、どう生きればいいのか。なんのために生きておるかを考えるのが人生じゃ、と愚童はいったが、答えはいっこうに見つからない。すこし酔いがまわったせいか、ハチワレの仔猫と遊びたくなった。ところで、と鳶伊はいった。

「マチはどげしよるかね」

「ケージにいます。連れてきましょうか」

壮真がそういってから沼尻の顔を見た。

「ぼくは大丈夫だよ。ここで遊ばせてやれば？」

壮真は自分の部屋にいき、マチルダを抱えてもどってきた。両腋に手を入れて持ちあげると、驚くほど長く胴体が伸びる。ほら珍しいだろ、ここで遊んでもいいんだって。床におろされたマチルダは、きょろきょろ周囲を見まわして匂いを嗅いだ。

テーブルについた壮真がつまみをとろうとして手をすべらせ、芋焼酎の五合瓶を倒した。マチルダはその音に驚いて走りだし、部屋の隅にあるキャビネットの下にもぐりこんだ。焼酎の五合瓶は蓋をしていたので中身はこぼれず、割れもしなかった。壮真があわてて瓶をもとにもどして、ごめんごめん、といった。

「もー、マチがびっくりしたじゃん」

澪央が口を尖らせてキャビネットの下を覗きこんだ。キャビネットは脚付きで、床とのあいだに十センチほどの隙間がある。

「しもた。そこは掃除しとらんやった」

鳶伊は思わずそうつぶやいた。浴室とトイレはいつも掃除している。リビングやキッチンもきれいにしたいが、勝手に掃除しすぎるのも厭がられそうだから手をださなかった。やがてマチルダは埃《ほこり》だらけで這いだしてきた。澪央が抱きあげて埃を手で払いながら、

「お風呂に入れなきゃ。このままじゃ毛についた埃を舐めちゃう」

考えてみたら、と壮真がいった。

「マチは一度もシャンプーしたことないね。もう夏だから、ちょうどいいかも」

「あたしが洗ってあげたいけど、猫アレルギーがでちゃう。っていうか、こうなったのはソーマのせいだから——」

「わかったよ。ちゃちゃちゃっとシャンプーしよう、ねえマチ子ちゃん」

壮真はマチルダを澪央から抱きとって浴室にいった。まもなくシャワーの音がしたと思ったら、うにゃーッ、とすさまじい声がした。澪央と沼尻が様子を見にいき、鳶伊もあとをついていった。大丈夫？　澪央が声をかけたら浴室のドアが開いた。

「おれひとりじゃ無理。誰か押さえててくれないと——」

壮真が困惑した表情でいったと同時にマチルダが飛びだしてきた。全身がずぶ濡れで、ねずみのようにちいさくなっている。鳶伊が腰をかがめてマチルダを抱きあげたとき、

「ちょっと、あんたたちッ」

背後で尖った声がした。振りかえると大家の村雨文子が立っていた。

13

まばゆい陽射しが秋葉原の街並を照らしている。

まだ午前八時だというのに真昼のような暑さで、気温はすでに三十度を超えた。壮真と鳶伊と沼尻は家電量販店のまえに立っていた。おととい沼尻から聞いたならびの代行とは、人気のトレカ――トレーディングカードの購入代行だった。

三人がここに着いたのは七時ごろだが、すでに長い行列ができていた。先頭にいるひとびとは昨夜からならんでいるらしい。十時の開店まであと二時間もあるのに行列は増える一方で、最後尾は遠すぎて見えない。

「トレカちゃ、どういうもんかね」

けさ、ふだんより早く出勤すると鳶伊が訊いた。

「趣味で集めたりゲームをしたり交換したりするんですよ。ポケモンとか遊戯王とかデュエル・マスターズとかワンピースとかいろいろあって、定価は一枚数百円だけどレアなカードは値段が高騰して何十万円もします」

何十万円どころじゃないよ、と天音がいった。

「ポケモンカードの初期版『リザードン』は四億三千九百万円、『ポケモンイラストレーター』

は七億二千万円で落札されて、ギネスの世界記録になってる」

「でも定価は数百円なんでしょう。そんなのがたまたま家にあったら、遊んで暮らせるのに」

沼尻がそういって溜息をつき、鳶伊は意味がわからないという表情で首をひねった。

壮真は行列にならんでいるあいだ、時間潰しにスマホでゲームをした。沼尻もスマホを見ているが、鳶伊は背筋を伸ばして立ったままだ。なにもしないで退屈ではないかと訊いたら、

「じっとしとうのは慣れちょるもんね」

刑務所で、ですか。壮真は小声で訊いた。

「それもあるけど、おやじの護衛《タマヨケ》しとったけん」

鳶伊がいうおやじとは組長のことだ。護衛中は組長から片時も眼を離せず、食事はおろか用を足すこともできないという。トイレにいけないのは購入代行もおなじだ。

「熱中症にならないよう水分はちゃんととってね。でもトイレにいけないから、念のために紙おむつしといたほうがいい。紙おむつは倉庫にあるよ」

事務所をでるまえに天音がそういった。え？　壮真は眼をしばたたいて、

「三人でならぶから、ひとりがトイレにいっても場所をとっておけるんじゃ――」

「それでも誰かが文句いってくるかも。トレカの行列は殺気だってるから」

沼尻は律儀に紙おむつをしてきたらしいが、壮真は恥ずかしいからしなかった。天音がいったとおり、行列しているひとびとの表情は険しく、一触即発の雰囲気だ。平日なので子どもはおらず、炎天下に大人たちがトレカを求めてならんでいるのは滑稽であり異様でもある。

レアなカードは高額で取引されるから、それが目当ての者も多いだろう。今回の依頼主はトレ

カの購入を子どもに頼まれたという主婦だが、行列のなかには転売目的の、いわゆる転売ヤーとおぼしい男たちや得体のしれない外国人もいる。趣味やゲームのためにトレカを買うのはべつにして、金儲けのために行列するのは浅ましく感じられる。自分も仕事でならんでいるだけに他人のことはいえないが、トレカの窃盗事件がたびたび起きているのも、それほど金に執着する者が増えたからだろう。

マチルダにシャンプーしようとした夜、村雨文子がきたのも窃盗がらみの用件だった。

「さっき荒川署の防犯課から電話があって、わたしんちの住所が窃盗グループのリストに載ってたけど、なにか不審なことはないですかって訊くの。特にないって答えたら、また連絡しますので用心してくださいって。ここも狙われるかもしれないから、あんたたちに伝えとこうと思って。それはそうと――」

村雨はそこでことばを切って、びしょ濡れのマチルダを抱いた鳶伊に眼をやった。

「どうして無断で猫を飼ってるの」

「トビーじゃなくて、あたしが拾ったの」

澪央がそういったので壮真もあわてて口をはさんだ。

「ふだんはおれの部屋にいるんですけど、今夜はたまたま――」

「ここに住んでるひとどうし仲よくするのはいいけど、好き勝手されちゃ困るよ。猫は柱や壁をひっかくから家が傷むじゃない」

壮真は村雨に詫びてから事情を説明し、涼しくなるまでマチルダを飼わせてもらえないか訊いた。村雨はむずかしい表情になって、じゃあ八月いっぱいまで、といった。

「いますぐ捨てといでっていいたいけど、死なれでもしたら後生が悪いやね」

八月いっぱいと期限を決められたのはさびしかったが、ひとまず安堵した。村雨が帰ったあと、鳶伊はTシャツを脱いでマチルダを浴室に連れていった。裸の背中に不動明王の刺青がある。燃え盛る炎を背にした不動明王は憤怒《ふんぬ》の形相がすさまじい。鳶伊の刺青は胸や腕しか見たことがなかったから、その迫力に息を呑んだ。

浴室の扉が閉まりシャワーの音がしたが、マチルダはおとなしかった。シャワーのあとタオルで拭いたりドライヤーで乾かしたりするときも、じっとしていた。おれがシャンプーしようとしたら世界の終わりがきたみたいに鳴き叫んだのに、と壮真は思った。まるで様子がちがうのが悔しかった。

きのうは仕事が休みだったからマチルダとたくさん遊べた。最近のお気に入りはエビの形をした「けりぐるみ」を抱っこして高速キックをかますのと、ボール遊びだ。猫用のふわふわしたボールを投げるたび、嬉々《きき》として捕まえにいく。犬とちがって持ってこないし、突然興味をなくして知らん顔をする。しかしボールの行方がわからなくなって壮真が探していると、マチルダもいっしょに探しはじめるのがおもしろい。

「あたしが見つけてあげようか」

そんな顔つきであたりを見まわし、壮真のあとをついてまわる。どっちが遊んでもらっているのかわからない。掃除機は不思議と怖がらないが、床から動かないのが困る。マチルダはいったん横になると、押してもひいてもその場所を動こうとしない。猫にもこだわりがあるらしい。

マチルダはリビングにもこだわっているようで、しきりにドアノブを見あげる。

「どうしたの？　あっちへいきたいの？」

そう声をかけると尻尾をぱたぱた振る。やっぱりいきたいのだ。澪央が部屋にきたときも、マチルダはドアのまえで待ちかまえていた。隙あらば脱出しそうな勢いだから、リビングには連れていかないほうがよかったかもしれない。


行列にならんでしばらくはトイレにいきたくならないよう、持参したミネラルウォーターを飲むのはひかえていた。けれども気温があがるにつれて、そんな余裕はなくなった。猛烈な暑さに汗が滝のように流れて頭がくらくらし、熱中症で倒れそうになる。

壮真はミネラルウォーターをがぶ飲みしたが、たちまち汗に変わって喉が渇く。ひっきりなしに水分を補給していないと、脱水症状でミイラになりそうだ。沼尻もミネラルウォーターをラッパ飲みして、暑くてたまらん、とつぶやいた。

「紙おむつなんかしてくるんじゃなかった」

猛暑のおかげで尿意は催さなかった。ところがピンチは思わぬ方向からやってきた。家電量販店の開店まで五分を切ったころ、鈍い腹痛とともに大きいほうを催した。もうゲームをするどころではなく、スマホをしまって尻をすぼめた。いますぐトイレにいけたとしてもトレカが買えなくなるという最悪の事態だ。歩くと漏れそうだから行列がまえに進むのが怖い。必死でこらえていると波はいったん遠のくが、安堵するまもなく勢力を増して襲ってくる。

こういうときはべつのことを考えて、意識をそらしたほうがいいとなにかで読んだ。壮真は額に脂汗をにじませながら、澪央やマチルダのことを思い浮かべようとした。けれども脳裏に浮かんできたのは小学校の教室だった。小学校低学年のころ、授業中にトイレにいきたいといいだせず苦悶した記憶が蘇って切迫感はさらにつのった。次の大波がきたら耐えられないと思ったとき、割りこみすんじゃねえよッ、と怒声が響いた。

「割りこみじゃねえよ。おれはさっきまでならんでたじゃん」
三、四人ほど前方で、二十代なかばくらいの男ふたりが言い争っている。
「ちょっとトイレにいってきますっていったら、あんたはうなずいただろ。だからもどってきたのに、なんでシカトすんだよ」

「いったん列を離れたら、もうだめさ。最後尾からならびなおせよ」

「ふざけんな。そんなことできるかッ」

ふたりはつかみあいをはじめた。列を離れたらトレカが買えなくなるせいか、誰も止めに入らない。スマホのカメラをふたりにむけて動画を撮影する者も多い。やめてくださいッ。従業員が叫んだが、男たちはますます興奮して殴りあいになった。ふと鳶伊が列を離れたと思ったら、ふたりに近づいていく。沼尻がこわばった顔で、やばい、といった。

「鳶伊さん――」

声をかけたが鳶伊はこっちを見ようとせず、ふたりのあいだに割って入った。

「なんだ、ジジイッ」

「おまえは関係ねえだろうがッ」

男たちは罵声をあげ、ひとりが鳶伊に殴りかかった。次の瞬間、鳶伊は腰を落として顎をひき、男の拳を額で受けた。ぐきッ、と鈍い音がした。男は顔をゆがめ、もう一方の手で拳を押さえてしゃがみこんだ。続いてもうひとりが放った鋭いパンチを、鳶伊はまた額で受けた。その男も顔をゆがめてへたりこみ、骨が折れたッ、と悲鳴をあげた。

鳶伊は首をごきりと鳴らして行列にもどってきた。咎《とが》める者は誰もおらず、ぱらぱらと拍手が起きた。通りのむこうから警官がふたり、足早にむかってくるのが見えたが、開店を告げる従業員の声が響き、行列は店内になだれこんだ。われにかえると、いつのまにか下半身の波状攻撃はおさまっていた。

トレカの購入を終え、無事に用を足したあと鳶伊に訊いた。

「二発も殴られたでしょう。怪我してないですか」

鳶伊は額を手でさすって、なんちゃない、といった。

「ちょこっとコブができとうだけ」

「あのふたりは、すごく痛がってましたね」

「そら痛かろう。前頭骨ば殴らせたけんね」

額の生え際の前頭骨は硬く、拳のあたる角度によっては殴ったほうがダメージを受けるという。はたから見れば殴られているだけなのに、ふたりの男の戦意を喪失させるとは、どれほど喧嘩慣れしているのか。うーん、と沼尻がうなって、

「あそこにいた連中は、ぼくを含めて見てるだけだった。鳶伊さんは、もう六十五でしょう。二十代のあいつらにむかっていくなんて怖くないんですか」

昔のなごりやろね、と鳶伊はいった。

「ああやこうや考えるまえに軀が動いてしまうと」

「餅屋は餅屋っていうけど、ヤクザは喧嘩のプロなんだなあ」

「わしはもうヤクザやなか。ただの年寄りばい」

「すみません。でも、ふつうのお年寄りにあんなことはできませんよ」

昼まえに事務所にもどると、依頼主の主婦が応接用のソファで待っていた。歳は三十代なかばくらいで裕福そうな雰囲気だ。天音はトレカを彼女にわたし、料金を受けとった。

「これで息子に叱られずにすみます」

主婦はタクシーを呼んで帰っていった。子どものためにトレカの購入代行を依頼するのは甘やかしすぎな気もするが、壮真はそんな母親がいるのがうらやましかった。母はひとり息子の自分にあまり関心がなく、かわいがられた記憶も叱られた記憶もほとんどない。母が夢中になって話すのは父の悪口や家計の愚痴ばかりだった。

もんじゅの四人は、昼食のコンビニ弁当をデスクで食べた。鳶伊が喧嘩を止めたことを天音に話したら、彼女は軽く息を吐いて、無理しないでね、といった。

「鳶伊さんがやったことは正しいけど、いまは昔とちがう。ネットでいろんな意見をいうひとがいるから、ちょっとした弾みで炎上して大騒ぎになる。こんなことといいたくないけど、鳶伊さんの過去を知られたらクレームがついて、うちじゃ雇えなくなっちゃう」

「すみません。いらんことしました」

鳶伊は頭をさげた。あやまんなくていいよ、と天音がいった。

「わたしは心配してるだけ。うちでずっと働いてほしいから」

自分がよけいなことをいったせいで気まずい雰囲気になった。そう思った壮真は話題を変えるつもりで、おとといの夜のことを話した。

「マーちゃんはおれだとぜんぜん洗わせてくれないけど、鳶伊さんだと平気なんです」

「よっぽどなついてるんだね」

「でも途中で大家の村雨さんが入ってきて、めっちゃびびりました」

「大丈夫なの。猫飼ってるの秘密だったんでしょ」

「ちょっと叱られました。でも八月いっぱいまでは飼っていいって」

「八月いっぱい？　そのあとどうするの」

「マーちゃんは――マチルダは地域猫だから、もといた場所にかえすんです」

「そうなんだ。でもさ、大家だからって、いきなり入ってくるのは非常識じゃない？」

「荒川署から電話があったといってました。村雨さんの住所が窃盗グループのリストに載ってたから、なにか不審なことはないかって訊かれたらしくて。それをおれたちにも伝えようと――」

「え、ちょっと待って。村雨さんって歳いくつ」

「七十六です」

「何人暮らし？」

「ご主人とふたりです。ご主人は認知症だそうで――」

「それ、警察からの電話じゃないよ」

「えッ」

「警察はそんな電話をかけてこない。もしなにかあったら警官が自宅を訪ねてくる」

「じゃあ、なんなんですか」

「たぶんアポ電」

「アポ電？　ニュースで聞いた気がするけど、なんでしたっけ」

「強盗や空き巣、詐欺の下見で電話するの。うちの仕事で会ったお年寄りの家にもかかってきてるし、被害に遭ったひともいる。最近の手口は警察を装って電話をかけて、家族の人数や生活パターンや資産の状況なんかを聞きだす。それから犯行の計画をたてる」

「誰がそんな計画を？」

「たいていは半グレ。電話はそれ専門の『かけ子』がマニュアルどおりにしゃべるだけだけど、トークがうまいから、だまされちゃうひとが多い」

「どうして村雨さんにそんな電話がかかってきたんでしょう」

「半グレには名簿屋がいて、お年寄りの住所や連絡先を売買してる。たぶん、そのリストに載ってたんでしょ。村雨さんって資産家？」

「じゃないですかね。コーポ村雨のむかいが一戸建ての自宅ですから」

「それだけ土地があれば狙われてもおかしくない。気をつけるようにいったほうがいいよ。それと警察を名乗る電話があったとき、村雨さんがなにを話したか訊いといて」


その日の夕方、仕事から帰ったあとで村雨の自宅を訪れた。

アポ電のことを村雨に伝えるためだが、自分だけでは説得力に欠けるので沼尻についてきてもらった。三人は玄関先で立ち話をした。村雨が電話で話した相手は警察ではなく、半グレの可能

性が高いといったら彼女は眼をみはって、

「強盗や空き巣の下見で、うちに電話してきたってこと？」

「ええ。もしくは詐欺の。そういうのをアポ電っていうんです」

「どうしよう。わたしゃてっきり警察だと思って、べらべらしゃべっちゃった」

村雨は夫とふたり暮らしであること、コーポ村雨の大家であること、自宅に現金がどれだけあるかも話していた。夫は要介護一で日常生活の基本動作は自分でできるが、物忘れがひどく足腰が弱っているという。

「ご主人はデイサービスに通われてますか」

「週二回。あ、それも電話でしゃべったけど、まずかった？」

「かもしれません。村雨さんがひとりのときを狙ってるんだとしたら」

「やだよ、強盗なんかに入られるのは」

「なにかあったら声をかけてください。すぐ駆けつけます」

でも、ぼくらが留守のときもあるから、と沼尻がいった。

「まず警察に相談したほうが――」

「そうするわ。息子がいればいいんだけど、いま出張でアメリカにいるしねえ」

息子は仕事が貿易関係で出張が多い。息子は妻と神戸に住んでいるが、妻の母親が重度の認知症らしい。みんな介護で大変だよ、と村雨はいって、

「これからは年寄りだらけの世の中になるっていうでしょ。若いひとに苦労はかけたくないけど、わたしだっていつどうなるか――」

村雨と別れたあとで祖父のことを考えた。祖父も認知症が進んでいるから他人事ではない。父が介護しているからいいようなものの、自分がその立場なら負担に感じるだろう。村雨がいったように、二〇二五年には五人にひとりが七十五歳以上の後期高齢者になる。それにともなって高齢者を狙った犯罪も増えるにちがいない。村雨も誰かに狙われていると思うと心配だった。

翌朝、洗面所で歯を磨いていると澪央が駆け寄ってきた。澪央はスマホの画面をこっちにむけて、トビーのことがニュースになってる、といった。

画面に映っていたのはテレビ局が配信するユーチューブの動画で「トレカ発売で大行列。割りこみトラブルで殴りあいも。それを見事に止めた謎の高齢者」とタイトルがついている。鳶伊の活躍はゆうべ澪央に話したが、ニュースになるとは思わなかった。あらためて観ても鳶伊の身のこなしは鮮やかで、話題になるのもうなずける。殴りあう男たちや鳶伊の顔には、ぼかしが入っていたから身元がばれる心配はなさそうだ。

コメント欄には「おじいちゃん、かっけー」とか「このひとは、ぜったいもと格闘家」とか「マジ高齢者？　ただ者じゃない」とか称賛の声がならぶ一方で「こんなことするのは危険」だの「殴ったひとに怪我をさせた」だの「話しあいで解決できないなら、警察にまかせるべき」だの否定的な意見もある。

リビングにいくと鳶伊と沼尻がいたので、スマホの画面を見せた。

「こげなことがニュースになると」

鳶伊はげんなりした表情でいった。

「やっぱり、いらんことせなよかった」

「そんなことないよ。トビーはまちがってない」

澪央がそういったが鳶伊は無言だった。

そのあと出勤の支度を終えて玄関をでたら、村雨が自宅のまえで道路を掃いていた。三人があいさつすると、村雨はきのう交番の警官に相談したといって、

「おまわりさんに確認してもらったら、うちに電話してきたのはやっぱり警察じゃなかった。怖いから犯人を捕まえてっていったけど、電話だけで犯人を見つけるのはむずかしいらしいの。とりあえずパトロールを強化しますので、戸締りを厳重にしてくださいって」

「戸締りだけじゃ心配ですね」

壮真がそういうと沼尻も同意して、

「警備会社のホームセキュリティに加入したほうがいいんじゃないですか」

「そのホームなんとかは、なにをしてくれるの」

「家に防犯カメラやセンサーを設置して、なにかあったら警備員がきてくれるんです」

そりゃ便利だね。村雨はうわの空で答えて、それはそうと、といった。

「うちの孫娘に彼氏ができたんだって。その彼氏が十歳も年上だっていうから――」

どうでもいい長話をはじめたので遅刻しそうになった。

七月中旬に入って猛暑はさらにきびしくなった。

まだ梅雨は明けてないのに雨は降らず、最高気温が三十五度を超える日も珍しくない。都内は

ヒートアイランド現象のせいで冷房が効かず、エアコンの清掃の依頼が相次いだ。草むしりや草刈りよりはましにせよ、屋内の作業でも肝心のエアコンが止まっているから汗だくになる。

高齢者宅からは網戸の張りかえの依頼が何件かあった。網戸など縁がないだけに最初はとまどったものの、コツをおぼえれば簡単な作業だった。とはいえ熱帯夜に窓を開けても、たいして涼しくならないだろう。それどころか熱中症になりかねないが、依頼主はエアコンは冷えすぎるとか電気代がもったいないとかいう理由で網戸にこだわる。

きょうも朝から網戸の張りかえがあった。壮真は作業のあと事務所にもどると天音に訊いた。

「網戸ってあぶなくないですか。窓開けてるのとおなじで泥棒が簡単に入れるから」

「お年寄りは不用心なのよ。死んだばあちゃんがいってた。昔の田舎は玄関の鍵をかけないのがふつうだったから、配達にきた酒屋さんや米屋さんが勝手に出入りしてたって」

「勝手に出入りって、やばいですよね。それだけ治安がよかったってこと？」

「いまみたいにお年寄りを狙って詐欺や強盗をする連中はすくなかった。アポ電なんてなかったから、紙の分厚い電話帳に個人の住所と電話番号が載ってたし」

「個人情報バレバレじゃないですか」

「お年寄りはそういう時代に育ったから、夏は網戸でいいと思ってるの」

「昔はこげん暑うなかったけ、夜はエアコンなくても平気やったばい」

「鳶伊さんが子どものころも網戸だったんですか」

「網戸は使《つこ》うてなかった。夏は窓開けて蚊帳《かや》吊って寝とったね」

「蚊帳ってなんですか」

「部屋に吊るテントみたいなもんたい。細かい網のごとなっちょって蚊が入ってこんと」

ぼくも蚊帳は知らないな、と沼尻がいった。

「網戸はあったけど」

「わたしも蚊帳は使ったことない。だいたい東京は蚊がすくないもん」

「昔って、そんなに蚊が多かったんですか」

「多かった。蝿もいっぱいおったけん、魚屋や肉屋は、みな蝿とり紙ぶらさげとった」

蝿とり紙は粘着シートのようになっていて蝿が大量にくっつくらしい。そんなものがぶらさがった店で魚や肉を買いたくないが、当時はそれがふつうだったという。壮真は続けて、

「昔は扇風機だけでエアコンもなかったんでしょう」

「昔はなんもなかよ。わしがこまいとき、テレビはなかったし電子レンジも洗濯機もなかった」

「スマホもネットもゲームもないんですよね。いまの若い子がその時代にいったら、ぜったい秒でキレますよ」

でも情報過多もよくないらしいよ、と沼尻がいった。

「それが原因で精神が不安定になるひとも多いんだって。ぼくも毎日スマホ見てるけど、歳のせいかときどきくたびれる。知らなくてもいい情報を知ってしまうから」

壮真も悲惨なニュースや腹立たしいニュースや誹謗《ひぼう》中傷の書きこみを見るたび、ストレスを感じる。同年代で大金を稼ぐインフルエンサーや起業家が投稿する華やかな暮らしぶりに、羨望と劣等感をおぼえる。部屋にこもってゲームばかりしていたころは自己嫌悪に陥ったが、もんじゅで働きだしてからはだいぶましになった。

14

境内の木々で蟬《せみ》が鳴いている。午後六時まえだが、障子越しに射す陽はまだ明るい。痴行寺の庫裡である。鈍昧愚童は、きょうも座卓につまみをならべて冷酒を吞んでいた。

鳶伊はむかいで膝をそろえ、愚童がさしだす冷酒をぐい吞みで受けた。きょうは仕事が休みで昼ごろまでコーポ村雨にいた。沼尻がもんじゅで働くようになってから、週に一度は休めと天音にいわれているが、休んでもすることがない。散歩がてら痴行寺にきたら墓地の雑草が伸びていた。地面にしゃがんで草をむしっていると、

「この暑いのになにをしておる」

背後で愚童の声がした。作務衣《さむえ》の袖と裾をまくった愚童は顔をしかめて、

「熱中症で死なれたら迷惑じゃ。なかに入れ」

鳶伊が子どものころは朝と夕方に寺の鐘が聞こえてきた。痴行寺にも梵鐘《ぼんしょう》を吊るした鐘楼がある。けれども鳶伊が刑務所をでてこの寺で寝起きしていたとき、愚童は一度も梵鐘を鳴らさなかった。七十八歳だけに鐘を撞《つ》くのは疲れるせいかと思ったが、いま理由を訊いてみると、

「以前は朝夕鳴らしておったが、何年かまえ近所に越してきた住人から鐘の音がうるさいと苦情がきての。それからはやめた。除夜の鐘も、苦情のせいでやめる寺が増えておるそうじゃ」

「なんでうるさいとでしょうか。そげなことといわれたら困りますね」

「べつに困りゃあせん。ついでに経もあげんでほしいというてくれれば、こっちは楽じゃがの」

冷酒の二合瓶は空になったが、愚童はまだ呑むというので厨房にいって冷蔵庫を開けた。冷蔵庫には冷酒や缶ビールがぎっしり入っている。鳶伊は冷酒を持って座卓にもどり、

「あまり呑まれると健康に悪かですよ」

「たしかに酒は健康に悪い」

愚童がそういってぐい呑みをあおり、

「ゆえに世の中から酒を減らそうと思うて、身どもが呑んでおる。おまえも協力せい」

鳶伊は首をかしげて手酌で冷酒を呑んだ。話は変わるが、と愚童はいって、

「ちょうどおまえに連絡しようと思うておった。最近うちの檀家から相談があっての」

「なんでしょう」

「檀家の知りあいに、夫に先立たれた女性がおる。そのひとは介護の仕事をしておるが、夫の長患いで大変苦労したそうじゃ。いまはひとり暮らしで歳は五十八」

「そのひとがなにか――」

「会《お》うてみる気はないか」

鳶伊は眼をしばたたいた。愚童は続けて、

「すぐにというわけではない。半年後でも一年後でもかまわん。ただ、そのひとは連れあいをほしがっておる。暮らしが落ちついたら所帯を持つ気はないか」

「考えたこともなかです」

「おまえのことはそれとなく話してあるが、そのひとは問題ないというた。そもそも、そのひとの夫は病気になるまえ、酒びたりのうえに博打狂《ばくち》いじゃったと聞いておる。過去がどうであれ、いまがまともならいっしょに暮らしてもいいと――」

鳶伊は愚童のことばをさえぎって、

「わしのごたる人間は所帯やら持たれんです」

「堅気でやっていくつもりなら、昔の自分はきれいさっぱり捨てろというたはずじゃ」

「――はい」

「昔の自分を捨てたなら所帯も持てようが」

「しかし、それとこれとは――」

「おまえはかつて修羅の道を歩んだが、これからは仏の道を歩め。おまえが背負っておる不動明王は、鬼ではなく仏ぞ。不動明王が右手に持っておるのは、煩悩を断ち切る諸刃《もろは》の剣。左手に持っておるのは、邪《よこしま》な思いを縛る羂索《けんさく》という縄じゃ」

不動明王を背中に彫ったのは十八歳のとき、帯刀信吉に命じられたからだった。いかなることにも動じない不動の心を持てと帯刀はいったが、憤怒の形相だけに仏とは思わなかった。鳶伊が考えこんでいたら、まあゆっくり検討せい、と愚童がいった。

「教誨師の立場としては、もと受刑者の生活を安定させたいからの」

そのとき作業着のポケットでスマホが震えた。愚童に断って画面を見たら、相手は壮真だった。電話にでると壮真がうわずった声で、さっき仕事から帰ってきたんですけど、といった。

「村雨さんの家のまえに怪しい男がいて――」

「いますぐいく」

鳶伊は電話を切った。

七時をすぎて、ようやく陽が暮れた。

鳶伊は谷中霊園沿いの道を全速力で走った。刑務所にいたころは平日三十分の運動の時間はもちろん、単独室でも軀を動かした。腕立て伏せや腹筋運動やスクワットに加え、拳の威力を落とさないよう、ひと差し指と中指の拳骨《げんこつ》で軀を支える拳立て伏せもおこなった。三十年もそれを続けたおかげで拳は足の踵《かかと》のように硬くなり、なにを殴っても痛みを感じなくなった。しかしそうした努力もむなしく肉体は老いていき、還暦をすぎると体力の衰えはいっそう顕著になった。

さっき痴行寺をでるとき、手短に事情を話すと愚童は鼻を鳴らして、

「あぶないことに首を突っこむなよ。おのれの力を過信するでない」

コーポ村雨のまえまでくると喉がぜいぜい鳴り、脇腹が痛んだ。むかいにある村雨の自宅はブロック塀に囲まれた木造の二階建てだ。あたりを見まわしたが、不審な男はいない。家の裏側にいこうとしたら背後でささやき声がした。鳶伊さん。振りかえるとコーポ村雨の玄関から、壮真が手招きした。

「さっきまでスーツ着た男が、村雨さんちをじっと見てたんです」

男はブリーフケースをさげていて、歳は二十代なかばくらいだったという。壮真の部屋に入ると沼尻と澪央がいた。ふたりは怪しい男がいると壮真に聞いて、窓から村雨宅を見ていたらしい。マチルダがケージのなかで立ちあがり、外へでたそうに前脚で宙を搔《か》いた。壮真が窓の外を見な

がら首をかしげて、

「おかしいな。もういなくなったってことは、なにかの営業だったのかも」

営業じゃないと思う、と沼尻がいった。

「もう夕飯どきだから」

「さすが。沼っちはもと営業マンだもんね」

「いまも営業してるよ、作業の合間に。で、さっきの男は何者だったんだろ」

「村雨さんちにはいってみたと？」

鳶伊は訊いた。まだいってないです。壮真が答えた。

「男が誰かわかんないし、村雨さんを怖がらせたくなかったんで」

「念のために電話してみたら？」

澪央がそういうと壮真はスマホを手にしたが、つながらないと答えた。そのとき村雨宅のまえに白い軽自動車が停まり、作業着姿の男がふたりおりてきた。ふたりとも作業帽をかぶり、肩から大きなツールバッグをさげている。軽自動車の車体には、関東電気安全協会と書かれたステッカーがある。

「電気の点検かな」

壮真がつぶやいた。あたしが調べてみる。澪央はスマホで検索をはじめた。村雨宅は玄関の脇にインターホンがある。男たちはそれを鳴らさず、門扉を開けて敷地内に入った。

「あれ？　関東電気安全協会でヒットしない」

澪央がそういったと同時に、鳶伊は部屋をでて玄関でゴムサンダルを突っかけ、大股で歩きだした。壮真と沼尻があとを追ってきた。村雨宅の門扉を開けると、男たちはもういなかった。玄関のドアノブをまわしたが、鍵がかかっている。

インターホン鳴らしましょうか。壮真が訊いた。

「さっきのふたりが強盗やったら警戒するばい。窓から様子見られんかの」

玄関脇から庭に入ったら縁側があった。ガラス戸越しに見える和室に照明はついておらず、誰もいない。鳶伊はゴムサンダルを脱いで縁側にあがった。ガラス戸に手をかけたら鍵はかかっていなかった。三人は鳶伊を先頭に家のなかに入った。足音を忍ばせて廊下を進むと、ドアから明かりが漏れていて男の声がした。

「早くしろッ。金は見つかったか」

「ない。どこにあるんだよッ」

ドアを細めに開けて覗いたら、作業着姿の男がふたりいて、洋間の箪笥《たんす》や収納をひっかきまわしていた。床に横たわった村雨文子がこっちを見て眼を見開いた。口にガムテープを貼られ、両手もガムテープでぐるぐる巻きに縛られている。

鳶伊は背後のふたりを振りかえると、

「わしが捕まえるけん、そこで待っちょき」

小声でいうが早いかドアを開け、室内に入った。箪笥の引出しを漁っていた男に背後から近づき、爪先で股間を蹴りあげた。男はうめき声とともに床に倒れ、両手で股間を押さえて悶絶《もんぜつ》した。もうひとりの男がぎょっとした表情でこっちを見た。すかさず体当たりしようと足を踏みだした瞬間、胸が締めつけられるように苦しくなった。思わず立ち止まったら、男は作業着のポケットからスタンガンをとりだした。黒い円筒形で先端に電極がついている。男がスイッチを押したら、ばちばちッ、と音がして電極のあいだに青白い火花が飛んだ。

鳶伊は胸の苦しさをこらえて身がまえたが、男の動きはすばやく、スタンガンの電極を肩に押しあてられた。とたんに激痛が走り、床に片膝をついた。このままではやられてしまうが、軀が動かない。そのとき、ドアのむこうから壮真と沼尻が飛びこんできた。男はそれに面食らったらしく、足をもつれさせながら玄関のほうへ駆けだした。

「鳶伊さん、大丈夫ですかッ」

「いま一一〇番しました」

壮真と沼尻が口々に叫んだ。

もうすぐ日付が変わる時刻だが、今夜も蒸し暑い。鳶伊は自室の布団であおむけになって暗い天井を見つめた。布団の上にはホームセンターで買ったイグサのシーツを敷いてある。

物心ついたときから両親はいなかった。父は自分が生まれてまもなく死に、二歳のときに母も病で死んだと養護施設の職員に聞いた。どういう事情があったのか、両親の過去はおろか親戚がいるのかどうかも教えてもらえず、墓の場所さえわからない。十五歳で帯刀組の部屋住みになってからは、帯刀信吉が親だと思って生きてきた。いまさら両親について調べる気はないし、生まれ故郷へは帰れない。ただイグサの匂いに、物心がつくまえの遠い夏を感じる。

警察署で事情聴取を終えてコーポ村雨に帰ってきたのは、一時間ほどまえだった。鳶伊が股間を蹴った男は床に倒れたまま、駆けつけた警官に逮捕された。スタンガンを持っていた男は軽自動車を放置したまま逃走したが、路上で警官の職務質問にあって逮捕された。

村雨文子は手首にかすり傷を負っただけで、ほかに怪我はなかった。夫は寝室で熟睡しており、村雨に起こされるまで事件のことは知らなかった。

「ブレーカーの点検ですっていうからドア開けたら、いきなりナイフを突きつけて金をだせって。金をださなきゃ刺すぞっていわれたけど――」

村雨は用心のため自宅にあった現金を銀行に預けたので、手持ちはわずかしかなかった。村雨がそれをいっても男たちは信用せず、彼女を縛って家探《やさが》しをはじめた。壮真が電話したのは男たちが侵入する直前だったが、スマホをマナーモードにしていて着信に気づかなかったという。

「あんたたちがきてくれたおかげで助かった。ありがとう、ありがとう」

村雨は鳶伊たち三人に何度も礼をいったが、警官がまだ事情を聞いているにもかかわらず警備会社に電話をかけ、ホームセキュリティを依頼しようとした。

「こういうのを泥縄っていうんだよね」

沼尻が小声でつぶやき、壮真はうなずいた。

犯人たちが乗ってきた軽自動車は、警察の調べで盗難車だとわかった。関東電気安全協会と記されたステッカーは、彼らがパソコンで作ったものを盗難車に貼ったらしい。

壮真と沼尻の事情聴取は短時間で終わったが、鳶伊はなかなか解放されなかった。事情聴取を担当した中年の刑事は鳶伊の犯歴を照会したようで、途中から眼つきが変わり、仕事や日常生活について根掘り葉掘り質問した。刑事は鳶伊の犯歴には触れなかったものの、どうして先に手をだしたの、と訊いた。

「強盗やけん、はよ捕まえないけんから」

「つまり私人逮捕だね。しかし相手が強盗であっても、無抵抗なのに暴力をふるったら暴行罪が成立する。最近は私人逮捕系とかいうユーチューバーがいて、一般人を拘束する動画をアップしてたけど、そいつらも捕まったよ」

「わしはそげなことせんです。ただ村雨さんがあぶないと思うただけで」

「気持はわかるけど、まず警察に連絡しなきゃ」

逮捕された二名の男は犯行当日に会ったばかりで、おたがい氏名も知らないと供述した。ふたりは闇バイトの求人に応募して、村雨宅に押し入るよう指示されたらしい。壮真たちが見たブリーフケースをさげたスーツの男は見張り役だろうと刑事はいった。

「犯行を指示したとは誰ですか」

鳶伊が尋ねたら、まだわからん、と刑事はいって、

「ただ逮捕した二名は、指示役からメールでおどされたといってる。もし裏切ったらジャークスって半グレ集団に拉致されるぞってな」

「ジャークス――」

「ん？　なにか知ってるのか」

「いえ、知らんです」

「そのほうがいい。鳶伊さんは暴行の疑いもあるけど、逃げた犯人にスタンガンで襲われたってことだから今回は大目に見る。ただし、また暴力沙汰を起こしたら逮捕するよ」

コーポ村雨に帰ると、壮真と澪央と沼尻がリビングで事件のことをしゃべっていた。

「トビーがやられそうになるなんて——。トビーは急に顔をしかめて足が止まったってソーマに聞いたけど、具合でも悪いの」

澪央に訊かれて、もう歳やけんね、と答えた。

「すぐバテてしまうと」

痴行寺から村雨宅まで全速力で走ったせいだと思いつつも、あんな胸の苦しさはいままで経験したことがない。鳶伊はあおむけになったまま胸に手をあてた。胸の異常がなんであろうと、いまさら健康を気遣うつもりはない。ただ残された時間を知りたかった。

がちゃん。ドアノブが上下する音がして部屋のドアが開いた。枕から頭をもたげると、ハチワレの仔猫が尻尾をぴんと立てて入ってきた。誰かが連れてきたのかと思ったが、ドアのむこうには壮真も澪央もいない。ありゃ。鳶伊は布団に半身を起こしてつぶやいた。

「あんた——自分で開けたとね」

マチルダは鳶伊に軀をすりつけて、にゃ、と短く鳴いた。

15

七月下旬に入って梅雨が明けた。

梅雨のあいだもたいして雨は降らず猛暑が続いたが、けさも気温は三十度を超えた。ハイエースバンは東京郊外の住宅街を走っていく。沼尻がハンドルを握り、天音は助手席にいる。壮真は後部座席で窓にもたれて外の景色を眺めた。道路沿いにびっしり建ちならんだ民家のひとつひとつに住人たちがいて、それぞれの人生がある。そんな想像をめぐらせると、めまいがするような感覚をおぼえる。

壮真は窓の外を指さすと、隣にいる鳶伊に訊いた。

「あの家ぜんぶに誰かが住んでるって、すごくないですか」

「なんがすごいと？」

「うまくいえないけど、みんな自分の人生があるって考えたら——」

「気が遠《とお》なるね。けど、いままでに死んだひとはもっと多いばい。誰でん両親がおって、じいちゃんばあちゃんがおるんやけ」

「そっか。自分から見て祖父母は四人、曽祖父母は八人。その上は十六人。先祖をさかのぼったら、倍々ゲームで増えていきますもんね」

それを考えると、さらにめまいがした。

きょうの作業は遺品整理とハウスクリーニングだった。亡くなったのはひとり暮らしの高齢者で、依頼主はその息子である。息子はもんじゅのチラシを見て電話したという。天音は現地にいって見積もりをしてくると、

「こんどの作業は大変だけど、みんなでがんばろうね」

たいていの仕事は難なくこなす天音が大変というからには、ほんとうに大変なのだろう。遺品整理ははじめてだけに気が重い。いまの時代、高齢者は介護や支援が必要なだけでなく、村雨の

ように犯罪者から狙われる。

村雨宅の強盗未遂事件はテレビやネットのニュースで報じられた。

逮捕された二名の男は、十九歳のフリーターと二十一歳の建設作業員だった。誰に強盗を指示されたのかはいまだに不明だが、半グレ集団ジャークスの関与が疑われている。ニュース番組で解説を担当した専門家によると、ジャークスの構成員は都内だけで千人以上と推定され、特殊詐欺、闇金融、風俗店の経営、偽ブランド品の販売、麻薬や危険ドラッグの密売、恐喝や強盗といった犯罪で得た金を資金源に勢力を拡大している。

専門家はジャークスをはじめとする半グレ集団の台頭を例にあげ、一般人と犯罪者の境界が曖昧になり、軽い気持で犯罪に加担する風潮があるといった。

天音に事件のことを話すと、彼女はいつになく憤って、ぜったい許せない、といった。

「強盗なんかするのは論外だけど、それを指示した半グレたちがいちばん悪い。そいつらを捕まえなきゃ、また似たような事件が起きる」

「でも闇バイトって、捕まるのは下っぱばかりなんですよね」

「トカゲの尻尾切りだから実行犯は使い捨て。上の連中は自分の正体を明かさずに、テレグラムとかシグナルとか匿名性の高いアプリでやりとりする。そのせいで発信元がたどれずに逃げられてしまう」

天音は闇バイトの手口について、やけにくわしい。それだけでなくジャークスについての知識も豊富だった。ジャークスのリーダーと目されるのは凍崎拳《いてざきけん》という三十九歳の男で、その凶暴さから「凶拳」の異名を持つ。

凍崎に関する情報はすくなく、暴走族だった二十代当時の写真以外に容姿がわかるものはない。凍崎は十数年まえ、殺人や強盗致傷など複数の容疑で、警察庁から重要指名手配された。にもかかわらず、いまだに逮捕されていない。凍崎は海外に潜伏しながらジャークスの組織犯罪を指示しているとも、数年まえに整形して偽造パスポートで帰国したともいわれている。

きのう清掃にいった現場で昼食をとったあと、透也からひさしぶりに電話があった。

「ニュース観てびっくりしたぞ。あれ、おまえんとこの大家だろ」

「うん。犯人が強盗に入ったとき、おれも村雨さんちにいたんだ」

鳶伊と沼尻がそばにいるので、くわしくは話せなかったが、透也は溜息をついて、

「とにかく無事でよかった。しかし、おまえのまわりも物騒だな。美人局とか強盗とか」

いわれてみれば、たしかに物騒だ。壮真はマチルダを虐待していた男たちを思いだした。あんな奴らが近所に出没するということは、テレビで専門家がいったように、一般人と犯罪者の境界が曖昧になったのかもしれない。

四人は団地の駐車場で車をおりた。

昭和四十年代に建てられたという団地は広大で、壁面に住棟番号が記された灰色の建物が延々とならんでいる。建物はあちこちひび割れがあり、老朽化が目立つ。雑草が伸びた広場はがらんとしてひと気がなく、下着姿の老人がベンチでタバコを吸っていた。

依頼主の男は建物の入口で待っていた。歳は五十代なかばに見えるが、薄くなった髪を茶色に染め、よれたTシャツに短パン、ビーチサンダルという恰好だ。男は部屋の鍵をさしだして、

「金目のものがあったら、すぐ連絡して。ないと思うけど」

錆《さ》びついたキーホルダーには、大阪城が浮き彫りになったメダルがついていた。

目的の部屋は四階だが、エレベーターはなく階段をのぼった。壮真は引っ越しのバイトをしていたとき、やはりエレベーターのない団地で巨大な冷蔵庫を運ばされたのを思いだした。あれは肉体的にきつかったが、精神的にはきょうの作業のほうが何倍もこたえた。

2DKの室内は空気がよどみ、饐《す》えた臭いが充満していた。敷きっぱなしとおぼしいシミだらけの布団が和室のまんなかにあり、その枕元にテレビやエアコンのリモコン、レンズが曇った老眼鏡、脱ぎ捨てた衣類、ティッシュの箱、湯呑み、メモ帳とペン、ゴミが詰まったコンビニのレジ袋などが置いてある。亡くなった老人は軀を動かすのがつらいから、必要なものを手が届くところに置いていたのだろう。天音はそれらを見ながら、

「亡くなったのは救急搬送された病院らしいけど、ほとんど孤独死ね」

和室はまだ片づいているほうで、ほかの部屋は散らかり放題だった。段ボール箱や古新聞や古雑誌が至るところに積みあげられ、そのあいだをゴミが埋めている。キッチンのテーブルで醤油《しょうゆ》や塩やソースといった調味料の容器が埃をかぶり、シンクには汚れたフライパンや茶碗《ちゃわん》や皿が突っこんである。シンクに黒く変色したグラスがあって、なかに茶褐色のものが入っている。よく見たら入れ歯だったので身震いがした。トイレの便器や浴室のタイルも真っ黒に汚れ、簞笥や押入れには荷物がぎっしり詰まっていた。

「貴重品はまちがって捨てないよう、きちんと分類してね。現金や預金通帳や印鑑、腕時計や貴金属はもちろんだけど、故人の思い出があるようなものもとっておいて」

天音はそう前置きした。四人はマスクをしてゴム手袋をはめ、作業にとりかかった。衣類や可燃ゴミは厚めのゴミ袋に入れ、本や食器や雑貨は持参した段ボール箱に詰めていく。換気のために開けた窓から射す陽光のなかを無数の埃が舞っている。

清掃作業は慣れているが、故人の部屋は生活感がなまなましくて気が滅入る。ちいさな仏壇に妻らしい女の写真と位牌《いはい》が置かれ、枕元のメモ帳を開くと、日々の出来事や体調が綴《つづ》ってあった。簞笥からでてきた分厚いアルバムには、さっき会った依頼主が子どものころの写真がたくさん貼ってあった。大阪城をバックに、故人とその妻が幼い依頼主と笑顔で写っている。部屋の鍵についていたキーホルダーは、このとき買ったものなのか。ベランダの隅に空の鳥籠があり、餌入れに羽毛と鳥の糞《ふん》がこびりついていた。鳥はいつ死んだのか、老人の孤独な生活がしのばれた。

昼食はここへくるまえに買ったコンビニ弁当だった。

故人の部屋ではなくハイエースバンのなかで食べたが、さっきまでの作業を思うと食欲が減退する。鳶伊はいつもどおり弁当をたちまちたいらげたが、沼尻は半分ほど残して、

「きょうの作業は大変だって聞いてたけど、けっこうメンタルにきますね」

「はじめてだから当然よ。まえの従業員とバイトが辞めたのは、遺品整理が原因なの。わたしが欲をだして、遺品整理の仕事を立て続けに入れちゃったから」

「きょうみたいな部屋ですか」

「あんなもんじゃない。ものすごいゴミ屋敷でゴキブリだらけ」

「うわ、それはきついな」

「従業員たちは、それで嫌気がさしたみたい。でも特殊清掃よりは、ずっとましよ」

特殊清掃は事件、事故、自殺、孤独死といった変死の現場を清掃する。現場に残った血液や体液が放つ悪臭はすさまじく、蠅や蛆《うじ》が大量に湧いているので、それらを除去してからでないと遺品整理はできないという。うちはやらないけど、と天音はいって、

「孤独死が多いせいで、特殊清掃の需要は年々増えてる」

「ぼくも将来、孤独死しそうだなあ」

「おれだって、いまのままじゃ孤独死ですよ」

壮真はそういってから後悔した。いちばん高齢で身寄りのない鳶伊のまえで孤独死というのは、しゃれにならない気がした。しかし鳶伊の表情に変化はない。

昼食のあと部屋にもどって作業を続けた。エアコンが動くからよかったが、これで冷房が効かなかったら地獄だろう。夕方になって室内がやっと片づいたころ、依頼主の男が様子を見にきた。

天音はプラスチックのトレイを示して、

「貴重品はこちらにありますので、ご確認ください」

トレイには四万円ほどの現金、預金通帳、印鑑、腕時計、ネクタイピン、カフス、万年筆、贈答品らしい陶器などがならんでおり、トレイの横にアルバムがある。男は現金と預金通帳と印鑑を短パンのポケットにねじこんで、

「あとはいらない」

「それでは、こちらで処分します。アルバムのお写真はどうされますか」

「捨てて」

「ご仏壇は？」

「それも捨てて」

「おかあさまの遺影とご位牌はお持ちになりますよね」

「いらない。作業が終わったら教えて」

「承知しました」

「いま確変ひいてるから早くもどらねえと」

男はパチンコのハンドルを握る手つきをして、足早に部屋をでていった。遺品整理を終えたあとは、くたくたに疲れたうえに気持が沈んでいた。親子だから仲がいいとはかぎらないが、依頼主の男はあまりに薄情だった。

帰りの車内でそれを口にしたら、いまはそんなものよ、と天音がいった。

「さっきの団地に住んでるお年寄りは、子どもから置き去りにされたひとが多いの。だから姥捨《うばすて》山《やま》団地って呼ばれてる」

天音によれば、似たような団地はたくさんあるらしい。かつて人気があった分譲マンションでも住人の高齢化によって管理組合が破綻して、スラム化するケースが増えている。

「原因は少子高齢化ですか」

「それもあるけど、昔にくらべて家族や近所のひとたちの結びつきが弱くなったから。自分さえよければいいって考えが浸透したせいで、歳をとったらみんな孤独になるんだと思う」

村雨のように裕福な高齢者でも息子夫婦と離れて暮らし、認知症の夫の面倒をみている。そのうえ強盗に襲われた。終活で大量のアダルトビデオを処分した小畑豊は、もと大学教授で資産家だが、病におかされて余命いくばくもなさそうだった。壮真は溜息をついて、

「歳をとるって大変ですね」

「でも若いときは自分が歳とることが想像できないのよ」

ぼくもそうだった、と沼尻がいった。

「まさか四十二歳でシェアハウスに住むとは思わなかったもん」

「マスコミは若さをもてはやすけど、毎日が充実してる若者はごく一部でしょ。将来に不安を持ってたり、承認欲求やコンプレックスで悩んでたり、そんな若者のほうが多いんじゃない？ それなのに楽して稼ぐのが賢いって風潮があるから、安易に闇バイトなんかやってしまう。鳶伊さんの若いころは、いまとちがったでしょう」

鳶伊はすこし考えてから、近所の眼があったけん、といった。

「悪かことはしづらかったですね。わしは家族がおらんけ、好き勝手しましたけど――あとは、なんかな。いまのひとはずっと若いままでおりたいごたるけど、わしが若いころは、はよ歳ばとりたかったです」

「え？ それはどうして――」

「歳ばとったほうが、かっこよかったけん。弱かもんや困っとうもんの面倒ばみて、きっぷのよか男がおりました」

「それはヤクザのひと？」

「いいえ、堅気でもようけおったです」

いまの若者が将来に希望を持てないのは、そんな大人たちがいなくなったせいかもしれない。

誰もが中高年になるのにジジイとかババアとか老害とかいわれ、邪魔者あつかいされるのを見て育ったら、歳をとるのが厭になる。

マチルダはどうやって学習したのか、部屋のドアを自分で開けるようになった。レバー式のドアノブにむかってジャンプすると前脚をかけてぶらさがる。ドアは内開きなので外にでるときはドアノブをさげてわずかな隙間を作り、そこを前脚でこじ開け、部屋に入ってくるときはドアノブをさげると同時に前方へ体重をかけてドアを押し開ける。

あれは村雨宅の強盗未遂事件があった夜だった。壮真がベッドで寝ていたら、マチルダを抱いた鳶伊が部屋を訪ねてきた。

「この子は賢いばい。自分でドアば開けて、わしの部屋に入ってきた」

はじめは信じられなかったが、何日かして仕事から帰ってくると澪央もこういった。

「ソーマの部屋でマーちゃんと遊んでたんだけど、眠くなってうとうとしてたら――」

いつのまにかドアが開いていてマチルダがいない。あわてて捜しにいったら澪央の部屋のドアがわずかに開いていた。その隙間を覗くと、ゆらゆら揺れる黒い尻尾が見えたという。それ以来、マチルダはちょくちょく鳶伊と澪央の部屋へ遊びにいく。ついでに彼女の部屋のなかを見ることができたが、女の子らしい雰囲気はまったくなく、家具はベッドのほかにパソコン用のデスクとオフィスチェアしかなかった。もっとも壁にはマチルダや猫の写真がたくさん貼ってあった。

マチルダは玄関や窓から逃げるかもしれないので、壮真と澪央がいないときはケージに入れるか、部屋に鍵をかけて外出できないようにした。澪央は猫アレルギーだから自分の部屋に長居はさせないが、

「がちゃんってドアノブの音がしたら、あ、マーちゃんきたー、ってうれしくなっちゃう」

「おれたちがドア開けるのを見て、勉強したのかな」

「だと思う。ふっと気がつくと、マーちゃんがじーっとこっち見てるときがある。あれは、あたしたちを観察してるのよ」

マチルダが自分で部屋を出入りするようになって、新しい遊びが増えた。いっしょにリビングにいるとき、テーブルやドアの陰に隠れる。マチルダはこっちに近づいてくるが、こっそり顔をだすとぴたりと足を止める。また物陰に隠れ、おなじようにするとマチルダはさっきよりも近い位置にいて、ぴたりと足を止める。「だるまさんが転んだ」をしているみたいで楽しい。

何日かまえ、澪央がそれをまねしてリビングの床で四つん這いになり、

「だーるまさんがー、転んだッ」

勢いよく顔をだしたらテーブルにごつんと頭をぶつけ、同時にマチルダが彼女の背中に飛び乗った。澪央と壮真は涙がでるほど笑った。

疲れているときも気持がすさんでいるときも、マチルダを見ると安らぎをおぼえる。けれども、もう八月に入って別れが迫ってきた。ドアを自分で開けるくらいだから体力がつき、軀もすっかり大きくなった。澪央によればマチルダは地域猫だから、ボランティアによって感染症を予防する混合ワクチンを接種済みらしい。念のため地域猫にもどすまえに健康診断を受けさせる予定だが、いなくなるのはさびしい。

マチルダをこのままここで飼えないか、村雨に相談しようかと思った。村雨はあぶないところを助けられたのを感謝していて、豪華な菓子折りを持ってきた。助けた見かえりというのはおこ

がましいけれど、マチルダを飼わせてほしいと頼めば許してくれそうな気がする。

ゆうベリビングで澪央と鳶伊に意見を訊いた。

「村雨さんが飼うのを許してくれても、マチルダがどうしたいかよね。外にだすのは心配だけど、あたしたちより猫の友だちと遊びたいだろうし」

「でも家猫のほうが寿命は長いんだろ」

「うん。家猫は十年から十五年、野良猫は四、五年。地域猫は餌がもらえて見守ってくれるひとがいるから七、八年っていわれてる」

「うちンなかで長生きするより、外で好きなごと生きたいかもしれんよ」

鳶伊にそういわれて遺品整理で訪れた部屋を思いだした。あそこに住んでいた老人は高齢まで生きたが、退屈でわびしい毎日をすごしただろう。三人で話しあった結果、予定どおり八月いっぱいでマチルダをもといた場所にかえすことにした。


盆を間近にひかえた夜、透也から電話があった。

透也はいまも大麻の配達で稼いでいるらしく、もうじき西麻布《にしあざぶ》のマンションに引っ越すという。

1DKで家賃は十二万円というから壮真はあきれて、

「十二万って、ここの家賃のほぼ四倍じゃん」

「たいしたことねえ。おまえんちが安すぎるんだよ」

いま透也が住んでいるアパートの家賃は六万ちょっとだから、コーポ村雨はたしかに安い。

「大学はいってんのか。西麻布だとだいぶ遠くなるけど」

「ちょくちょくいってる。単位は足りねえけど、一年くらい留年したって平気さ」

「親に叱られるだろ」

「まあな。でも必死こいて就活して社畜になるより、学生のまま金貯めたほうがコスパもタイパもいい。っていうか、おれが引っ越したら遊びにこいよ。部屋呑みしようぜ」

気は進まなかったが、わかったと答えて電話を切った。タイパとはタイムパフォーマンスの略で、時間対効果という意味だ。タイパを重視するひとびとは、映画や動画やテレビの録画を観る時間を惜しんで倍速で視聴する。しかし人生は早送りできそうもない。

もんじゅは盆も営業するので休みは各自でとる。壮真は盆明けに二連休を入れた。もんじゅで働きだしてはじめての連休だけに、ふだんとはちがうことがしたい。ごみごみした東京を離れて海にでもいこうかと考えたが、ひとりでは味気ない。思いきって澪央を誘ってみたら、

「やだ。暑いし日焼けするから」

「じゃ涼しい山は？」

「やだ。虫がいるじゃん」

「澪央はさあ、子どものころってどうしてたの。友だちと海とか山にいかなかった？」

「いかない」

「家族とか彼氏とは？」

「いかないってば。もうそういう話やめよ」

澪央が表情を曇らせたので口をつぐんだ。澪央は自分の生い立ちについてまったく語らない。

両親はどんな人物なのか、きょうだいはいるのか、学生時代はどうすごしたのか、すべて不明だ

った。マチルダの世話もあってしょっちゅう顔をあわせるのに、彼女はどこかで一線をひいているところがある。今月末でマチルダがいなくなったら――と壮真は思った。澪央が部屋にくる理由がなくなる。そのまえに、もっと親密になりたかった。

盆のあいだは墓参り代行の依頼が何件か入った。

東京や関東では七月に新盆をおこなうのが一般的で、そのときも墓参り代行の依頼があったが、天音がひとりで対応した。今回の依頼は谷中霊園だから、コーポ村雨のすぐ近くだった。

きょうは盆の初日で、壮真が出勤の支度をしていると線香の匂いが部屋のなかまで漂ってきた。墓参りだけに喪服でも着るのかと思ったが、服装は派手でなければいいと天音にいわれたから普段着にした。けさは事務所にいかず、鳶伊と沼尻と三人で谷中霊園へいった。

現地で合流した天音が墓参りの段取りを説明した。

「春と秋のお彼岸にもこの仕事が入るから、よくおぼえといて」

まず墓参りを依頼された墓に合掌してから現状をスマホで撮影し、そのあと清掃をする。まわりの草やゴミをとりのぞき、持参した雑巾で墓石をていねいに磨く。刻銘――なになに家代々之墓などと彫られた部分はブラシで汚れを落とす。続いて手桶《ておけ》に汲んだ水を柄杓《ひしゃく》で墓石にかけて花立に花を供え、線香をあげる。オプションで花を豪華にしたり供物を捧《ささ》げたりもできる。

最後にきれいになった墓を撮影し、ふたたび合掌する。天音によればオンラインでリアルタイムの墓の映像を映し、遺族がそれにむかって手をあわせる場合もあるという。墓の画像は後日、報告書に添付して依頼主にメールで送り、作業は完了である。

鳶伊は坊主頭だから合掌する姿が絵になっていた。けれども渋い声で般若心経を唱えだしたので、近くで墓参りをしていた老夫婦がこっちを見た。

鳶伊さん、そこまでしなくていいの、と天音がいって、

「わたしたちは目立っちゃだめ。ご遺族の代行なんだから」

「すみません。ほんとはお参りせないけん墓に参られんけ、つい熱が入ってしもて」

鳶伊は頭をさげた。お参りせないけん墓は生まれ故郷の北九州にあるが、かつて鳶伊が所属していた組の事情で帰郷できないらしい。一件目の作業を終えて、四人は次の墓へむかった。

「他人に墓参りさせるなんて不謹慎な感じもしますが」

沼尻がそういったら天音が答えた。

「なにもしないよりはましよ。お墓参りは、ご先祖さまを偲《しの》ぶ気持だと思うの。実際にお参りしたって気持がこもってなかったら意味がない。だいたい沼尻さんはお墓参りいってるの」

「そういえば、しばらくいってないです。ひとのことはいえませんね」

墓参り代行を依頼するのは、住まいが遠方だったり盆に用事があったり病気や高齢で移動が困難だったりといった理由からだ。天音は続けて、

「最近は少子化のせいで、墓じまいをするひとが多いみたい」

墓じまいとは墓石を撤去して更地にし、寺や霊園に使用権を返還することである。墓にあった遺骨は複数の遺骨を埋葬した合祀墓《ごうしぼ》に納めるか、海や山に散骨するか、自宅に持ち帰るのが一般的だという。なんかさびしいですね、と沼尻がいった。

「墓参りしてないぼくがいうのもなんだけど」

「しかたないよ。子どもや親戚がいなかったら、誰もお参りしない無縁墓になっちゃうもの。地方の過疎化もあって、無縁墓は増える一方だってニュースでいってた」

壮真は両親が無宗教に近かったので、墓参りや法事は古くさい慣習にしか感じられず、どちらかというと面倒だった。そのくせそんな話を聞くと、やはりさびしい気がする。

16

盆の二日目は朝から曇っていた。鳶伊はきょうも墓参り代行で青山霊園へいった。

壮真と天音はほかの現場にいったので、沼尻とふたりの作業である。霊園の木々から響くツクツクボウシの声は秋の訪れを感じさせるが、猛暑はしばらくおさまりそうにない。墓参りにきたひとびとは家族連れが多く、あちこちの墓から線香の煙が立ちのぼっている。

依頼があった二基の墓はまわりに雑草が伸び、墓石もかなり汚れていたので、作業を終えたのは昼ごろだった。青山霊園には地下鉄できたが、目的の墓を探して広大な墓地を歩いたから方角がわからない。沼尻はスマホで現在の位置を確認して、

「帰りは外苑前《がいえんまえ》から乗ったほうが近いですね。そのまえにどこかで昼飯喰いましょう」

きょうは弁当ではなく外食である。青山霊園を抜けて歩いていくと、オフィスビルやマンションがならぶ通りにでた。鳶伊は不意に既視感をおぼえて足を止めた。通り沿いにある古びたマン

ションに見おぼえがある。どうしたんですか。沼尻が訊いた。

「ここは、なんちゅう街やろ」

「南青山です」

もうまちがいない。あれは一九九三年の一月だった。帯刀信吉の殺害を指示した角塚組組長、角塚瑛太郎を仕留めるために潜伏したワンルームマンションである。鳶伊は三週間一歩も外出せず、闇に眼を慣らすために薄暗い部屋でサングラスをかけてすごした。

「どうしたんですか」

沼尻が質問を繰りかえした。いや、なんもなか。そう答えて歩きだしたが、蕎麦《そば》屋で昼食をとっているあいだも当時のことが頭を離れなかった。

あのとき協力してくれた舎弟の武智正吾は、服役中に何度も面会にきたり手紙を送ってきたりしたが、面会には応じず手紙は受け取らなかった。帯刀組の上部組織である玄政会に背いた自分に関われば、武智の身があぶない。警察の取り調べは単独犯で押し切ったから、武智は罪に問われていない。しかし玄政会は関与を疑っただろう。

「タケ――」

鳶伊は胸のなかでつぶやいた。もし武智が生きていれば還暦である。どこでどうしているのか知るつもりはなく、もう会うこともないだろうが、元気でいてほしい。

午後からは荒川区にもどって民家の雨樋《あまどい》と換気扇の清掃、キッチンの蛇口交換をした。こうした作業には、十五歳から部屋住みだった経験が役にたつ。組事務所は組員が何人も寝泊まりするだけに、大所帯の民家とおなじで清掃や修繕が多く、厭でも慣れるしかなかった。

横で作業を見ていた沼尻が、鳶伊さんはほんとに器用ですね、といった。

「おまけにきれい好きだから、もし家庭を――」

「家庭を？」

「ふと思ったんです。怒らないでくださいよ」

「怒ったりせんよ」

「もし家庭を持ったら、いいおとうさんになるんじゃないかと――」

「家庭やら持たれんばい。わしははんぱもんやけん」

「そうかなあ。ぼくは女房子どもに愛想をつかされましたけど、性懲りもなくまた結婚したいです。いや、結婚しなくてもいいから、いっしょに暮らしてくれる彼女がほしい」

「なして？」

「ひとりじゃさびしい。幸せになりたいんです」

幸せとはなんなのか、鳶伊にはわからない。マンションの地下駐車場で、鎧通しを腰だめにかまえて角塚に体当たりした記憶が蘇った。鋭い切っ先が臓器を貫く感触。闇に響く悲鳴と怒号。

かつて帯刀は組員たちにこういった。

「女には子を産み育てる苦しみもあれば、母親として感じる幸せもある。しかし男は戦《たたこ》うて死ぬもんじゃ。特におまえら極道は、いつでん死ねるごと肚《はら》ばくくっちょけ」

ネットにあふれるニュースやトピックスを見ると、男も女も幸せを求めてもがいているように感じられる。幸せがなんなのかはともかく、求めて得られなければ不満をおぼえるから、かえって苦しむだろう。しかし、と鳶伊は自問した。帯刀のため組のためとはいえ、何人もひとを殺して人生を棒に振った。自分はそんな生きかたしかできなかったが、幸せを求めるほうがまともなのかもしれない。

空は夕方近くに晴れ間が覗き、強い陽射しが照りつけた。

民家での作業を終えて沼尻と歩いていたら、突然息切れがして胸が苦しくなった。胸の苦しさはこのまえより軽く、すぐにおさまったが、もっと深刻な症状の前兆のようで焦りが湧いた。いつ死んでもいいと思ってはいるものの、できれば無為に死にたくない。おなじ死ぬなら、なにかのために余命を役立てたかった。


盆が明けて壮真はきょうから二連休である。きのう天音と不用品の処分にいったとき、書類が詰まった段ボール箱を運んでいたら、よろめいた弾みに足をくじいた。病院にいくほどではなかったものの、いまだに痛むので外出する気になれない。

朝いったん起きて、マチルダにカリカリをやってから二度寝した。冷房は入れてあるけれど、エアコンが古くて効きが悪いから寝ているだけで汗をかく。

昼ごろに澪央がマチルダの様子を見にきて、

「あれ？　海にいくんじゃなかったの」

からかうような表情で訊いた。

「足くじいたからいかない。第一ひとりじゃつまんねえし」

「ひひひ。いいじゃん、マーちゃんと遊んでれば」

マチルダはケージの上に置いたクッションで薄目を開けて眠っている。澪央によれば猫が眼を開けて眠るのは、くつろいでいるときや夢を見ているときらしい。猫用のピンブラシで毛の流れに沿ってブラッシングしてやると自分から顔を押しあててくる。マチルダとすごせるのもあと二週間を切ったが、それを思うと悲しくなるので頭から遠ざけた。

「ね、お昼もう食べた？」

「まだ。っていうか、朝から食べてない」

「なんか買ってこようか。足くじいたんでしょ」

「んー、でも暑いから、あんま食欲ない。弁当って感じじゃないな」

「じゃ昼呑みしよ。おつまみなら食べられるでしょ」

澪央は返事を待たずコンビニにいき、缶酎ハイを四本とつまみを買ってきた。はじめは乗り気でなかったのに明るいうちから呑んだせいか、すぐ酔いがまわった。缶酎ハイはたちまち空になったが、それでも足りずキッチンにあった芋焼酎の残りまで呑みはじめた。澪央も酔ったらしくローテーブルのむこうで頬を赤くして、あー美味しい、とつぶやいた。

「昼呑みって、なんでこんなに美味しいんだろ」

きょうの澪央はタンクトップにショートパンツで、うっすら汗ばんだ肌から甘い匂いがする。猛暑だから薄着なのはともかく、そんな恰好でそばにいられると気持が昂ってきた。鳶伊と沼尻は出勤しているので聞き耳をたてる者はいない。気がつくと会話が途絶え、室内の空気が密度を増した。いま彼女の隣に腰をおろして肩に腕をまわしたら、どうなるだろう。

壮真は胸が高鳴るのを感じつつ、芋焼酎の水割りをあおった。ローテーブルの上のポテトチップスに手を伸ばしたら、澪央も同時にそうしていて指先が触れあった。そのまま指をからませたい衝動に駆られたが、澪央は手をひっこめてポテトチップスを口に放りこむと、いきなり立ちあがった。

「よし、昼呑み終了。あたし帰るね」

「え？　まだいいじゃん。もうちょっと呑もうよ」

「ううん、もう帰る。あと片づけよろしく」

「えーマジかよ。自分が昼呑みしようっていったくせに」

「だって、もういっぱい呑んだし、さっき変なこと考えたでしょ」

図星をつかれて顔が火照った。

「あたし、わかるの。男のひとのそういう気配」

「なんだよ。そういう気配って」

「いちいちいわせるの」

「でも――でも、なにもしてねえじゃん」

「してないけど、厭なの」

だったら、そんな恰好で部屋にくるなよ。とはいえなかったが、酔っているせいで考えようによってはもっときついことばが口をついた。

「澪央は自意識過剰。正直イタいよ」

「うん、あたしイタい女だもん。じゃあね」

澪央はそっけなくいって自分の部屋にもどった。

とたんに頭のなかが火がついたように熱くなり、思わずローテーブルを拳で叩いた。どんッ。

自分でも驚くほど大きな音がして、マチルダが顔をあげた。耳をうしろに倒したイカ耳になっている。ごめんごめん。壮真はマチルダに詫びて大きく息を吐いた。


八月下旬になっても猛暑は衰えず、最高気温が三十四度を超える日が続いた。

どうしてこんなにクソ暑いのか、と壮真は思った。ネットでは地球温暖化のせいだとか、気候変動のせいだとか、ヒートアイランド現象のせいだとか書いてあるが、いまのおれにとってはエアコンの室外機のせいだ。きょうの仕事は、新橋《しんばし》の路地裏にある雑居ビルの清掃だった。ビルのなかもサウナのように暑いが、ビルの入口付近の作業は輪をかけて暑い。細い路地には飲食店がひしめいており、エアコンの室外機から吹きだす熱風があたりに充満している。最高気温は三十四度でも、ここの体感気温は四十度近いだろう。

「トレカの行列もめちゃくちゃ暑かったけど、あれはまだカラッとしてましたよね。ここはむんむんして気持悪い」

壮真はいってもむだだと思いつつ、箒を片手に愚痴をこぼした。鳶伊は無言でうなずいてビルのまえのゴミを拾っている。暑い暑いちいうとったら、よけい暑なるぞ。鳶伊は以前そういったから、内心はむかついているかもしれない。天音と沼尻も汗だくで、作業着の背中に大きな染みができている。

昼飯どきになってサラリーマンやOLたちがぞろぞろと路地を行き交う。首からIDカードをさげた彼らは涼しいオフィスで働いているのか、みな明るい表情なのがうらやましい。

便利屋は業務の幅が広いだけに新たな刺激がある一方、将来に不安をおぼえる。経営者の天音でさえ働きづめだから、何年か勤めたところで楽はできないだろう。自分よりはるかに年上の鳶伊や沼尻ががんばっているので弱音は吐けないが、コスパとタイパがよくないのはたしかだ。

「壮真もだいぶ慣れたでしょ。そろそろ社員にならない？」

きのう天音にそういわれた。鳶伊と沼尻は来月から社員になるという。ずっと正社員になりたかったが、それは条件のいい企業の場合だ。もんじゅは個人商店に近いから、社員になってもたいしてメリットはなさそうだ。まだ辞めるつもりはないけれど、いつまで続けられるかわからない。考えます、と天音にいったら、

「わかった。じゃあ、その気になったら教えて」

澪央はまた機嫌を損ねたらしく、壮真が留守のときしか部屋にこなくなった。マチルダの世話はしているが、リビングやキッチンで顔をあわせても、知らん顔でしゃべらない。こっちもあやまることはないと思うから黙っている。マチルダを地域猫にもどしたら、いまよりも疎遠になりそうだった。

マチルダはあいかわらず自分でドアを開けて、鳶伊や澪央の部屋にいこうとする。鳶伊はともかく澪央の部屋にいくと気まずいから、ドアに鍵をかけた。マチルダはドアノブへのジャンプをむなしく繰りかえし、どうして開かないの、という表情でこっちを見る。壮真はつらくなって、

「いじわるしてるんじゃないよ。もうすぐ自由になれるからね」

そう声をかけるが、よけいに切なさがつのる。猛暑は延々と続くうえにストレスが溜まって、むしゃくしゃする。盆明けの連休はどこへもいかず、部屋にいるだけで終わった。あしたはそれ以来の休みだけに、なにか気晴らしがしたい。

夕方で作業は終わり、もんじゅの四人は事務所にもどった。鳶伊はこの暑さのなか散歩へいき、沼尻は買物をして帰るというから、壮真はひとりで電車に乗った。

コーポ村雨に着いて玄関のドアを開けたら、澪央が急いで廊下を横切って自分の部屋に入るのが見えた。いままでマチルダと遊んでいたようだが、それほどおれに会いたくないのか。壮真はいらだちをおぼえつつシャワーで汗を流した。マチルダに夕食のウェットフードをやって缶ビールを呑んでいたら、透也から電話があった。

「おまえ、いつうちにくるんだよ」

「あ、もう引っ越したのか」

「うん。ひましてるならこいよ」

このまえ電話で話したときは気が進まなかったが、今夜は呑みたかった。あすは休みだから深酒してもいい。じゃ、いまからいくわ。透也に住所を訊いて電話を切った。

透也が引っ越したマンションは西麻布の住宅街にあった。近くに高級スーパーやカフェがあり、すぐそばが墓地のコーポ村雨とは立地がちがう。マンションは四階建てで部屋は二階。建物も内装も古いが、家賃が十二万円もするだけに室内は広く、十畳ほどのダイニングキッチンと六畳の洋間がある。洋間は荷解《にほど》きしていない段ボール箱だらけで足の踏み場もない。

ダイニングキッチンに高級そうなガラステーブルと椅子があり、ふたりはむかいあって呑みはじめた。テーブルには近くのスペインバルに注文したタパス——小皿料理がならんでいる。

「このへんはいい店が多いから、ウーバーでなんでも頼めるぜ」

透也はシャンパンを抜き、続いてブランデーを開けた。壮真はブランデーをロックで口に運び、旨いなこれ、といった。

「でも酔いそうだ。ふだんブランデーなんて呑まないから」

「それはヘネシーX．Oっていうコニャック」

「コニャックって？」

「おまえ、なんにも知らねえな。フランスのコニャック地方で生産されたブランデーは、コニャックっていうんだ。さっき呑んだシャンパンはモエ・エ・シャンドン。ホスクラで両方呑んだら十五万はするぜ」

「マジか。そんな高いの、もったいねえよ。部屋呑みなら缶酎ハイでいいのに」

「ま、ホスクラは原価の十倍だからな」

透也は新居に越したわりに、たいしてうれしそうではない。顔つきもいくぶん疲れているように見える。ダイニングキッチンはがらんとして殺風景だ。壮真がそれをいうと、

「最近忙しくてくたびれてるし、注文した家具がまだ届かねえんだ。インテリアに凝りたいけど、そんな時間もねえ」

「まだ例の仕事やってるのか」

「いま、でけえ案件が刺さってる。こいつを片づけたらセレブまであと一歩だ」

「やべえことはやめとけよ。いってもむだだろうけど」

「わかってるって。そうやって心配してくれるのは、ありがたいと思ってる。でもよ、まじめにコツコツなんて時代じゃねえんだ。なにかで一発当てなきゃ、ずっと底辺のままジジイになっち

まう。マジでやりたいことって若いうちしかできねえ。そう思わねえか」

「んー、そういう気もするけど――」

「だろ。若いうちに自分に投資したいんだよ。でも、そのためには金がいる。だから、やべえことでもやるしかねえんだ」

自分に投資するというのは理解できる。そのための手段がまちがっていると思ったが、反論するのが面倒だった。透也は家賃が高くなったぶん、もっと稼ごうとするに決まっているから、どうせ聞く耳を持たないだろう。透也はふと話題を変えて、おまえ女は？　と訊いた。

「いないよ」

「シェアハウスにいた子は口説いてねえのか」

「うん。性格がめんどくさいから」

このあいだその気になりかけて、澪央と不仲になったのは黙っていた。じゃあ、おれが口説いてもいいいな。透也はにやけたが、そういわれると嫉妬めいたものを感じる。

ふたりでだらだら呑んで夜が更けた。終電で帰ろうと思いつつ踏ん切りがつかずにいると、透也のスマホが鳴った。了解っす、すぐいきます。透也はそれだけいって電話を切り、

「いまから、ちょっとつきあえ」

「つきあえって、どこに？」

「六本木のタワマン。すんげえセレブたちがパーティやってるから、ちょっと顔だすのさ」

「いや、おれはもう帰る」

「ちょっとくらい、つきあえよ。女優やモデルの子もいるから眼の保養になるぜ」

女優やモデルがいるようなパーティは場ちがいだと思ったが、だいぶ酔いがまわったせいで断りきれなかった。いざとなったら透也の部屋に泊まって始発で帰ろう。

ここから六本木までは歩いていけるのに、透也は配車アプリでタクシーを呼んだ。透也に連れていかれたのは、東京ミッドタウンからすこし離れた通りにあるタワーマンション――六本木パレスタワーだった。壁と床に御影石《みかげいし》をあしらったエントランスの入口で、透也がインターホンのタッチパネルを押すと、分厚い木製のドアがしずしずと開いた。その先にあるエントランスホールには高級ホテルを思わせるフロントがあり、初老の男が会釈した。

「相良透也さまですね」

はい。透也は答えて男からカードキーを受けとった。エレベーターホールにも入口にオートロックがある。透也がタッチパネルにカードキーをかざすと、エレベーターホールのドアが開いた。セキュリティがすげえな、と壮真はいった。

「こんな夜中でも管理人がいるし」

「管理人じゃねえ。コンシェルジュだよ」

エレベーターに乗ると、階数を選ぶボタンにまたカードキーをかざした。ほかのボタンを押しても指定された階にしか停まらず、カードキーは帰りにフロントに返却するという。ふたりは最上階の三十階でエレベーターをおりた。部屋のドアを開けたのはノースリーブで軀の線があらわなワンピースの女だった。酔っているのか眼がとろんとして、足元がふらついている。

「あの、ドープさんに呼ばれてきたんすけど」

透也がそういうと、二十三、四に見える女はしどけない表情で手招きした。女のあとをついて薄暗い廊下を歩き、広々とした部屋に入った。部屋のまんなかに革張りの巨大なスネークソファとテーブル、奥には無垢板《むくいた》を使ったバーカウンターがある。全面ガラスの窓からライトアップした東京タワーが見え、どこからかハイテンションなＥＤＭ――エレクトロニック・ダンス・ミュージックが流れてくる。

室内には二十代から三十代くらいの男女が十人ほどいたが、大半はスネークソファにかけたまま眠っており、残りはバーカウンターに突っ伏していた。玄関にでてきたワンピースの女も床のクッションを枕にして、もう眠っている。呑みかけの酒が入ったグラスや食べ残した料理がテーブルに散乱し、パーティはすでに終わった雰囲気だった。

「おまえはここで待ってろ」

透也はそういって部屋をでた。女優やモデルの子もいるというだけあって、女たちはみな美形でスタイルがいい。それに見とれていたら急に小用を催した。誰の自宅かわからないのにトイレを借りるのは気がひけたが、呑みすぎたせいで我慢できない。

壮真は廊下にでてトイレを探した。ドアはいくつもあって、どこがトイレかわからない。適当にドアを開けたら、そこは寝室だった。キングサイズのベッドに上半身裸の男ふたりがあおむけに寝ており、そのあいだに下着姿の女がいた。男のひとりは上半身にびっしりタトゥーがあり、女は枕にもたれて口を半開きにしている。異様な雰囲気に、あわててドアを閉めた。

ようやく見つけたトイレで用を足していると、女の顔に見おぼえがある気がした。誰なのか考えていたら、不意に思いだした。テレビでよく見かけるファッションモデルの黒瀬リリアだ。

廊下にもどったら透也にばったり会った。

「おまえ、なにうろうろしてんだよ」

「トイレにいってた。そこで黒瀬リリアが寝てたぞ」

壮真は小声でいって寝室を顎で示した。透也はドアをこっそり開けてなかを覗き、こっちをむいてうなずいた。眼の色が変わっている。そのままドアを閉めるかと思ったら、スマホをだして動画を撮りはじめた。

おい、やめろよ。耳元でささやいたが、透也はスマホを寝室にむけたまま動かない。そのとき廊下の奥から足音がして、透也は急いでドアを閉めた。同時にスキンヘッドの肥った男が歩いてきた。背は低いが肩幅が広く、歳は三十代なかばくらいに見える。オーバーサイズのTシャツにハーフパンツでラッパー風のファッションだ。

男は眉間に皺を寄せると、濁った眼でこっちをにらみ、

「おまえら、ここでなにやってんだ」

「あの、こいつがトイレにいきたいっていうんで――」

「そいつは誰だ。なんで連れてきた」

「おれのダチっす。すみません、ドープさん」

「用がすんだら、さっさと帰れ。ここは、おまえらクソガキがいるような場所じゃねえんだ」

ふたりは急いで部屋をでた。廊下を歩きながら、さっきの男は何者か訊くと、

「ドープさんはDJ。いろんなイベに呼ばれてる」

「DJだけで飯喰えるのか」

「副業もやってる」

「副業って？」

「もういいだろ。それより、さっきはすげえもん見たな」

六本木パレスタワーをでると透也はスマホで動画を再生して、撮れてる撮れてる、といった。

「黒瀬リリアといっしょに寝てたのは、俳優の隼坂蓮斗だ」

「よくわからなかった。もうひとりは？」

「知らねえけど、この動画は大スクープだ。こいつァ高く売れるぜ」

透也は拳を宙に突きあげて、やっと足を洗えるぞッ、と叫んだ。


六本木にはタクシーできたが、透也は空車が通っても無視して弾むような足どりで歩いた。

「黒瀬リリアと隼坂蓮斗がおなじベッドにいるだけですげえのに、もうひとり男がいただろ。この動画がマスコミに流れたら、リリアと隼坂は百パー干されるぜ」

「三人でなにしてたんだ。やけにぐったりしてたけど」

「3Pやってたんじゃねえか。アイスかチャリでもキメて。いや、アイスならシャキッとするからバツかもな」

「アイスかチャリ？　バツ？　意味不明《イミフ》なんだけど」

「アイスはシャブ、チャリはコカイン、バツはMDMA」

黒瀬リリアと隼坂蓮斗は所属する芸能事務所が異なる。透也は動画をそれぞれの芸能事務所に送り、買いとりを持ちかけるという。スクープのネタを売るなら週刊誌ではないのか。そう尋ねたら、週刊誌は金にならねえ、と透也はいった。

「まえに矢淵さんから聞いたけど、大物芸能人のスクープでもネタの報酬は五十万いかないらしい。でも事務所は桁がちがう。芸能人がスキャンダルで干されるとドラマやＣＭの違約金で何億も請求されるから、事務所は大金払っても買いとる」

「そんなことして大丈夫なのか」

透也はスマホを操作しながら、大丈夫さ、といった。

「おれは動画持ってる奴の代理人ってことにして、両方の事務所と交渉する。おれになにかあったら動画をマスコミとネットに流すっていやあ、手はだせねえだろ。いざってときの保険に、おまえにも送っとく。おまえなら、まさか横流しはしねえだろ」

まもなく壮真のスマホに動画が送られてきた。壮真は溜息をついて、

「横流しなんかしないけど、こんなものもらっても迷惑だ」

「保険だっていっただろ。何億って金がかかってるから事務所側も必死だ。スキャンダルを揉み消すために、どんな手を使ってくるかわからねえ。もしこの動画を盗まれたり消されたりしても、おまえがコピー持ってるからノーダメってこと。ただし、その動画は誰にも観せるなよ」

透也は芸能事務所との取引がうまくいったら、その金を元手に起業したいという。そう簡単に事が運ぶとは思えなかったが、大スクープなのはたしかだろう。ただ黒瀬リリアといい隼坂蓮斗といい、あのパーティの雰囲気は異様だった。ふたりとベッドにいたタトゥーの男やドープというスキンヘッドの男は、どう考えても堅気ではない。

「おまえ、あそこへなにしにいったんだよ」

「配達だよ」

「配達って大麻か」

「いや、ゆうべはアイス」

「はあ？　おれをそんなことに巻きこむなよ」

「おまえはなにもしてねえから平気さ」

「平気じゃねえよ。共犯だって思われたら、どうするんだ」

無責任ないいかたに声を荒らげたが、透也は完全に舞いあがっていて、

「おれが会社作ったら、便利屋なんか辞めて仕事手伝ってくれよ」

「会社ってなにするんだよ」

「やっぱ飲食かな。おれがCEOで、おまえはナンバーツーのCOO。バーとかクラブとかレストランとかだして、ゆくゆくは全国展開に――」

透也は夢見るような表情でしゃべり続けた。

17

胸が急に重たくなって眼が覚めた。また体調がおかしくなったのか。不安を感じつつまぶたを開けると、マチルダが胸の上で香箱座りをしていた。いつのまにかドアを開けて部屋に入ってきたらしい。鳶伊はイグサのシーツを敷いた布団からゆっくり軀を起こし、ハチワレの仔猫を抱き

あげた。黒い覆面をしたような顔に頬を寄せ、どげんしたと？　と訊いた。

「わしを起こしにきたとね」

マチルダは返事のかわりに鳶伊の鼻をぺろりと舐めた。

スマホで時刻を見ると朝の五時半だった。鳶伊が服役したふたつの刑務所の起床時間は、どちらも六時四十分だった。三十年も続いた習慣だけに、その時刻には自然と眼が覚める。しかしマチルダがドアを開けるようになってからは、しょっちゅう六時まえに起こされる。胸に乗るだけでなく、前脚で顔をぽんぽん叩いたり、にゃあにゃあ鳴いたりもする。が、それもあとわずかだ。マチルダを地域猫にもどしたら、起こされることもなくなる。それがこの子のためやけん。自分にそういい聞かせるが、とうに殺したはずの感情がゆらぐ。

空は灰色の雲に覆われているが、きょうも朝から蒸し暑い。

もんじゅの四人は荒川区の商店街にある古びた食堂の清掃にいった。ブリキの看板は錆びついて「大衆食堂みなみ」の文字が消えかけ、ショーケースにならぶ料理の蠟《ろう》細工は色が褪《あ》せている。依頼主は八十二歳の店主で、店内の不用品を片づけて厨房をきれいにしてほしいという。

小柄な店主は白くて長い眉を八の字にして、

「店の掃除を人様に頼むなんて情けねえ話だが、おれはこの歳だし女房も腰悪いもんで、長いことほったらかしでね。だからってこのままじゃお客に悪いから、よろしく頼むわ」

壁に貼られた品書きは黄ばみ、本棚のマンガ本はどれも色が抜けてカバーが青い。厨房のダクトや換気扇は真っ黒に汚れ、不用品が散らばった床はべたべたする。営業許可証を見ると、店主は南左之助《みなみさのすけ》というらしい。

南はなんでも捨ててくれといったが、作業のまえに天音がいった。

「お店の雰囲気を壊さないよう、レトロな味わいがあるものはとっておきましょう」

茶色くくすんだ招き猫、客たちのポラロイド写真、誰が書いたのかわからないサイン色紙、大昔のグラビアモデルがビアジョッキを持ったポスターなどには手をつけないことにした。

四人は厨房から作業をはじめたので、昼すぎにはダクトや換気扇はぴかぴかになり、床もすっきり片づいた。南はそれを見計らって寸胴鍋《ずんどう》でカレーを温め、

「あんたたち腹が減っただろ。飯はけさ炊いたから、よかったら喰いな」

四人は恐縮したが、南に勧められるまま小上がりでカレーを食べた。小麦粉からルーを作り冷蔵庫でひと晩寝かせたというカレーは黄色くてとろみがあり、素朴な味わいがなつかしい。壁の品書きにはカレーライスではなくライスカレーと書いてある。テーブルにあったウスターソースをカレーにかけてスプーンでかきまぜていると、壮真が訊いた。

「味変ってやつですか」

「昔のカレーは、こげんして食べると」

壮真はさっそくウスターソースをかけて、マジ旨いです、と声をあげた。天音と沼尻もおなじようにして食べはじめた。鳶伊がいた養護施設のカレーも小麦粉からルーを作っていた。もっとルーが薄くて具もわずかだったが、親のいない子どもたちは競いあうように食べた。

コーポ村雨のリビングでときおりテレビを観ると、全国チェーンの焼肉屋や回転寿司で食事をする家族連れが映る。幼い子どもが霜降りのロースやカルビ、大トロやウニやイクラを頬ばっている。鳶伊が幼かったころ、養護施設はもちろん一般家庭の子どもでも焼肉や寿司はまれにしか

口にできなかった。当時にくらべて食生活ははるかに豊かになったが、テレビやネットのニュースでは日本は貧しくなったと報道されている。

食堂の清掃は予想より早く終わった。南は皺だらけの顔をほころばせて、

「おかげさんで、すっかりきれいになった。あと何年やれるかわかんねえけど、足腰が達者なうちはがんばるよ」

南は子どもがおらず、夫婦で店を切り盛りしてきたという。創業から五十五年と聞いて、すげえ、と壮真がいった。跡継ぎはいないんですか。天音が訊いた。

「もったいないですよ。あんなに美味しいカレーが食べられなくなるなんて」

「もともとおれ一代のつもりだった。食堂で儲けようなんて思ってなかったから、女房と喰うのがやっと。それでも五十五年やれたんだから満足さ」

「儲けを考えないなんて、すごいですね」

「こういう下町の店はそんなもんさ。お客が喜んでくれりゃ自分もうれしい。だから商売やってたんだ。このへんにゃ、うちみたいな店がたくさんあったけど、みんな歳とって閉めちまった」

沼尻が帰りの車を運転しながら、昔は個人商店の時代だったんですよね、といった。

「ぼくがちいさいころ、商店街はすごくにぎわってて肉屋や八百屋や魚屋があった。惣菜《そうざい》屋、駄菓子屋、それから大衆食堂、ぜんぶ個人が経営してた」

わしがこまいときはもっとあったばい、と鳶伊はいった。

「米屋、酒屋、薬屋、電器屋、家具屋、金物屋、本屋、文房具屋、ほかにもいろいろあった」

昭和四十年代までは行商人も多く、民家や団地をまわって魚介類、納豆、豆腐、焼芋、風鈴、金魚、物干し竿《ざお》などを売りにきたが、壮真の世代には想像がつかないだろう。

いまはネット通販か量販店だもんね、と天音がいった。

「便利になったのはいいことだけど、個人商店は地元のひとと助けあってたし、そこから雇用も生まれてた。ファストフードや大規模なチェーン店じゃ交流はないし、いまは雇用の選択肢がすくないと思う」

「サラリーマンか起業するかフリーランスって感じですよね。おれの友だちは、まじめにコツコツなんて時代じゃないっていうけど」

「最近の会社は終身雇用が保証されてないから、まじめにコツコツやっても定年まで働けるかどうかわからない。成果主義を採用してる会社も多いけど、ひとには得手不得手がある。安心して働ける環境がないとチームワークを発揮できないんじゃないかな」

「ぼくの勤務先がコロナで潰れたのも、チームワークがとれてなかったせいです。沈みかけた船から逃げだすみたいに、みんなパニックになっちゃって——」

「会社が社員を守ってくれないせいもあるよ。会社にかぎらず、いまの組織は仲間を守らない。上層部が生き残るために、末端は切り捨てる」

トカゲの尻尾切りですか、と壮真がいった。

「だったら半グレみたいですね」

「そうね。リスクをぜんぶ個人に押しつけるから」

「若い子たちが親ガチャっていいだしたのは、それに気づいたせいかも」

鳶伊は帯刀組の部屋住みだったころを思いだした。おなじ部屋住みの組員に、喧嘩や金儲けはおろか雑用すらまともにできない三十すぎの男がいた。顔が醜く軀つきも貧弱で親からも見放されていたが、帯刀はずっと面倒をみた。

「出来が悪いけんちゅうて選《よ》り好《この》みするとは親やなか。うちの盃もろたからには、わしの子じゃ。わしの子に舐めたまねしくさったら承知せんばい」

帯刀がそう釘《くぎ》を刺したので、表だって男を見下す者はいなかった。

あれは男が四十歳くらいのときだった。対立組織との話しあいが組事務所であり、相手の幹部が帯刀に暴言を吐いた。組員たちは殺気だったが、帯刀がなだめてひとまずおさまった。その夜、男は幹部の家に単身殴りこみをかけ、相討ちになって死んだ。

物事を損得勘定で考えるひとびとからすれば、帯刀も男も愚の骨頂だろう。個人商店が軒を連ね、行商人が通りを行き交った時代はもうもどらない。世の中は、もっと便利にもっと効率的になっていく。その果てになにがあるのか、と鳶伊は思った。車の窓に眼をやると、荒川河川敷のかなたで東京スカイツリーが西日に映えていた。

四人はもんじゅの事務所にもどり、そこで解散になった。鳶伊がまた散歩にいったので、壮真は沼尻と電車に乗った。透也は飲食で起業してゆくゆくは全国展開したいといったが、さっきの南左之助とはまったくちがう考えかただ。透也はきのうラインを送ってきて「いまから事務所と交渉」という文章のあとにVサインのスタンプがあった。

コーポ村雨に帰ると、マチルダは眠っていたからシャワーで汗を流した。そのあと缶ビールを

呑もうと思ってキッチンにいくと、先にシャワーを浴びた沼尻がリビングのソファにいて、

「きょうはまだ早いね。近所で軽く呑まない？」

いいですね、といおうとしたとき、壮真の部屋から澪央がでてきた。澪央がさげたキャリーバッグからマチルダの声がする。どこへいくのか訊いたら、

「動物病院。マチを地域猫にもどすまえに健康診断受けさせるっていったじゃん」

「あ、そっか。じゃあ、おれもいく」

澪央はあいかわらず無愛想だが、くるなとはいわなかった。壮真は沼尻の誘いを断って動物病院にいった。マチルダは触診と問診に続き、血液検査と検便と超音波検査を受けた。獣医によれば、どこにも異常はなく至って健康だという。澪央はやっと笑顔を見せて、よかったあ、とつぶやいた。検査費用は澪央が払おうとするのを強引に制して、壮真が払った。

「なんで払うの。割り勘にすればいいじゃん」

「このあいだ昼呑みおごってもらったから」

澪央は眼をきょろりとさせて肩をすくめた。

ふたりはコーポ村雨にもどってマチルダをキャリーバッグからだした。マチルダは大きく伸びをすると、毛づくろいをはじめた。まぶたを閉じて赤い舌をだし、前脚を丹念に舐めている。

猫ってさ、と澪央がいった。

「自分がかわいいって、ぜったいわかってるよね」

「そんな気もするけど、どうして？」

「だって自分を慈しむみたいに毛づくろいするじゃん。きれい好きなのもあるだろうけど」

「たしかに毛づくろいのとき、うっとりした顔してる」

澪央との仲は最近ぎくしゃくしていたが、マチルダのことになると自然に話せる。彼女はスマホを操作してから画面をこっちにむけて、

「ここへきたときは、こんなにちっちゃかったんだよ」

画面には、痩せてみすぼらしい仔猫が写っている。澪央は画面をスクロールして、次々にマチルダの画像や動画を見せた。谷中霊園で虐待されていたマチルダを連れ帰ったのは、六月の上旬だった。あれから三か月も経っていないのに、何年もまえからいっしょにいたように感じられる。

澪央はマチルダにもスマホの画面をむけて、

「これマーちゃんよ。自分だってわかる？」

マチルダはちらりと眼をむけたが、興味なさげに毛づくろいを再開した。澪央がスマホに視線をもどして、えーッ、と大声をあげた。

「マジで？　黒瀬リリアが急死？」

「――嘘だろ」

「嘘じゃない。ニュースにでてる」

急いで自分のスマホを見たら、ニュース速報が眼に飛びこんできた。

きのう午前九時ごろ、東京都渋谷区の自宅マンションでファッションモデルの黒瀬リリアさん（二十二歳）が倒れているのをマネージャーの女性が発見し、一一九番通報した。黒瀬さんはすでに死亡しており、警視庁は行政解剖して死因を調べている。マネージャーの女性は撮影現場に同行するため、午前八時ごろ黒瀬さんを迎えにいったが、応答はなく連絡もとれないため管理人

に鍵を借りて自宅に入ったという。

壮真は全身の皮膚が粟《あわ》だつのを感じた。透也と六本木パレスタワーにいったのは、おとといの夜だった。マンションをでたとき、日付は変わっていた。もう終電はなかったので透也の部屋に泊まった。ということは透也があの動画を撮ったあと、黒瀬リリアは自宅に帰って死んだのか。

「もう信じらんない。なんでリリアが死ぬの？」

澪央は嘆息して目頭を指で押さえたが、ふとこっちを見て、

「どうしたの、顔が真っ青よ」

適当にごまかすべきかと思ったが、動揺のせいで口が勝手に動いた。

「おれ――見たんだよ」

「なにを？」

「黒瀬リリア。それと隼坂蓮斗を」

「マジで？　どういうこと」

壮真はスマホを手にして透也が送ってきた動画を再生した。澪央はそれを観ながら眼をみはって、ソーマが撮ったの？　と訊いた。透也って友だち、と答えて、

「動画は誰にも観せるなっていわれてる。だから秘密にして」

「わかった。透也って、まえここにきた派手なひとだよね。これ誰の部屋なの」

「わからないけど、六本木パレスタワーっていうタワマン」

「なにしにいったの。そんなとこへ」

「透也が配達にいって――」

「配達？」

澪央は矢継ぎ早に質問してくる。動画を観せたからには隠しておけず、いきさつを話した。なにを配達しているのかはぼかしたつもりだったが、澪央は眉をひそめて、

「やばいクスリでしょ」

「え？　なんでわかるの」

「わかるよ。動画のリリア、様子が変だもん」

「だよな。でも、おれはやばいことはなにもやってない。逆に透也を止めてたけど、あいつはいうこと聞かなくて――」

もう一回観せて。澪央はそういうと壮真の手からスマホをもぎとり、動画を再生した。

「隼坂蓮斗も様子がおかしい。もうひとりベッドにいるのは誰？」

「わからない」

調べてみるね。澪央はスマホの画面をタップして、

「この動画、あたしのPCに送ったから」

彼女が自分の部屋にもどってまもなく、透也からうわずった声で電話があった。

「マジびびったあ。リリアが死んだなんて」

「おれもめちゃびっくりした。死因はなんなんだ」

「さあ――もしかしたら過剰摂取《オーバードーズ》かも」

「クスリのやりすぎってことか」

「うん。でも死んだのは自宅だから、ちがうかもしれねえ」

芸能事務所との交渉はどうなったのか訊くと、動画から切りだした画像を見本として黒瀬リリアと隼坂蓮斗の所属事務所にメールで送り、買いとりを持ちかけたという。

まずったなあ。透也はそうつぶやいて、

「リリアの事務所は気の毒だから、メールしなくてもよかった」

「えぐいぞ。本人が死んじゃったのに金よこせなんていうのは――」

「しょうがねえだろ。メールしたときはリリアが死んだなんて知らなかった。隼坂が所属してるジギープロは規模がでけえから、がっぽりむしりとってやるけど」

「なんか怖いな。やめといたほうがいいんじゃないか」

「ネカフェから捨てアド使ってメールしたから、おれだと特定はできねえ。防犯カメラで顔バレしねえよう変装もしてたしな。問題は金の受けわたしだけど――」

透也は暗証番号式か二次元コード式のコインロッカーを使うとかいっていたが、もう頭に入らなかった。澪央が自分のパソコンに動画を送ったことは、透也が怒りそうだから黙っていた。


その日の仕事は二件で、どちらもツタの撤去だった。あさってで八月は終わりだというのに最高気温は三十五度もある。天音と沼尻はべつの現場へいき、鳶伊とふたりの作業である。

空は青々と晴れわたり、眼もくらむような陽射しが照りつけてくる。剪定バサミを使ってマンションのフェンスにからみついたツタをとりのぞいていると、マンションの駐車場をキジトラの野良猫が横切った。壮真は軽く吐息を漏らし、

「もうすぐマチルダとお別れですね」

「うん」

隣で作業していた鳶伊は重い声で答えた。深い皺が刻まれた横顔から内心は読みとれないが、マチルダと別れるのはつらいようだ。あさってはマチルダを地域猫にもどすから、すこしでも長くいっしょにいたくて休みをとった。けさ鳶伊にそれを話したら、

「わしも仕事すんだら見送りするけん、夕方にしてくれんね」

「わかりました。じゃあ、あさっての夕方にします」

昼ごろに一件目の作業を終えて、鳶伊とラーメン屋で冷やし中華を食べた。

店内のテレビではワイドショーが流れていて、おととい急死が報道された黒瀬リリアについてコメンテーターがしゃべっている。ネットも彼女の話題で持ちきりだ。死因はまだ公表されていないので病死とか自殺とか憶測が飛び交っている。

黒瀬リリアと交際の噂《うわさ》があった俳優の隼坂蓮斗は、きのう所属事務所のジギープロモーションを通じてコメントを発表した。黒瀬リリアさんは、友人として親しくおつきあいさせていただいておりました。突然の訃報にことばもありません。いまはただ悲しいです。心よりご冥福をお祈りします。

隼坂蓮斗ともうひとりの男は上半身裸で、下着姿の黒瀬リリアをはさんでベッドにいた。友人以上の関係としか思えないが、いまさら交際は公にできないだろう。透也はおととい電話で話したきり連絡してこない。芸能事務所との交渉がどうなったのか気になるものの、深入りしたくないのでそのままにしている。

「いま入った速報です」

アナウンサーの声がしてテレビに眼をむけた。

「先日亡くなった黒瀬リリアさんの体内から違法薬物が検出されたもようです。警視庁の調べによると、黒瀬さんが亡くなったのは四日まえの午後八時から午前零時にかけてで、死因は違法薬物の過剰摂取とみられます。警視庁では引き続き事件と事故の両面で捜査を進め、違法薬物の入手経路についてもくわしく調べる予定です」

壮真は割箸を持ったまま呆然とした。テレビを見つめる視界がぼやけ、店内の物音が遠くに聞こえる。四日まえの午後八時から午前零時。胸のなかでそう繰りかえした。六本木パレスタワーをでたとき、日付は変わっていた。いまの報道が事実なら透也が動画を撮ったとき、もしくはその直後に黒瀬リリアは死亡していたことになる。

「どげんしたと?」

鳶伊の声でわれにかえった。

「いや、黒瀬リリアのニュースがショックだったんで――」

「その子は、ずいぶん人気があったごたるね」

「ええ。澪央もファンだったみたいで――」

そういっているあいだも、頭のなかは黒瀬リリアの死亡時刻で占められていた。おとといのニュースでは、黒瀬リリアは渋谷の自宅で発見されたと報じられたが、それはおかしい。六本木パレスタワーで亡くなったはずの彼女が、なぜ自宅で発見されたのか。

そんな疑問が湧いたせいで二件目の作業は集中できなかった。過去のバイト先なら、すこしぼんやりしていただけで罵声が飛んできた。しかし鳶伊はなにもいわないから、かえって怖い。気をとりなおしてツタをとりのぞき、夕方近くに作業を終えた。

天音に電話して、いまから事務所にもどるといったら、

「お疲れさん。こっちはまだかかるけど、きょうはもういいよ」

その日の仕事が片づけば、早く帰れるのが便利屋のいいところだ。鳶伊は珍しく散歩にいかなかったから、ふたりで電車に乗った。鳶伊は自動改札機には慣れたけれど、フラップドアはいまだに苦手らしく足早に通り抜ける。

コーポ村雨に着いて部屋に入ると、澪央がローテーブルでノートパソコンにむかっていた。軽やかにキーボードを叩く指先がきれいだった。マチルダはクッションで丸くなり、前脚で顔を隠して眠っている。まえにネットで調べたら、このポーズを「まぶしい寝」というらしい。

澪央がようやくこっちをむいて、ニュース見た？　と訊いた。

「リリアの死因、違法薬物の過剰摂取だって」

「知ってる。ニュースじゃ遺体が見つかったのは渋谷の自宅っていったけど、リリアが死んだのは六本木パレスタワーだと思う」

「動画をズームアップして調べたら、リリアはぜんぜん動いてない。胸も軀も――」

「じゃあ動画撮ったときには死んでたってこと？」

「かもね。それともうひとつ、わかったことがある」

「なにがわかったの」

「リリアとおなじベッドに隼坂蓮斗ともうひとり、タトゥーを入れた男がいたでしょ。あの男が誰かわかった」

「マジで?」

澪央はノートパソコンを操作すると、ふたつの顔を画面に表示した。ひとつは黒瀬リリアの隣にいた上半身裸の男で、歳は三十代後半に見える。もうひとつは金髪のリーゼントでヤンキー座りした暴走族らしい男だった。素肌に特攻服を着て、カメラのほうを上目遣いでにらんでいる。

どこかで見た顔だと思ったら、指名手配のポスターが脳裏に浮かんだ。ポスターに使われているのはこの画像で、ニュースやネットで何度も眼にしている。金髪の男は、半グレ集団ジャックスのリーダーと目されている凍崎拳だった。

「このふたりは同一人物よ」

澪央はそういったが、顔は別人に見える。壮真は首をかしげて、

「この画像って凍崎が二十代のときに撮ったんだろうけど、眼が細くて鼻は低いじゃん。でもタトゥーの男は目鼻立ちがはっきりしてる。整形したってこと?」

「そう。あたしが使った顔認識検索エンジンは眼鼻口の位置や骨格で照合するから、ある程度整形しても特定できる。動画に映った男の画像で検索したら、暴走族時代の凍崎が候補であがってきた。でも顔が変わりすぎてて、同一人物かどうか確信を持てなかった」

澪央はノートパソコンのタッチパッドに触れて、若いころの凍崎の画像を拡大した。特攻服のはだけた胸のまんなかに、ちいさな十字架のタトゥーがある。続いて上半身裸の男を拡大すると、タトゥーで埋まった胸のまんなかに、まったくおなじ十字架があった。

「この十字架のタトゥーは形がいびつだし、線もきれいじゃない。たぶん素人が彫ったんだと思う。だから、おなじタトゥーは存在しない。いまの凍崎はタトゥーが増えてるから、わかりにく

かったけど」

壮真は澪央の検索能力に感心しつつ、戦慄《せんりつ》をおぼえた。

凍崎拳が数年まえに整形して偽造パスポートで帰国したという噂は事実だった。しかも凍崎とおなじベッドに黒瀬リリアと隼坂蓮斗がいた。黒瀬リリアは違法薬物の過剰摂取で死んだが、死んだのは渋谷の自宅ではなく六本木パレスタワーである。これらの事実が明るみにでれば、大スクープどころではない。壮真は大きな溜息をついて、

「マジでやばすぎる。どうしたらいいんだろ」

「警察に知らせるべきよ」

「でも、この動画撮ったのは透也だし――」

「許可がいるってこと？」

「うん。もともと誰にも観せるなっていわれてたから」

「そんなこと気にしてる場合？　リリアが死んだのは凍崎のせいかもしれないんだよ。いっしょにいた隼坂蓮斗はコメントで嘘ついてるし、どう考えてもおかしいじゃん」

「でも警察に相談したら透也も捕まる」

「大麻の配達なんかやってたら、いつかは捕まるよ。ま、そういってもソーマの友だちだもんね。じゃあ警察やマスコミに匿名で動画を送ったら？　タトゥーの男が凍崎拳だってわかるよう、この画像と説明文をつけて」

透也が黒瀬リリアと隼坂蓮斗の所属事務所と交渉しているのは伏せておきたかった。けれども警察に動画を送るのはまずいから事情を話した。澪央はあきれた表情で、なにそれ、といった。

「そんなことやってたんだ。じゃあ事務所がお金払ったら、この動画は表にださないってこと?」

「たぶん」

「それって犯罪を揉み消したのとおなじじゃん」

「だな。透也と話してみるよ」

18

壮真はノックの音で眼を覚ました。枕元のスマホを見ると七時四十五分だった。ベッドをでて眠い眼をこすりつつドアを開けたら、マチルダを抱いた鳶伊が立っていた。

きょうは休みやろ、と鳶伊はいった。

「起こして悪いけど、マチがまたわしの部屋にきたけん」

八月最後の朝である。壮真は鳶伊からマチルダを抱きとって、

「きょう、見送りにくるんですよね」

「うん。なるべく早《は》よ帰る。それまで待っといて」

鳶伊が去ったあと、腕のなかのマチルダはこっちを見あげている。まんまるな眼がきらきら輝いて、いまからなにして遊ぼうかと語りかけてくるようだ。きょうでお別れだと思ったら切なくて胸が苦しくなる。マチルダに朝食のカリカリをあげたあと、まだ早いからもう一度寝ようと思

ってベッドで横になったが、気になることが多くて眠れない。透也とはなかなか連絡がとれず、ゆうべようやく電話がつながった。芸能事務所との交渉について訊くと、

「リリアの事務所はなにもいってこなかったけど、ジギープロからはメールがきた。交渉に応じる用意があるから、あと数日待ってくれって」

「交渉って、いくら吹っかけたんだ」

「三千万」

「そんなに？　むこうは払うっていってるのか」

「いまのところは。あとで値切られそうな気もするけど」

澪央に動画を観せたのは話しづらかったが、思いきって打ちあけた。透也はたちまち声を荒らげて、なんでそんなことするんだよ、といった。

「誰にも観せるなっていったじゃねえか」

「ごめん。ただあの子は――澪央はもうひとりの男が誰か突き止めたぞ」

「もうひとりって、リリアといっしょに映ってた奴か。あんな短い動画でそんなこと調べられねえだろ」

「澪央はすごくネットにくわしいんだ。まえにも顔認識検索エンジンを使って、美人局の犯人が誰か特定した」

「んなこたあ、どうでもいい。で、そいつは誰だったんだよ」

凍崎拳だと答えたとたん、電話のむこうで息を呑む気配がした。すこしして透也は、マジか、とつぶやいた。マジであの凍崎なのか。しつこく訊くから十字架のタトゥーのことを話して、

「なんなら画像送るけど」

「いや、いい。でもそれがガチなら、むちゃくちゃやべえ」

「どうやばいんだ」

「凍崎はジャークスのリーダーだぞ。凶拳って呼ばれてて――」

「そのくらい知ってるよ」

「動画撮ったのがおれだってばれたら、ぜってー殺される」

「だったら金の問題じゃないだろ。事務所と交渉するより警察にいったほうが――」

「おれが捕まるじゃねえか。大学は退学になるし、おやじも役所クビになるかも」

透也は予想どおりのことをいったが、すっかり動揺しているらしく声を震わせて、

「ちょっと考えたいから、いったん切るわ。また電話する」

それきり電話はない。透也はまだ芸能事務所と交渉を続けるつもりなのか。交渉をあきらめて警察やマスコミに動画を送れば、事件の真相があきらかになるかもしれない。透也は逮捕を恐れているから、澪央がいったように匿名で動画を送ることもできるが、身元を特定される恐れもある。どうすればいいのか考えたら、眼が冴えてますます眠れなくなった。

昼すぎに澪央が部屋にきたので、透也のことを話した。

「ジギープロモーションっていう芸能事務所と交渉してるみたいだけど、動画に映ってたのは凍崎だっていったら、めっちゃびびってた。凍崎にばれたら殺されるって」

「そんなに怖いんだったら、警察に捕まえてもらえばいいじゃん」

「うん。でも透也はちょっと考えたいっていうから、返事を待ってる」

澪央はマチルダを地域猫にもどすまえにごちそうを食べさせたいといって、好物のおやつやウエットフードを買ってきていた。

「ほんとはもっといっぱい買いたかったけど、これから外で暮らすのに贅沢させると、かえっておなかがすくだろうと思って」

「マチはちゃんと生活していけるかな。家猫の生活に慣れちゃったから心配だな」

「大丈夫よ。ボランティアのひとたちが見守ってくれるし、いざとなったらあたしたちもいるじゃん」

マチルダは澪央からもらった液状のおやつを舐めている。顔つきは幼いけれど、軀の大きさはもう仔猫ではない。小学校三年のときに拾ったハチワレの仔猫は面倒をみられなかったが、この子はりっぱに成長してくれた。マチルダのおかげで澪央や鳶伊と親しくなれたし、便利屋のハードな仕事やシェアハウスでの慣れない生活に耐えられた。いままでのことを思いだすと、マチルダがいなくなるのがあらためて悲しくなった。けれども地域猫として自由になったほうが幸せならば我慢するしかない。


夕暮れが迫った空を鴉が飛んでいく。

谷中霊園の中央に「さくら通り」と呼ばれる道路がある。名称のとおり道の両側には桜並木が続く。いまは緑の葉しかないが、春には満開の桜がきれいだろう。鳶伊は作業着姿で歩きつつ、来年それを見られるのか、と思った。キャリーバッグをさげた壮真と澪央がまえを歩いている。

きょうは沼尻とふたりでエアコンの清掃と草刈りにいった。作業を終えてもんじゅの事務所にもどったあと、マチルダを見送るためにひと足早く家路についた。日暮里駅をでて急ぎ足で歩いていると突然動悸《どうき》が速くなり、また胸が苦しくなった。あえぎながらコーポ村雨に着いて、ひと息入れたら動悸はおさまったが、症状はしだいに悪化しているような気がした。

澪央がさくら通りを曲がってベンチのある広場に入り、

「ここにマチルダがよくいたの」

「じゃあ、ここでお別れ？」

「そうしよう。もう暗くなるし」

三人はベンチに腰をおろした。壮真がキャリーバッグを開けると、ひょっこり顔をだしたマチルダは外の空気に鼻をひくひくさせた。澪央がマチルダを抱きあげて鳶伊に訊いた。

「最後に抱っこする？」

鳶伊はうなずいてマチルダを膝に乗せた。ハチワレの猫はひんやり冷たいピンクの鼻を手に押しつけてきた。なにか熱いものが胸にこみあげてくる。長いあいだ経験したことのない感覚にとまどった。鳶伊はちいさな顔に頬ずりしてから、マチルダを澪央にわたした。

「もう自由になれるからね」

澪央がそういって首輪をはずした。首輪は飼い猫と思われる利点もあるが、なにかにひっかかる可能性があるし、もっと成長すればサイズがあわなくなるという。

「だから、はずしたほうがいいの。これ、記念にとっておこう」

澪央が首輪をベンチに置くと、壮真がうつむいて洟《はな》を啜《すす》りあげた。いまにも泣きだしそうに顔をゆがめている。泣かないでよ、と澪央がいった。

「暗くなるじゃん」

「泣いてねえよ」

「もう会えないってわけじゃないんだから」

澪央は湿った声でいって、マチルダをそっと地面におろした。きょとんとした顔であたりを見まわしている。彼女は泣き笑いの表情で、

「さあ――もういって」

マチルダは地面を嗅ぎながら、とことこ歩きだした。が、すこし離れたところでこっちを振りかえった。なにが起きているのかわからないらしく、不思議そうな顔つきだ。壮真が眼をうるませて、マーちゃん、といった。

「元気でね。ときどき会いにくるから」

「ありがとう――いままでいっしょにいてくれて、ありがとう」

澪央がしゃくりあげながらいったとき、どこかで鴉が大きな声で鳴いた。とたんにマチルダは駆けだして道路脇の茂みに姿を消した。

鳶伊はベンチから立ちあがり、ひとりで広場をあとにした。谷中霊園をでてコーポ村雨にむかったが、ふと気が変わって谷中銀座商店街へいった。以前ここにきたときは壮真と澪央とお好み焼を食べた。あたりはだいぶ暗くなり、商店街は明かりが灯《とも》りはじめた。鳶伊は昭和の面影が残る通りをしばらく歩き、打ち水の跡が涼しげな居酒屋に入った。

店内は民芸調の小体な造りで、七十がらみの男が包丁を握り、その妻らしい女が酒や料理を運んでいる。鳶伊はカウンターの椅子にかけ、豚の角煮とさつま揚げを肴《さかな》に芋焼酎のロックを呑ん

だ。ほろ酔いで切りあげようと思いつつ、いつになくグラスを重ねて酔いがまわった。

別れには慣れている。耐えることにも慣れている。

何人もひとを殺《あや》めてきたわしが――この世に未練などないはずのわしが――と鳶伊は思った。一匹の猫がいなくなっただけで、なにを取り乱しているのか。いっさいの執着を捨てるのが悟りへの道よ、と愚童はいった。青くさい感傷など捨てて、残された命が尽きるのを待てばいい。自分にそういい聞かせてグラスをあおった。

いつのまにか九時をまわって店内は混んでいた。

三十代前半くらいのカップルが左隣にいて小声でしゃべりながら、ちらちらこっちを見ている。その眼つきになぜか棘《とげ》がある。まえをむいたまま理由を考えていると、左手を広げてカウンターに乗せていたのに気づき、膝の上に置いた。人前にいるときは欠けた小指と薬指が見えないよう、左手は握るかテーブルの下に置くのが習慣なのに、酔ったせいでつい忘れていた。

鳶伊は勘定をすませて店をでた。コーポ村雨に帰ろうと思ったが、意思とは裏腹に足はそっちへむかない。谷中銀座商店街を抜けて、あてもなく夜道を歩いた。


壮真は空っぽのケージに背をむけて缶酎ハイを呑んでいた。ローテーブルにならべた空き缶は四つもある。もうすぐ十時だし、あしたは仕事だから呑みすぎると朝がきついが、もっと酔わなければ眠れそうにない。缶酎ハイはマチルダを見送った帰りにコンビニで買った。

「おれの部屋で呑まない？」

澪央を誘ったが、無言でかぶりを振った。彼女の頬は涙で濡れていた。しかたなくひとりで呑んでいると、切なさをかきたてるものが眼につく。スマホの待ち受け画面にしているマチルダの画像、餌入れや水入れやトイレ、猫じゃらしやボールや爪研ぎ、お気に入りだった段ボール箱。さっきTシャツにくっついている黒い毛を見つけたときは、目頭が熱くなった。

壮真は窓を開けて、低い塀越しに見える谷中霊園を眺めた。

もしかしたらマチルダがもどってくるのではないか。そんな気がして暗がりに眼を凝らしたが、墓石しか見えない。マチルダはいまどこにいるのだろうか。外での暮らしにとまどってないだろうか。これから出会う地域猫や野良猫たちとうまくやっていけるだろうか。

そんな思いに耽《ふけ》っていると、外で車が停まる音がした。まもなく玄関のチャイムが鳴ったが、誰も応答する気配がない。リビングにいってインターホンの通話ボタンを押した。画面に映っていたのは、宅配便の制服を着て段ボール箱を抱えた男だった。制帽を目深《まぶか》にかぶっているので顔はよく見えない。

「夜分にすみません。久我壮真さんにお荷物です」

「え？　こんな時間にですか」

「配達は九時までなんですけど、渋滞で遅れてしまって」

じゃあ置き配で――といいかけたら、男はサインをお願いしますという。段ボール箱はミカン箱くらいの大きさだ。なにも注文したおぼえはないが、父がなにか送ってきたのかと思ってドアを開けた。次の瞬間、男は段ボール箱を抱えたまま、すごい勢いで玄関に押し入ってきた。段ボール箱にぶつかった壮真は、よろめいて廊下に尻餅をついた。

「ちょっと、なんなんですかッ」

大声をあげたら、黒いジャージ姿の男がふたり玄関に飛びこんできた。どちらも黒いマスクをして体格がいい。ひとりが壮真の腹に包丁を突きつけ、騒いだら殺すぞ、といった。もうひとりは背後にまわって、がっしり肩をつかんだ。宅配便の制服を着た男は段ボール箱を廊下に置き、なかから紐状のものをとりだした。ケーブルを縛るときに使うナイロン製の結束バンドだ。

壮真は怖くて抵抗できず、結束バンドで両手首をうしろ手に縛られた。こいつらは何者なのか。得体のしれない恐怖に膝ががくがくする。宅配便を装った男は廊下に立って、

「動画はどこにある」

押し殺した声で訊いた。

「動画？」

「とぼけんな。相良透也がおまえに送った動画だよ。すなおに動画をよこさねえと、あいつはやべえことになるぜ」

「えッ。じゃあ透也はいま――」

「るせえ。動画はどこにあるかって訊いてんだよ」

ジャージの男が包丁の切っ先を脇腹に押しつけ、ちくりと痛みが走った。おれのスマホ。やむなくそう答えたら、スマホはどこだ、と男が訊いた。自分の部屋を顎で示すと、男はドアを開けてなかに入るよううながした。

そのとき玄関のドアが開き、コンビニのレジ袋をさげた沼尻が入ってきた。沼尻は眼を見開いてなにかいおうとしたが、もうひとりの男が腕をつかんで廊下にひっぱりこんだ。同時に澪央がこっちに歩いてきた。きちゃだめだッ。思わずそう叫んだが、澪央はスマホを宙にかかげて、

「あんたたちが探してるのは黒瀬リリアの動画でしょ。だったら、ここにあるよ」

「なんだとッ」

制服の男が怒鳴った。澪央はスマホに指先を近づけて、

「あたしが画面をタップしたら、動画は警察とマスコミに一括送信される。それでもいいの？」

三人の男が顔を見あわせたとき、壮真の部屋のドアが開き、なかから長い棒が突きだされた。包丁を持っていた男が軀をくの字に折って、玄関に転げ落ちた。包丁が三和土に落ちて金属音をたてた。壮真が立っている場所からは部屋のなかが見えない。

「誰だ、てめえッ」

沼尻の腕をつかんでいた男がわめいた。とたんに長い棒がみぞおちにめりこみ、男は床にくずおれた。それらは数秒のことで、なにが起きているのかわからなかった。

次の瞬間、鳶伊が廊下に躍りでてきた。長い棒はステンレス製の物干し竿だった。鳶伊は二メートルほどの物干し竿を槍《やり》のようにかまえ、低い声で訊いた。

「きさんたちゃ誰か」

宅配便の制服を着た男は分が悪いと見たのか、ジャージの男たちにむかって、

「ひきあげるぞ。起きろッ」

ジャージのふたりは苦しげに顔をゆがめ、よろよろと立ちあがった。逃がさんばい。物干し竿をかまえた鳶伊が詰め寄ると、制服の男は上着のポケットから黒光りする拳銃をとりだした。映画やドラマで見かけるリボルバーだ。男は鳶伊に銃口をむけ、親指で撃鉄を起こした。この場を離れたいが、全身が硬直して動けない。男のひと差し指が引き金にかかり、鳶伊が足を止めた。

「きょうは帰ってやるけど、このままじゃすまねえぞ」

男はリボルバーの銃口を鳶伊にむけたまま、じりじりとあとずさり、

「警察《サツ》にチクったり、あの動画をどこかへ流したりしたら相良透也は死ぬ。でも、それだけじゃねえ。おまえら全員ぶっ殺す」

男たちはコーポ村雨のまえに停めてあったワゴン車で走り去った。緊張が解けると同時に、彼らの汗の臭いが鼻をついたが、自分も汗まみれだった。壮真は両手首を縛った結束バンドを鳶伊に切ってもらった。切るのに使ったのはジャージの男が落とした包丁だった。脇腹を見たらTシャツに血がにじんでいる。傷は浅く病院にいくほどではなかったが、まだ怖くてたまらない。さっきのことを伝えようと思って透也に電話すると、電源が入っていないか圏外というアナウンスが流れた。

よかったあ、トビーがきてくれて、と澪央がいった。

「でもびっくりした。ソーマの部屋からでてきたから」

「酒ば呑んで帰ってきたら、妙な車が停まっとうし、なかから壮真の叫び声がしたと。やけん塀乗り越えて庭に入ったら、部屋の窓が開いちょった」

鳶伊は物干し竿を持って窓から室内に入ったという。さっきの男たちがあらわれたとき、澪央は自分の部屋で物音を聞き、こっそりリビングにいって様子をうかがっていた。

「そしたらソーマが縛られてて、動画をよこせっていわれてた」

澪央はそういってから、トビーはなんであんなことできるの、と訊いた。

「相手を物干し竿でやっつけようとか、ふつう思いつかないよ」

「わしらは手近にあったもんを、なんでん武器にすると」

鳶伊はそっけなく答えた。廊下に残された段ボール箱には、結束バンドと黒い布袋がいくつか入っていた。鳶伊がそれを見て、あいつらは身柄《ガラ》さらいにきたんやろ、といった。

おれのですか？　壮真は訊いた。

「壮真だけやのうて、その場におったもんも」

「あいつらは、どうしてソーマがここにいるのを知ってたの」

「透也はきっと拉致られてる。動画撮ったのがばれて、無理やり口を割らされたんだよ」

「じゃあ、さっきの奴らはジャークス？」

「うん。そうとしか思えない」

「動画ってなに？　警察呼びたいけど、呼んだらぼくも殺されるの？」

沼尻が青ざめた顔で訊いた。動画のことは口にしたくなかったが、こんな状況になってはやむをえない。すべてを話したあと鳶伊と沼尻にスマホで動画を観せた。鳶伊は無反応だったが沼尻はひきつった表情で、とんでもない話だな、といった。

「たしかに大スクープだけど、こんなことに関わるから、さっきの連中がきたんだよ。その透也って友だちは大麻売ってたんだろ。なんでそういう奴とつきあうの」

「根はいい奴なんです。おれも大麻の配達なんかやめろっていったんですけど――」

いまそんなこと話したってしょうがないじゃん、と澪央がいった。

「ジャークスの奴らは、またここにくるかもよ。そのときどうするか考えなきゃ」

鳶伊は太い腕を組んで、ここにおったらあぶないばい、といった。

「仕事にも差し支えるけん、あした店長に話したほうがよか」

19

翌朝はよく晴れていた。

まだ八時まえなのに蒸し暑く、きょうから九月とは思えない。鳶伊はコーポ村雨をでて日暮里駅へむかった。不審な人物や車がいないか、あたりに眼を配りながら歩く。これから出勤だが、背後には壮真と沼尻とリュックを背負った澪央がいる。男三人が仕事にでているあいだ澪央はひとりになる。ジャークスの連中に住所を知られた以上、いつなにが起きるかわからない。

鳶伊はゆうべ澪央にこういった。

「ここにひとりでおったら心細かろう。あした、もんじゅの事務所にこんね」

「あたしがいっても迷惑じゃないかな」

「心配なか。店長はあんたを好いとうけん」

きょうの作業はオフィスの模様替えで現場へいくのは十時だから、天音と話す時間はある。もんじゅの事務所に着くと、デスクにいた天音が澪央に気づいて、

「あら、ひさしぶり。澪央ちゃん、だったよね」

「ちゃんはいらないです」

「わかった。で、きょうはどうしたの？　うちで働く気になったとか――」

四人はデスクにつき、壮真が事情を説明した。天音ははじめ当惑した表情だったが、動画を再生したあと、澪央がノートパソコンで凍崎拳の画像を見せると顔色を変えた。

「これはマジでやばい。凍崎拳が日本にもどってたなんて――」

「凍崎拳を知ってるんですか」

壮真が訊いた。天音は答えず換気扇の下にいって、気ぜわしくタバコを吸った。かなり動揺しているようだが、理由はわからない。天音はタバコを消してもどってくると、

「この問題が解決しなきゃ、安心して仕事できないね」

壮真がデスクに両手をついて頭をさげた。

「ごめんなさい。みんなをこんなことに巻きこんでしまって」

「壮真は悪くない。透也って友だちは自業自得だけど、いちばん悪いのは凍崎拳とジャークス。それと黒瀬リリアの死に関わった連中よ」

天音がそういったら沼尻が深い溜息をついて、

「警察に頼るしかないと思う。あいつらは警察に話したら、壮真の友だちとぼくらを殺すっていったけど、あれはただのおどしだよね」

「でも透也と連絡がつきません」

「あたしはおどしじゃないと思う。拳銃まで持ってたから」

「じゃあ、どうするの。このままじゃ仕事に集中できないし、あいつらがまたくるって思ったら、夜もぐっすり眠れないよ」

「ごめんなさい」

また壮真が詫びて沈黙が続いた。鳶伊はゆうべの三人が薄いゴム手袋をはめ、足音が静かなランニングシューズを履いていたのを思い浮かべた。包丁は購入先を特定させないためか、百円ショップで売っているような安物だった。黒い布袋は巾着状になっており、頭にかぶせて首まわりの紐を絞れば相手は抵抗できなくなる。

ほかの住人がいるシェアハウスに押しかけたのは失敗だが、過去にも拉致に携わったとおぼしい。宅配便の制服を着た男が持っていた拳銃は、三十八口径のスミス&ウェッソンだった。プロの犯罪者が好んでリボルバーを使うのは故障がすくなく、空薬莢《やっきょう》を現場に残さないからだ。空薬莢を残すと、撃鉄が雷管を叩いたときに残る撃針痕によって拳銃が特定される恐れがある。

わしがけさ見たかぎりでは、と鳶伊はいった。

「張り込みや尾行はされとらんやった。けど、あいつらは素人やなか。きょうあすにでも、うちを襲うてくるかもしれん」

「トビーはゆうべも、ここにおったらあぶないっていってたよね。コーポ村雨をでたほうがいいってこと？」

「うん。カタがつくまで、どこかへ引っ越したほうがよか」

沼尻が銀縁メガネを指で押しあげて、引っ越す？　と訊いた。

「カタがつくまでって、そのあいだどこで寝泊まりするんですか。やっぱり警察に相談して、あいつらを捕まえてもらうしか――」

そう簡単にはいかない、と天音がいった。

「ジャークスのメンバーはどこに潜んでるかわからないし、ジギープロは芸能界にすごい影響力がある。警察も捜査に手間どると思う」

「店長は、なんでそんなことがわかるんですか。警官でもないのに」

「沼尻さんが疑問を持つのは当然だけど、わたしにはわかる。隼坂蓮斗のスキャンダルだけでも巨額の金が動くから、なにが起きたって不思議じゃない。鳶伊さんがいうとおり、ひとまずシェアハウスをでるべきよ」

「みんないなくなったら、大家が――村雨さんが変に思いますよ」

「うちの仕事でしばらく出張するっていったら？　澪央も仕事を手伝うことにして」

「ジャークスって都内だけで千人以上もいるんでしょ。警察が捜査してるあいだに、あたしたちがやられたら意味ないよ。動画をどうするにせよ、あいつらに見つからないようにしなきゃ」

澪央がそういうと壮真は両手で頭を抱えて、

「だったら、どこへいけばいいんだろ。ネカフェやビジホに泊まるとか？」

「ここなら泊まってくれてもいいけど、四人じゃせまいよね」

天音がそういって事務所のなかを見まわした。せまいのは問題ないが、ジャークスに嗅ぎつけられたら職場まで危険にさらすはめになる。鳶伊は口を開いた。

「わしに心あたりがある」


その日の夕方、鳶伊は仕事帰りに痴行寺へむかった。

谷中霊園沿いの道を歩きながら、眼は無意識にハチワレの猫を捜している。道ばたで草木が動いただけで心が騒ぐのが、われながら未練がましい。壮真もゆうべ拉致されかけたうえにマチルダがいないとあって憔悴《しょうすい》した表情だった。

壮真と澪央と沼尻はいま、もんじゅの事務所にいる。ジャークスの連中がふたたび襲ってくるとすれば夜だから、コーポ村雨にいるのはもちろん、単独で行動するのも危険だった。鳶伊はそれを三人に話して事務所で待機するよう頼んだ。

痴行寺の境内ではコオロギが鳴いていた。このまえここを訪れたのは七月なかばだったから、時の流れが早く感じられる。鈍昧愚童はいつもどおり庫裡の座敷で冷酒を呑んでいた。

鳶伊が座卓のむかいで膝をそろえると、愚童は冷酒の二合瓶をさしだした。鳶伊は首を横に振って一礼し、お願いがあってまいりました、といった。愚童はぐい呑みの冷酒を啜り、

「ほう、やっと所帯を持つ気になったか」

「いえ、そうではなくて――」

かいつまんで事情を話した。マチルダを見送ったあと、ひとりで呑んだことや物干し竿で男たちを撃退したことは黙っていた。愚童は皺深い顔を曇らせて、

「半グレかなんか知らんが、あぶないことに首を突っこむなというたはずじゃ」

「それは肝に銘じとります。しかし世話になっとうひとたちが悪党から狙われとるのに、知らん顔はできんけ――」

「弱きを助け強きをくじく、か。おまえは任侠から抜けきれんの」

「はあ――」

「大道廃《すた》れて仁義あり、と老子はいうた。ひとの道をはずれて我欲をむさぼる者が多いゆえ、義

理だ人情だといちいち口にださねばならん。老子の時代からそうじゃったのに、いまさらなにをやっても変わらんぞ」

「では見て見ぬふりをしろと――」

「そうはいうておらん。衆生済度《しゅじょうさいど》――悩める衆生を救うのが仏の道じゃ。しかし衆生を救うには、まずおのれ自身が救われねばならん。おまえは以前、ただ生きておるだけで、なにも目的がないというた。そんな惑いを持ちながら、ひとを救えるのか」

鳶伊は頭をさげた。それで――と愚童はいって、

「身どもも準備がある。いつからくる」

「あすの朝には」

愚童は眉を吊りあげて、ぐい呑みをあおった。

クソコロナのせいでクソみたいな人生になった。

透也にそう愚痴ったのはゴールデンウィークの夜だった。透也のおごりでガールズバーとキャバクラをはしごしたあげくキャッチの女にひっかかって泥酔し、歌舞伎町のシネシティ広場で朝まで眠りこんでいた。あのときの気分は最悪だったが、自分が落ちこんだだけで誰にも迷惑をかけてなかったから、いまよりははるかにましだ。

壮真はスポーツバッグに衣類や洗面用具を詰めながら、何度も嘆息した。まだ朝の五時すぎだが、ベッドで横になってもどうせ眠れない。きのうの夕方、もんじゅの事務所にいると鳶伊がもどってきて、ご住職のお許しがでたばい、といった。

「あすの朝、寺に移るけん、みんな荷物ばまとめとって」

ジャークスから逃れるために、しばらく寺で寝泊まりしようといったのは鳶伊だった。その寺の住職は教誨師をしており、鳶伊は服役中から世話になっていた。天音とも顔見知りだった住職に紹介されて、鳶伊はもんじゅで働くことになったという。

「寺にいるあいだ仕事はどうすれば――」

そう尋ねると天音がこっちを見て、

「透也って友だちに、もんじゅのことは話した？」

「会社名や場所はいってません。便利屋とだけ」

「便利屋なんて数がかぎられてるから、調べればうちだってわかる。いま入ってる仕事のなかで、断れないのはやるけど、あとは依頼主に相談して延期するかキャンセルする。とにかく身を守ることが先決よ」

天音はそれなりに貯えがあるし、仕事を減らしてもバイト代は払うといったが、自分のせいで彼女にも大きな負担をかけることになった。あの夜、六本木パレスタワーにいかなかったら。黒瀬リリアが寝ていた部屋をうっかり覗かなかったら。透也にそれを伝えなかったら。そんな思いが次々に浮かんでくるが、いまさら悔やんでもとりかえしがつかない。

もっと遡れば、透也が大麻の配達をしていると知った時点で、きっぱりつきあいをやめていたら――。常識的な考えでは、それが正解だろう。しかし透也は数すくない友だちだ。

「おれがＣＥＯで、おまえはナンバーツーのＣＯＯ。バーとかクラブとかレストランとかだして、ゆくゆくは全国展開に――」

夢見るような表情でしゃべっていた透也の顔が眼に浮かぶ。金のために犯罪に手をだすのはまちがっているが、縁を切ることはできなかった。しかもあいつはいま、ジャークスに拉致されているはずだ。天音がいったとおり自業自得にせよ、なんとかして助けてやりたい。といって、どうすればいいのか見当がつかない。

村雨にはゆうべ、鳶伊と沼尻と出張でしばらく沖縄へいくと伝えた。澪央も仕事を手伝うというのは不自然に思えたが、村雨は疑う様子もなく、

「こう暑くっちゃ、沖縄のほうがかえって涼しいかもしれないね」

「だといいんですけど」

「あんたたちが留守のあいだに、また強盗が入ったらどうしよう。警備会社にホームなんとかを頼んであるから大丈夫とは思うけど」

ふと村雨宅の強盗未遂事件を伝えるニュース映像が脳裏に浮かんだ。

「ニュース観てびっくりしたぞ。あれ、おまえんとこの大家だろ」

事件のあと透也は電話でそういった。

ニュースでは村雨宅がすこし映っただけで、カメラにむかって被害を証言した村雨の顔はぼかされていた。それなのに、透也はなぜ村雨だとわかったのか。村雨宅の映像やニュースで報じられた住所でわかったのかと思いつつ、もやもやしたものが残った。

七時になったら、天音がハイエースバンで迎えにくる。天音といっしょにみんなで寺へいき、住職に今後のことを相談したあと、ふだんどおり仕事をする。寺はここから近いそうだが、ようやく住み慣れた部屋をでるのは気が進まない。もっとも部屋にいたところで、空っぽのケージを

見るたびにつらくなる。憂鬱なことだらけで心が押し潰されそうだった。

壮真は荷造りを終えるとベッドに腰かけ、しばらくぼんやりした。寝不足で頭が重く、胃がしくしく痛んで食欲がない。出発の時刻が迫って部屋をでたら、リュックを背負った澪央が玄関でスニーカーを履いていた。おはよ。ふたりは力なくあいさつをかわした。

澪央も寝不足なのか表情は冴えない。玄関をでると、ボストンバッグをさげた鳶伊が路上に立っていた。なにかを警戒するようにあたりを見まわしている。あとからでてきた沼尻がスーツケースのキャスターをがらがらいわせて、

「あーあ、お寺なんかじゃなくて旅行にいきたいなあ」

「ほんとだね」

澪央が気のない返事をしたとき、鳶伊が前方を指さした。道路のむこうから天音のハイエースバンが近づいてくる。やけにスピードが遅いと思ったら、車のまえで白黒の毛糸玉のようなものが飛び跳ねている。それはしだいに速度をあげて、こっちへ近づいてきた。

まさか――にわかに鼓動が速くなった。

鳶伊は腰をかがめて両手を広げ、澪央が大声で叫んだ。

「マーちゃん――」

ハチワレの猫は矢のように疾駆して鳶伊の腕に飛びこんだ。鳶伊はちいさな頭を撫でまわし、マチルダは甘えた声で、みゃー、と鳴いた。たちまち胸がいっぱいになり、涙で視界がかすんだ。マチルダに別れを告げたのはおとといの夕方なのに、長いあいだ会っていない感じがする。軀がすこし汚れているだけで怪我などはなさそうだ。澪央とかわるがわるマチルダを抱いていたら、

天音がハイエースバンの運転席から顔をだして、

「その猫ちゃん、壮真の部屋にいた子でしょ。外にだしたらあぶないよ」

一連の騒動があったせいで、マチルダを地域猫にもどしたのを天音に話していなかった。早く乗って。天音が急《せ》かした。壮真は手の甲で涙をぬぐって、

「連れていこうよ。せっかく帰ってきたんだから」

マチルダを抱いた澪央は眼をうるませて、そうしたいけど、といった。

「もし遊びにきただけなら、このまま外にいたいかも。マチルダはどうしたいのかな」

澪央は意思を確かめるつもりか、マチルダを地面におろした。ハチワレの猫は動こうとせず、前脚を立ててちょこんと坐り、こっちを見あげている。連れていけばよか、と鳶伊がいった。

「このまま寺へいったら、わしらがどこにおるかわからんごとなる。外に放してやるなら、そのあとでよかろうもん」

鳶伊はスライドドアを開けてハイエースバンに乗った。とたんにマチルダは弾むような足どりで車内に飛びこんだ。


その寺は痴行寺といった。

痴の文字は寺に似つかわしくないが、どういう由来があるのか。創建四百年を超える古刹というだけに、瓦葺の山門や本堂は歴史を感じさせる。悪くいえば、古ぼけてさびれた印象だ。

曇り空の下、みんなで境内を歩いていくと、僧衣姿の痩せた僧侶が本堂からでてきた。鳶伊が深々と頭をさげたが、僧侶はいかめしい表情で口をへの字に結んでいる。

「こちらが、ご住職の鈍昧愚童さん」

天音がそういったら澪央がくすりと笑って、

「ドンマイってスポーツの応援みたい」

鈍昧愚童は澪央をじろりと見て、しゃがれた声でいった。

「うちに居候するのは四人か」

「はい、それと——」

天音がそういいかけて、こっちを見た。壮真はキャリーバッグをかかげて、

「猫が一匹です」

キャリーバッグのなかで、にゃ、と声がした。愚童は鼻を鳴らすと踵《きびす》をかえし、本堂へ続く石畳を歩いていく。マチルダが車に乗ってからは、ケージや餌入れや水入れなどを積みこむのに大忙しだった。ハイエースバンは四人乗りだから、壮真はキャリーバッグを抱えて荷室に乗った。ここへくる途中、道路の段差で車が弾み、天井で頭を打った。が、部屋で荷造りしていたときにくらべると一転して気分が明るくなった。マチルダがもどってきてくれただけで、どんよりした雲のあいだから光が射したように思えた。

壮真たちは愚童のあとについて本堂に入った。愚童は祭壇のまえで合掌すると地鳴りのような声で経をあげ、木魚を叩き鐘を鳴らした。そのあいだ神妙に正座していたから足が痺《しび》れた。

やがて愚童はこっちにむきなおって、

「鳶伊からおおむね事情は聞いた。事がおさまるまで、この寺におるがよい。ただし居場所を提供するだけで、おぬしらの面倒まではみられんから、そのつもりでおれ」

「ご住職は気むずかしいけど、ほんとは面倒見がいいかただから」

天音がそういったら愚童は皺だらけの顔をしかめて、

「身どもが面倒まではみられんというたはしから、なにをいうか」

「ほら、気むずかしいでしょ」

天音はこっちを見て笑った。壮真と澪央と沼尻は簡単に自己紹介したが、愚童は聞いているのか聞いていないのかわからない表情でうなずき、

「いっぺんにいわれてもおぼえきれん。もう七十八じゃからな」

愚童は妻子や後継者がおらず、この寺にひとりで暮らしている。愚童によれば村雨が痴行寺の檀家という縁で、鳶伊をコーポ村雨に紹介したらしい。村雨には沖縄出張だと伝えただけに、ここで顔をあわせたらまずいと思ったが、

「村雨さんのご主人は認知症じゃろ。法事には身どもが家にいくから、ここにくることはほとんどない。近ごろは檀家の身内に認知症が増えて、身どもも忙しい」

壮真は、さっきから気になっていた痴行寺という名称の由来を訊いた。痴行は「しれゆく」とも読む、と愚童がいった。

「痴行とは、しだいに愚かになってゆく。老いぼれて耄碌《もうろく》するという意味じゃ」

「認知症とかですか」

「認知症でなくとも、ひとはみな愚かになる。しかし、その果てに救いがある」

救いとはなにか訊いたが、愚童は答えなかった。

四人と一匹は庫裡に泊まることになった。庫裡の玄関は木製の引戸で、開けるとがらがら音が

した。なかに入ると旅館のように広い土間があり、そのむこうに板張りの廊下が続く。

天音によれば、庫裡とは僧侶が寝泊まりする場所らしく、部屋数が多かった。寝るときは男三人が八畳の和室、澪央は四畳半の洋間を使う。キッチンやトイレや浴室は設備が古いが、生活に支障はなさそうだ。マチルダはひとまずケージに入れ、澪央が世話を焼いている。

部屋に荷物を置いたあと、もんじゅの四人は以前から依頼されていた民家の清掃と草むしりにいった。壮真は現場へむかう車内で天音に訊いた。

「あの住職と、どこで知りあったんですか」

「どこでって——ずいぶんまえからお世話になってる」

天音にしては歯切れ悪く答えた。

作業が一段落した休憩のとき、スマホを見たら八月三十一日に東京湾で発見された遺体の身元が判明したというニュースがあった。遺体で発見されたのは東京都港区西麻布の職業不明・堂府《どうふ》翔大《しょうだい》さん（36）で、遺体に目立った外傷はなく警視庁は死因を調べているという。

その記事が眼にとまったのは内容ではなく、遺体で発見された男の顔写真だった。どこかで見たような気がすると思ったら苗字を読んで、はっとした。透也と六本木パレスタワーにいったとき、廊下の奥からあらわれたスキンヘッドの男。透也は男をドープさんと呼んでいた。

あの男はなぜ死んだのか。堂府翔大という氏名で検索しても同様の記事しか見つからなかったが、透也の知りあいだけに不吉な感じがした。

きょうの作業は五時すぎに終わった。天音はスーパーに寄って、愚童の晩酌用だという日本酒やつまみを買った。愚童にはこれから世話になるので、男三人も手土産と自分の夕食を買って痴行寺へもどった。愚童はすでに庫裡の座敷で冷酒を呑んでいて、座卓のむかいに澪央とマチルダがいた。澪央はマチルダを抱きあげてこっちにむけ、

「見て。新しい首輪つけたの」

新しい首輪は赤いバンダナ風の柄で、三角形のちいさな襟がついている。襟は裏がポケットになっており、連絡先を収納できるという。地域猫にもどすときにまた首輪をはずすのか訊くと、

「ううん、これはつけたままで大丈夫。力が加わるとはずれるセーフティーバックルだから。それにマーちゃんはどこにもいこうとしないよ。ケージからだしても、ずっとここにいるもん」

澪央がマチルダを畳におろした。マチルダはまず鳶伊、続いて壮真に軀をすりつけた。背中を撫でたら、しなやかな感触が掌に伝わってくる。この子とまたすごせるのがうれしい。

座敷は十畳ほどの広さで、隣がキッチンだから民家でいえばリビングダイニングのような印象だった。正面が床の間でその横にテレビがあり、三方は障子と襖《ふすま》で仕切られている。

愚童はぐい呑みで冷酒を呑みながら、きょうの仕事はどうじゃった、と訊いた。ふだんどおりです。天音が答えたら愚童は続けて、

「鳶伊は、みなとうまくやっておるようじゃの。三十年も塀のなかにおったから、いまの時代になじめるか心配じゃったが」

「鳶伊さんはマジですごいです。手先はめちゃくちゃ器用だし、どんなにきつい仕事でも愚痴をいわないし――」

「ぼくも鳶伊さんを見習いたいです。いつも落ちついてて頼りがいがあって――」

壮真と沼尻は口々にいった。鳶伊がげんなりした顔で、もうよか、とつぶやいた。

んー、と澪央が宙に眼をむけて考えてから、

「トビーに欠点があるとしたら、ぜんぜん笑わないことかな」

いまどきの男が笑いすぎるだけじゃ、と愚童がいった。

「昔の男はちょっとしたことで笑《わろ》うたりせん。三年片頬《かたふ》というて、三年にいっぺん片方の頬をゆるめるくらいがちょうどいいとされておった」

「三年にいっぺん？　息が詰まりそう」

「かといって、へらへら笑う男は信用ならんぞ。人生に笑いは必要じゃが、笑いにも質がある。他人をいじめたりバカにしたり、あるいは媚《こ》びたりして笑うのは下衆《げす》のすることよ」

愚童は晩酌を切りあげると、ひと眠りするといって座敷をでていった。みんなは座卓を囲んで夕食をとった。マチルダはもう寺に慣れたのか、自分からケージに入ってウェットフードを食べている。壮真はそれに眼をやって、

「ご住職は猫がいても平気みたいだな」

「うん、グドーってかわいいの。マチルダが膝に乗ったら、おぬし名はなんという、だって」

天音が眉をひそめて、ちょっと澪央、といった。

「グドーなんて呼ばないの」

「だったらドンマイって呼ぶ？」

「そうじゃなくて、ご住職でしょ」

「みんながいないあいだ、ずっとグドーって呼んでたけど、なにもいわれなかったよ」

「もう――じゃあ、わたしのことはなんて呼ぶの」

「どうしよっかな。えーと、おねえさんだからアマ姉《ねえ》」

のんきなやりとりを聞いていると、沼尻が席を立ってテレビをつけた。ちょうど七時のニュースがはじまって、黒瀬リリアの死因について続報があった。黒瀬リリアの体内から検出された違法薬物は、オピオイド系鎮痛剤のフェンタニルだという。フェンタニルの鎮痛作用はモルヒネの百倍、ヘロインの五十倍といわれるほど強力で、アメリカでは過剰摂取によって年間約七万人が死亡し、社会問題になっているとアナウンサーがいった。

フェンタニルか。天音がそうつぶやいて溜息をつき、

「ジャークスはこれに眼をつけたのね」

「ヘロインの五十倍って想像もつかないけど、超やばいじゃん。リリアが自分からそんなドラッグに手をだすはずがない。きっと凍崎拳か隼坂蓮斗にやらされたんだ」

「そんなやばいドラッグ、どこで作ってるんだろ」

沼尻がそういうと天音が答えた。

「原料はおもに中国で作ってて、メキシコの麻薬カルテルが販売してる。ただ効果が強力すぎるからコカインやヘロインやほかの薬物をまぜてるみたい」

「麻薬カルテルなんて怖すぎるよ。店長は、なぜそういうことにくわしいんですか」

「まあいいじゃん。アメリカじゃフェンタニルの乱用でゾンビみたいになったひとたちが、街を徘徊《はいかい》してる。フェンタニルは幻覚や幻聴が起きるし中毒性が強い。日本で流行ったら大変なことになるよ」

「そういえば、きょうスマホのニュースで見たんですけど――」

壮真は六本木パレスタワーで会ったドープ――堂府翔大という男の死体が東京湾で発見されたことを話した。そのひと殺されたんだよ、と澪央がいった。

「おれもそんな気がする。透也もやばいな」

むだだと思いつつ透也に電話したが、やはりつながらない。澪央が続けて、

「あの動画とひきかえに透也を解放させられないかな。でもって動画のコピーを警察やマスコミに流すっていうのはどう?」

ジャークスはそこまで甘くないよ、と天音がいった。

「動画がコピーされてる前提で、なにか仕掛けてくる。取引するにしても、こっちから連絡する手段がない。凍崎はどこにいるのかわからないし、ジャークスのメンバーも正体不明だから」

「あの動画を撮った部屋には誰が住んでるの」

沼尻が訊いた。わかりません、と壮真はいって、

「セキュリティがすごく厳重で、夜もコンシェルジュがいるんです」

「となると部屋の借り主か持ち主を調べるのはむずかしそうだね」

「部屋を調べてもむだだよ。犯罪に関わってる連中は、たいてい他人名義の部屋を使う。動画に映ってた部屋は凍崎がいたくらいだから、ジャークスが出入りしてたはずだけど、黒瀬リリアの事件があったから、いまは使ってないだろうね」

透也はジギープロと交渉してたんでしょ、と澪央がいった。

「ジギープロ所属の隼坂蓮斗は黒瀬リリア、凍崎拳とおなじベッドにいた。隼坂はリリアが死んだときのコメントで、彼女といっしょにいたことをいわなかった。ジギープロとジャークスはつ

ながってる可能性が高いんじゃない？」

「わたしもそう思うけど、ジギープロを交渉の窓口にするってこと？」

「うん。まずあの動画の一部を送って、担当者から連絡がほしいって伝える」

「そのあとは？」

「担当者から連絡があったら、透也を解放して、あたしたちの身の安全を保証しろっていう。それで話が通じれば、ジギープロがジャークスとつながってる証拠になる。むこうがとぼけた場合は警察とマスコミに動画をばらまくっていう」

「それは止めるに決まってるから、交渉を持ちかけてくるだろうね。動画を買いとるとか」

「お金なんか要求しない。かわりに動画が撮られたとき、なにがあったか問いつめる。透也やあたしたちのことも大事だけど、リリアが亡くなった真相を暴かなきゃ」

「隼坂と凍崎を野放しにはできないね。でも澪央に交渉をまかせて大丈夫？」

「うん。ぜったい特定されないようにノーログＶＰＮを使ってやりとりする」

ノーログＶＰＮとは操作履歴を記録しない仮想プライベートネットワークで、ネット上の住所であるＩＰアドレスを隠すことができるという。天音は顎に手をあててすこし考えてから、

「いいアイデアのような気もするけど――鳶伊さんはどう思う？」

マチルダはいつのまにか鳶伊の膝の上で丸くなっている。鳶伊はしばらくマチルダに視線をむけていたが、ふと顔をあげて、

「むこうが仕掛けてくるときは、もう逃げ道ばふさがれとうかもしれん。わしらがここにおるのを知られるまえに手ェ打ったほうがええと思います」

20

翌日は雨樋の修理と庭木の剪定で、鳶伊と板橋《いたばし》の民家へいった。天音と沼尻はべつの現場である。空はきょうも曇りで午後から雨になった。鳶伊はいつにもまして元気で、びしょ濡れになるのもかまわず雨樋のゴミをかきだしている。しかし壮真は作業に集中できず、剪定バサミを動かしながら何度もあくびをした。

ゆうべは庫裡の八畳間に三組の布団をならべて寝た。

鳶伊と沼尻とはひとつ屋根の下で暮らしてきたが、おなじ部屋で寝るのは慣れないし、今後のことが気になって深夜まで起きていた。マチルダは鳶伊の布団で眠っている。外の空気が吸いたくなって境内にでたら、外灯にちいさな蛾《が》がたかっていた。みんなを危険な状況に巻きこんでしまったのに、なにもできない自分がみじめだった。いま考えたら大学を中退したただの彼女にふられただの、悩みのうちに入らない。

庫裡にもどると沼尻も寝つけないようで、ぼそぼそとつぶやいた。

「警察に相談したらだめかなあ。店長は、なんであんなに反対するんだろ」

「さあ——おれの友だちが拉致されてるし、みんなもあぶないからじゃないですか」

「警察にいえば対処してくれると思うよ。友だちは大麻の件で捕まるだろうけど、それはしょうがないんじゃない?」

沼尻の意見はしごくまっとうだと思う。が、コーポ村雨に押し入ってきた奴らは、鳶伊がいったように素人ではなさそうだった。宅配便の制服を着た男の台詞がおどしではなかったら——。

「警察《サツ》にチクったり、あの動画をどこかへ流したりしたら相良透也は死ぬ。でも、それだけじゃねえ。おまえら全員ぶっ殺す」

けさ澪央に会ったら、さっそくジギープロモーションと交渉をはじめるといった。澪央はネットスキルに長《た》けているから大丈夫だと思うものの、相手がどうでるか心配だった。


夕方に作業を終えると、事務所には寄らず家路についた。

頭のなかは悩みと不安でいっぱいだが、マチルダのことを思うと心が癒やされる。一匹の猫がいるだけで、これほど気分が変わるとは思わなかった。鳶伊がいつにもまして元気なのも、マチルダがもどってきたからだろう。鳶伊はなにもいわないし表情もふだんと変わらない。けれども夕飯を買いに寄ったコンビニでキャットフードの棚を覗きこんで、

「あの子はなんが好きやったかね」

マチルダの好物を教えたら、棚が空になるほど買いこんでいた。

痴行寺にもどって座敷に入ると、鈍昧愚童が晩酌をしており、きのうとおなじく澪央とマチルダが座卓のむかいにいた。マチルダは前脚と後脚をぴんと伸ばし、野球のヘッドスライディングのようなポーズで眠っている。

澪央は自分も冷酒を呑んで、けらけら笑いながら、

「なんなのそれ。じゃあ仏陀《ブッダ》ってろくでなしじゃん。超セレブの家に生まれて親ガチャ大当たりなのに、奥さんと子ども捨てて修行するなんて――」

「一説には、正妻のほかに妻がふたりいたといわれておる」

「最悪。いまだったらネットで大炎上するよ。で、六年もきつい修行したあげく、結局こんな修行意味ねえって思ったんでしょ。もうめちゃくちゃ」

「なにごとも経験ということじゃ。仏陀、すなわち釈尊はそのあと菩提樹《ぼだいじゅ》の下で座禅を組み、悟りの境地に達した」

「その悟りっていうのが、わけわかんない」

「仏になることじゃ」

「死ぬってこと?」

「死にはせんが、悩み苦しみから解き放たれる。悟りは不立文字《ふりゅうもんじ》というて文字やことばによらず、みずからの体験によって感得するしかない」

「そういうグドーは悟ったの」

愚童は無言でぐい呑みを口に運んだ。なにを話しているのか澪央に訊いたら、

「仏教のことをグドーに教わってた。でも作り話っぽいのが多いの。仏陀は生まれた直後に立ちあがって七歩歩いて、天上天下唯我独尊っていったとか。そんな赤ちゃんいたら怖いっつーの」

釈尊は教えを文字で残さなかった、と愚童はいった。

「ゆえに教えを正しく伝えるために弟子たちが集まり、それぞれの記憶を頼りに結集《けつじゅう》という仏典の編集作業を何度かおこなった。仏教はその後インドから中国、朝鮮半島を経て日本に伝わり、

さまざまな宗派が生まれた。伝来の過程で神格化されたところもあろうし、後世でつけ加えられた逸話や経典もあろう。しかし生きとし生けるものすべてを苦しみから救いたい、苦の滅尽を成し遂げるという仏教の目的に変わりはない」

「苦の滅尽って、ぜんぜん成し遂げてないじゃん。いまの世の中は苦しんでるひとだらけじゃよ」

「苦を逃れるためには執着を捨てるしかない。にもかかわらず苦を逃れようとして、新たな苦を生みだすからじゃ。とはいえ釈尊とおなじく、なにごとも経験せねばわからん。苦の根源は煩悩にあるとわかるまで、好きなように生きればよい」

澪央がなにかいおうとしたら、天音と沼尻が帰ってきた。天音は仕事の合間にジギープロモーションのことを調べていたといった。天音によると二代目社長の月城達紀《つきしろたつき》は派手な女性関係で知られているが、十年ほどまえ人気アイドルとの不適切な関係を撮影され、暴力団にゆすられていた。そのトラブルの揉み消しを凍崎拳に依頼したという。

「ネットの掲示板の過去ログにいくつも投稿があった。投稿を鵜《う》呑みにはできないけど、ジギープロがジャークスと関係あるのはたしかだと思う」

天音はそういってから澪央に訊いた。

「ジギープロはなにかいってきた？」

「動画の一部は送ったけど、まだなにもいってこない。あしたまでに返信がなかったら、動画の完全版を警察とマスコミに送るって書いたんだけど」

「無視されたらどうする？　まだ動画をばらまくわけにはいかないし――」

「いっそ隼坂蓮斗を捕まえられないかな」

「それはむずかしいと思う。もし居場所がわかっても、マネージャーや付き人がしっかりガードしてるから簡単には近づけないよ」

ふたりの会話を聞いているとスマホが鳴った。画面を見ると非通知だったが、誰か気になって通話ボタンを押した。壮真か――。ささやくような声だったが、すぐに相手が誰かわかった。

透也か。思わず大声をあげたら、みんながこっちを見た。

「ずっと心配してたんだ。おまえ、無事なのか」

「ぜんぜん無事じゃねえ。やべえ連中に追われてる」

「やべえ連中ってジャークスだろ。あいつらに捕まったんじゃないのか」

透也はどこにいるのか車のような音が聞こえる。

「そうだけど、こっそり逃げだしたんだ」

「じゃあ、あの動画は？」

「消されちまった。いまどこにいる？」

「おまえこそ、どこにいる？」

「タクシーに乗ってる。いまから会えないか」

「おまえ、ほんとにひとりなのか」

「――うん」

「ちょっと待ってて」

スマホの送話口を手で押さえて、透也がいったことをみんなに話した。罠《わな》かもよ。天音が小声でいった。あしたの昼間なら会える。場所はこっちから連絡するっていったら？　続いて澪央が自分のスマホをこっちにむけた。画面には「スピーカーフォンにして」と書いてある。

壮真はうなずいてハンズフリーにしたスマホを座卓に置き、

「きょうは都合悪いから、あしたの昼に会おう」

「あした？　そんな時間ねえんだよ。おまえがかくまってくれねえか」

「悪いけど、それは無理」

「じゃあ、どこへいけばいい。直接会って話してえんだ」

「いま話せよ。おれもいっぱい訊きたいことがある」

「だから時間がないんだってば」

「そんだけやばいなら、いますぐ警察にいけよ」

「でも――おれが捕まる」

「そんなこといってる場合じゃねえだろ。おまえが警察にいけば、あいつらに捕まる心配はないし、あの動画を警察とマスコミに送るから――」

「それはやめてくれ。殺されるッ」

透也は悲痛な声をあげた。同時になにかがぶつかるような物音がして通話が切れた。非通知だから、かけなおすことはできない。しばらく待ったが、透也から電話はない。

いっしょに誰かいたみたいね、と天音がいった。

「やっぱり罠だったんでしょうか。おれの居場所を知りたがってたし、あれきり電話してこないってことは――」

「まだジャークスの奴らに捕まってるんだよ」

「でも会ったほうがよかったかな。どこか安全な場所で」

「拉致されたくなかったら、安全な場所でも会っちゃだめ。わたしたちがついていったって、車で連れ去られたらどうしようもない。無事に帰れても尾行されたら、ここにいるのがばれる」

透也から電話があったのは、と澪央がいった。

「あの動画を警察とマスコミに送らせないためじゃない？　だとしたらジギープロとジャークスはつながってるってことになる」

ふと、どこからか獣がうなるような声がした。驚いてあたりを見まわすと、愚童が畳に寝転がっていびきをかき、マチルダが老僧の顔を覗きこんでいた。


鳶伊が眼を覚ますと、マチルダは枕元で眠っていた。

時刻は午前六時だった。ふだんはもっと早くから鳶伊を起こしにくるが、痴行寺にきて環境が変わり、寝る時間が不規則になったせいだろう。マチルダは畳にうつ伏せて軀を長く伸ばし、ちょろりと赤い舌をだしている。ちいさくあかんべえをしたような顔。

「あんた、舌がでとうばい」

鳶伊ははじめて見たとき、そういった。

あとで澪央に聞いたところでは、猫が舌をだしているのはリラックスして気がゆるみ「しまい忘れた」のだという。猫が眼を開けて寝るのも、くつろいだときや夢を見ているときらしい。

鳶伊は布団に肘をついて間の抜けた寝顔を眺めた。マチルダといっしょにいると、心の奥底の誰も寄せつけなかったところに——自分でさえ触れたことのないところに明かりが灯ったような心地がする。もっとも、それがなんなのかはわからない。

壮真と沼尻は、おなじ八畳間でまだ眠っている。鳶伊は音をたてないよう布団を畳み、マチルダの餌入れにきのう買った鰹節《かつおぶし》とカリカリを入れて水入れの水を替えた。そのあと境内の掃き掃除をすませ、本堂の雑巾がけをした。外は雨が降っている。

七時になって庫裡にもどると、本堂から読経の声が聞こえてきた。マチルダは眼を覚ましたが、まだぼんやりしている。眠そうな顔の澪央が入ってきて、

「トビーっていつも早起きね。あたし朝は苦手」

「まだ寝とったらよかろうもん」

「マチルダがおなか減るころだと思って」

「餌なら、もうやったばい」

澪央は鰹節が山盛りになった餌入れを見て、だめだめだめ、と大声をあげた。

「鰹節は猫用でも塩分があるから、食べすぎると病気になっちゃう」

「そら知らんやった。すまん」

猫用だから大丈夫だと思ったが、あぶないところだった。澪央が鰹節を減らしていると、スマホのアラームが鳴って壮真と沼尻が起きてきた。

四人は座敷で朝食をとった。鳶伊と沼尻はきのうコンビニで買った弁当、壮真と澪央はサンドイッチである。鳶伊は部屋住みだった十代のころ、家事が仕事だったから調理は慣れている。しかし自分が喰うものにはこだわらない。

「ご住職は、朝なにを食べてるんですか」

沼尻に訊かれて、なんも喰わんよ、と答えた。

「じゃあ、お昼にいっぱい食べるとか」

「昼も喰わん。飯は晩酌だけ」

「仙人みたいなひとですね。そんな栄養不足で平気なんですか」

平気じゃ、という声とともに襖が開いて愚童が入ってきた。愚童は座卓のまえに坐り、日本酒には栄養がある、といった。

「日本画の大家、横山大観は八十をすぎても日本酒を毎日一升呑み、食事はつまみくらいしか喰わなかった。しかし八十八歳のとき、築地《つきじ》の料亭で呑みすぎて体調を崩し、危篤に陥った」

「そんな歳で？　体調崩して当然ですよ」

「大観が危篤と聞いて弟子や友人たちが枕頭に駆けつけた。これでお別れだから最後に好きだった酒を呑ませてやろうということになり、吸い飲みで酒を呑ませたところ、たちまち元気になって全快し、ふたたび絵筆をとっておる」

そのときスマホが震える音がして、壮真が電話にでた。あ、はい。え？　そうなんですか。ええ、ええ、それでなんと？　誰と話しているのか動揺した声だ。壮真は緊張した面持ちで電話を切った。大観は日本酒を——と愚童がいいかけたら澪央がそれをさえぎって、

「グドー、ちょっと待って。誰からの電話？」

村雨さん、と壮真がいった。

「さっき知らない男が家にきて、おれと澪央がどこにいるのか訊いたらしい。村雨さんは、ふたりとも沖縄へいくって聞いたけど、沖縄のどこかは知らないって答えたって——」

「あたしたちの居場所を探りにきたんだ。村雨さんちにきたのは、どんな男?」

「二十代なかばくらいのスーツ着た男で、カバン持ってたって。もしかしたら村雨さんちに強盗が入ったとき、外に立ってた奴かも」


出勤の時刻になって鳶伊たち三人は痴行寺をあとにした。

村雨宅の強盗未遂事件のあと鳶伊に事情聴取した刑事は、ブリーフケースをさげたスーツの男は見張り役だろうといった。実行犯のふたりは闇バイトの求人に応募して、村雨宅に押し入るよう指示されたと供述した。誰が指示したのかは不明だが、刑事はこういった。

「ただ逮捕した二名は、指示役からメールでおどされたといってる。もし裏切ったらジャークスって半グレ集団に拉致されるぞってな」

さっき村雨宅を訪れたのが強盗の見張り役と同一人物なら、ジャークスの一味だろう。男はまだ近くにいて、壮真と澪央を捜しているかもしれない。鳶伊は日暮里駅にむかって歩きながら周囲に眼を配った。誰かに尾行されていないか、さりげなく背後も確認した。

もんじゅの事務所に着くと、壮真がさっきの電話のことを天音に話した。天音は浮かない表情で、大家さんちまで捜しにくるなんて、ますますやばいね、といった。

「このあいだ鳶伊さんがいったとおり、このままじゃ逃げ道をふさがれる。ジャークスに見つかるまえに、こっちから仕掛けなきゃ」

どう仕掛けるんですか。壮真が訊いた。

「ジャークスのメンバーを見つけるの。使い捨ての下っぱじゃなくて、幹部クラスをね。そこからたどっていって凍崎拳の居場所を突き止めたい。でもジャークスのメンバーが誰なのか、どこにいるのかもわからない」

もしメンバーを見つけても、と沼尻がいった。

「近づくのは危険じゃないですか。相手はひと殺しまでやる連中でしょう」

「むこうが攻めてくるのを待つよりはまし。みんなが痴行寺にいるのを知られたら、ご住職にも迷惑がかかる。できれば一週間くらいで決着をつけたい」

「一週間？　そんな短いあいだに解決できますかね」

「そのために今月は仕事を減らしたの。あしたからは必要なときだけ出勤して、それ以外の時間はこの問題の解決にあてる」

あ、そうだ。壮真が声をあげた。

「沼尻さんを美人局でおどした奴がいたでしょう。えーと、なんだっけ、やさしそうな名前。茶田――茶田愛之助だ」

「澪央がインターホンの録画から身元を特定した奴ね。あいつがどうしたの」

「茶田は、デリヘルの店長に違約金を請求されたっていってましたよね」

あのとき鳶伊は、沼尻とコーポ村雨のリビングで茶田と話した。天音たちは壮真の部屋でリビングに仕掛けたビデオカメラの映像を観ていた。茶田はリサというデリヘル嬢と店を通さずに会っていたのがばれ、店長から三百万円の違約金を請求された。払わなければ会社の上司や家族に連絡するといわれて百万円は工面したが、残りの二百万円が作れず、利息だけ払っている。支払いに困った茶田はリサに誘われて美人局を計画したといった。壮真は続けて、

「茶田ははじめ警察に相談するようリサに勧めたけど、リサはデリヘルのバックにジャークスがいるから怖くてできないって――」

わかった。天音が両手を叩いた。

「そのデリヘルの店長を探れば、ジャークスにたどり着ける。それがいいたいんでしょ」

「はい。リサがどこのデリヘルに勤めていたかわかれば――」

「リサの画像をネットで見つけたのは澪央だから――」

「なんていう店か訊いてみます」

その場で澪央に電話して、店名を調べてほしいと頼んだ。ちょっと待ってて。彼女にそういわれて待機しているとキーボードを叩く音がして、店のサイトがなくなってる、といった。壮真は電話を切ると、みんなにそれを伝えて、

「困ったな。閉店してたら、店長が誰なのかわかりませんね」

「でも茶田とは接点があるんじゃない？　まだ違約金の利息を払ってるだろうし」

わしが茶田の会社にいきましょうか、と鳶伊はいった。

「茶田と話して、そいつば呼びだしますけん」

「鳶伊さんが会社にいったら警戒されるよ。茶田が逃げちゃうかも」

「ほんなら、スーツにネクタイばして――」

「そういう意味じゃなくて、茶田に顔を知られてるから。あのとき鳶伊さんは茶田にむかっていったじゃない。またなんかやったら、わしが会社にカチこむぞって。その点わたしは、あいつと面識がない」

天音はスマホで茶田の勤務先を検索して、

「よかった。まだ辞めてない」

ハウスメーカーのウェブサイトに、茶田の顔写真とプロフィールがあったという。

「茶田はいま練馬《ねりま》区の住宅展示場に勤めてるみたい。わたしが家を建てたいっていえば、茶田は営業だから相談に乗ってくるはず」


四人は不用品の回収と清掃で荒川区のマンションにいった。天音は作業のあいだも計画を練っていたようで、夕方になって事務所にもどると、あした住宅展示場にいくといった。

「わたしが茶田を外に呼びだす。みんなはそのあいだ、どこかで待機してて」

雨はまだ降り続いている。あしたの準備をするという天音を事務所に残して、鳶伊たち三人は町屋駅へむかった。痴行寺に移るまえは帰りによく散歩したが、いまは誰かに見張られている可能性があるだけに、三人でまっすぐ帰ったほうがいい。

沼尻がビニール傘をさして歩きながら、

「店長は本気でいってるのかな。凍崎拳とかいう奴の居場所を突き止めるなんて」

「本気だと思いますよ。店長は半グレをめちゃくちゃ嫌ってるから」

「そりゃぼくだって嫌いだけど、あぶない橋を渡るのはやだな。映画やドラマじゃないんだから」

「自分が知らんうちに、あぶない橋ば渡っとうこともあるばい」

沼尻はすこし歩調をゆるめて、そういえばそうですね、と声を落とした。

「ぼくも美人局にひっかかったんだし――」

「それをいうたわけやない。気にせんで」

鳶伊さんが若いころ、と壮真がいって、

「半グレみたいな奴らっていました？」

「陰でこそこそ悪さするもんはおったよ。女に手ェあげたり、堅気に金せびったり。そげな連中を町から叩きだすんが、わしらの仕事やった」

「じゃあ半グレみたいな奴らとは仲が悪かったんですね」

「半グレがほしいとは金やろ。ほんまもんのヤクザは銭金やない。男を売る稼業やけん」

「男を売る？」

「生きかたちゅうたら、ええんかの。うまいこといいきらん」

昭和のヤクザは大っぴらに事務所をかまえ、組長以下組員の顔は地元の住民も知っていた。喧嘩や揉めごとでは名乗りをあげ、抗争《でいり》で相手を倒せば、まもなく自首して刑に服した。みんながみんなそうだったわけではないが、往生際が悪い者は蔑まれた。すくなくとも帯刀組ではすべての行動に、いさぎよさを重んじた。

ところがいまは、女子どもや年寄りから金を奪う半グレが幅をきかせている。ネットを隠れ蓑《みの》に匿名で犯行におよび、使い捨ての下っぱに罪をかぶせる。私利私欲にまみれながらも、自分は手を汚さず安全なところでのうのうとしたい。

帯刀信吉はそんな連中をもっとも忌み嫌った。帯刀が生きていたら——鳶伊は雨に煙る通りを見つめて胸のなかでつぶやいた。わしにこういうだろう。

「トビ、やってしまえ」

21

翌朝、庫裡の洗面所で歯を磨いていると、澪央が駆け寄ってきた。

「マーちゃん見てない？」

どうかしたの。壮真は訊いた。さっき眼を覚ましたとき、マチルダは寝室がわりの八畳間でカリカリを食べていた。澪央にそれをいったら、

「どこにもいないの。トビーと沼っちも知らないって」

急いで口をすすぎ、ふたりで庫裡を見てまわった。沼尻は座敷でテレビを観ており、鳶伊は腕立て伏せをしている。愚童は書斎のような部屋で、法要の案内状を書いていた。部屋の隅に古めかしい黒電話がある。寺だけに固定電話が必要なのだろう。愚童もマチルダは見ていないという。

澪央が室内を見まわして、

「ここってなんの部屋？」

「書院じゃ。いまは身どもが寝起きしておるがの」

ふたりはふたたびマチルダを捜したが、見つからない。あきらめて座敷にもどったら縁側に面した障子がすこし開き、陽光が射しているのに気づいた。

「もしかして――」

縁側にでて境内を見ると、マチルダは本堂のまえの石畳で小鳥を追いかけていた。おーい、こっちにおいで。大声で呼んだが、ぴょんぴょん跳ねる小鳥を追って視界から消えた。このまま逃げてしまったらどうしよう。あわてて裸足《はだし》で地面におり、あたりを捜した。どこにもいないと思ったら、にゃん、と背後で声がした。マチルダがいつのまにか縁側にいる。明るい陽だまりのなかで伸びをする姿に安堵していると、

「ソーマをからかったんじゃない？」

澪央は微笑してマチルダを抱っこした。やばいな、と壮真はいって、

「マーちゃんは自分で障子を開けたのかも。襖も開けそうだから心配だよ」

「でもこの子は逃げたりしない。あたしたちとずっといっしょにいたいのよ」

「じゃあ地域猫にもどる気はないのかな」

「うん。マーちゃんは家猫がいいんだよねー」

澪央は白くてふわふわした腹に顔をうずめたが、突然くしゃみをして、

「やば。猫アレルギーがでた」

壮真は笑ってマチルダを抱きとった。ふたりは縁側に腰をおろした。澪央にはゆうべ、茶田をおびきだす計画を説明してある。彼女はそれを口にすると眼を光らせて、

「不謹慎だけど、なんかわくわくする。ソーマはどう？」

「どうって、おれは怖いよ。澪央は平気なの」

「あたしだって怖い。でもジャークスみたいな悪党はやっつけなきゃ」

「メンバーが千人以上もいる半グレ集団だよ。相手が悪すぎるだろ」

「半グレどころか、国を相手に戦ってる一般人もいる」

「どこに？」

「ベリングキャットっていう調査報道機関があるの。オランダが本拠地で、国家レベルのフェイクニュースや戦争犯罪を暴いてる」

「ハッキングとかして？」

「それはポリシーとしてやらない。調査の対象はオープン・ソース・インテリジェンスっていって、ネットやSNSで公開されてる情報――動画や画像や記事を分析する」

「それだけで調べられるの」

「うん。二〇一四年に起きたマレーシア航空撃墜事件の黒幕を特定したり、ロシア政府の暗殺班の身元を暴露したり、シリアのアサド政権がサリンを使った証拠を見つけたり、ロシアのウクライナ侵攻でも捕虜や民間人の虐殺を突き止めたり――」

「すごいな。一般人なのに、よくそんなことができるね」

「メンバーは世界じゅうにいて、非営利で活動してる」

「ベリングキャットってどういう意味？」

「猫の居場所がわかるように鈴をつけるってこと。たとえばネズミの立場だと、猫に鈴をつけるのは危険でしょ。だから危険なことに挑戦するって意味。ジャークスを猫にたとえるのは厭だけど、誰かが鈴をつけなきゃ」

「その誰かが、おれたちじゃないといけないのかな。マチはどう思う？」

壮真はそうつぶやいてマチルダを撫でた。

天音がハイエースバンで迎えにきたのは午後二時半だった。黒のパンツスーツを着てヒールを履いた天音は、タイトなシルエットが女っぽい。ほとんどノーメイクのふだんとちがって化粧が濃いめで、裕福なキャリアウーマンといった雰囲気だった。結婚式と披露宴の代理出席へいったときのドレスもきれいだったが、きょうの服装のほうがよく似合っている。

さっき住宅展示場へいってきた、と天音がいった。

「茶田愛之助とは五時に待ちあわせ」

「うまく呼びだせたんですね。いったいどうやって――」

そう尋ねたら天音は親指を立てて、

「個人的に相談があるっていったら楽勝。でも茶田が展示場の外まで見送りにきたから、車を見られないようにするのが面倒だった」

「きょうのファッションに、うちの車は変ですもんね」

茶田と待ちあわせたのは練馬区の住宅展示場に近いファミレスで、男三人は駐車場に停めたハイエースバンで待機する。茶田がファミレスにきたら鳶伊が店内に入り、闇金業者について問いただす。天音はハンドバッグに小型のビデオカメラを仕込んでいて、闇金業者を呼びだせたら隠し撮りする。ビデオカメラの映像は天音のノートパソコンに転送され、車内で確認できる。

「そいつの顔が撮れたら、澪央に顔認識検索エンジンで調べてもらう。呼びだせなくても素性や居場所がわかるといいんだけど」

朝は晴れていたが、空はどんより曇りはじめている。茶田と待ちあわせたファミレスには三十分ほどで着いた。男たちは計画どおりハイエースバンの車内で待機した。助手席に鳶伊、後部座席に壮真と沼尻がいる。

「店長がちゃんとしとうのに、わしだけ妙な恰好はできんばい」

鳶伊はそういってスーツを着てきたが、かえってその筋のような凄みがある。

天音は店に入って窓際の席につくと、ハンドバッグをテーブルに置いた。従業員にアイスコーヒーを注文したあと、壮真と電話でやりとりしてビデオカメラの動作を確認した。

四時五十分になって茶田がファミレスに着き、天音のむかいに腰をおろした。壮真の膝に載せたノートパソコンの画面には、ぺこぺこ頭をさげる茶田が映っている。

「先ほどはご見学いただき、どうもありがとうございました。今後のご参考になればと思いまして資料をお持ちしましたので、よろしければご覧ください」

茶田は満面の笑みを浮かべてパンフレットをテーブルに置いた。沼尻を美人局でおどしたときとは別人のような表情だが、鳶伊が隣に坐ると顔色を変えた。

「これはいったい――」

「個人的に相談があるっていったでしょ」

天音が微笑した。鳶伊は注文をとりにきた従業員を右手で制して、

「心配せんでよか。ちょっと訊きたいことがあるったい」

「はあ――」

「このあいだ会《お》うたとき、デリヘルの店長に違約金を請求されとうていうたやろ。あれはもう払うたと？」

「まだです。利息を払うのがやっとなんで」

「利息はなんぼ？」

「毎月五万です」

五万？　天音が声をあげて、

「毎月五万かえして元本が減らないなんて、闇金じゃない？」

「実際、闇金なんです。いまは店長じゃなくて、べつの業者に借りたことになってて――」

「どういうこと？」

「知らない金融業者から電話があって、二百万の債務はうちが引き継いだっていうんです。店長はその業者に借金があって、ぼくの違約金を返済にあてるっていったそうで――だから、いまはそっちに利息を払ってます」

「でたらめじゃない、そんなの。払わなくていいよ」

「でも店長とは連絡とれなくなったし、会社にいくっておどされたから」

「返済はどげんしよると」

「振込みです」

「その闇金と会うたことはないと」

「一度だけ会いました。借用書を書かされたときに」

「なら、そいつをここに呼びない。全額返済するちゅうて」

「そんな――全額なんて無理です」

「そげな金かえさんでよか。わしが話つけちゃるけ、はよ電話し」

「いまじゃなかったら、もう返済できない。弁護士に相談するっていえばいい」

天音がそういったら茶田は困惑した表情で口をつぐんだ。

「相手はどげな奴ね」

「若い男の子です。二十代なかばくらいのイケメンって感じで――」

「なら怖くなかろうもん」

「怖いです。闇金のバックにもジャークスがいるみたいから」

ファミレスの店内だけに鳶伊の口調はおだやかだった。そのせいか茶田は煮えきらず、なかなか電話しようとしない。壮真の隣でノートパソコンの画面を見ていた沼尻が腰を浮かせて、

「もう頭にきた。ぼくがいってくる」

止めるまもなく車をおりてファミレスに入っていった。茶田は沼尻を見て眼をみはり、

「あ、あんたもいたのか」

「あんたじゃないよ」

沼尻はテーブルの脇に立ったまま声を荒らげた。

「さっさと電話しないと、いまからおたくの会社へいって、美人局のことをしゃべるぞ」

「茶田さんが美人局をやったって白状した動画もあるしね」

天音がそういうと、茶田は溜息をついてスマホを手にした。暗い表情で誰かとしゃべっている。

茶田が電話を切ったあと、三人は通路をはさんだ隣のテーブルに移った。闇金業者はこっちにくるらしい。天音はハンドバッグに仕掛けたカメラを茶田のほうへむけた。茶田はひとりでコーヒーを飲んでいるが、カップを持つ手がぶるぶる震えている。

二十分ほど経って、ファミレスの駐車場に白いレクサスＬＳが停まった。運転席のドアが開き、白い麻のスーツを着た男がおりてきた。髪は長めのセンターパートで素足にローファーを履いている。色白の整った顔を見たとたん、はっとした。すぐには名前がでてこなかったが、それより先に男の台詞を思いだした。

「うちの店名の意味わかる？　ガットってギャングのスラングでガトリング銃のこと。要するに女を撃ちまくるってことさ」

男は如月琉星だった。歌舞伎町のバー、ガットの従業員で、壮真にナンパのバイトを持ちかけてきた。まさかこの男が闇金なのか。それとも偶然ここにきただけなのか。如月はスマホで誰かと話しながら駐車場で足を止め、険しい眼つきであたりを見まわした。

こっちに視線がむいたから、すばやく身をかがめた。ノートパソコンの画面に、スマホを耳にあてた茶田が映っている。なにかひそひそしゃべっているが、声は聞きとれない。こっそり顔をあげたら、如月は踵をかえしてレクサスに乗りこんだ。壮真は急いで天音に電話した。

「いま駐車場に顔見知りがきたんです」

「顔見知り？」

レクサスはもう駐車場をでていくが、頭が混乱してうまく説明できない。

「その顔見知りが闇金かも。いま茶田は電話で誰かと話してましたよね。そいつも駐車場で電話してたから――」

天音たちは茶田のテーブルに移った。ノートパソコンの画面を見ると茶田は涙ぐみながら、たったいま闇金の男から電話があったことを認めた。なんていわれたの。天音が訊いた。

「誰かほかにいるのかって訊かれました」

「いるって答えたのね」

「すみません。もし嘘だったら女房と娘を殺すっていわれたんで――」

「さっきもいうたけど、わしが話つけちゃるけ。そいつをまた呼びだしない」

鳶伊がそういったが、茶田はうなだれてかぶりを振った。茶田は職場にもどるといい、憔悴した表情でファミレスをでていった。いまの精神状態では仕事などできないだろう。美人局をするような男だけに同情はできないが、がっくり肩を落としたうしろ姿が哀れだった。


壮真は帰りの車内で如月琉星のことを話しかけたが、天音に止められた。

「こみいった話みたいだから、あとでいい。ご住職と澪央にも聞いてほしいから」

痴行寺にもどると、愚童はきょうも庫裡の座敷で冷酒を呑んでいた。座卓をはさんで澪央とマチルダがいる。老僧と女の子とハチワレの猫は、不思議と絵になる光景だ。マチルダは床の間にある掛け軸や香炉が珍しいらしく、前脚でちょいちょいと触っている。

「計画はうまくいった？」

澪央が訊いた。まあね。天音はそう答えて、

「意外な奴が闇金だったみたい。だよね、壮真」

壮真は如月琉星との関係をみんなに説明した。如月が勤めるガットは矢淵凌が経営している。茶田は闇金のバックにジャークスがいると恐れていた。如月と矢淵が闇金にからんでいるのなら、ふたりはジャークスと関係があるのかもしれない。

「矢淵ってひとは、いまの日本は格差社会を突き抜けた階級社会で、年収二百万以下のアンダークラスに転落したら這いあがるのは困難だといってました。こんな格差が生まれたのは国や社会のせいだとも――だから、どかんと稼ぐにはリスクを怖がっちゃだめだって」

リスクってなに？　天音が訊いた。

「闇バイトみたいです。法に触れるっていってたんで」

「たしかに、いまの日本は階級社会かもしれない。中流階級は消滅しつつあるし、社会はどんどん不寛容になっていく。わたしもおかしいと思うけど、犯罪は正当化できない」

「おれも闇バイトはやりたくないから、くわしくは訊きませんでした。そしたらリスクのないバイトやってみる？　っていわれて如月を紹介されたんです」

如月は店にきた女の子に風俗の仕事をあっせんすると、その子の売上げの十パーセントから二十パーセントがスカウトバックとして入ってくるといった。茶田に美人局を持ちかけたリサは大学生だったが、ホストに貢いで借金がかえせずデリヘル嬢になったといったらしい。もしかすると、リサは如月のような男にひっかかったのかもしれない。

それを話したら澪央は眉をひそめて、マジ最低、といった。

「そんなことして稼ぐなんて。ソーマもやったの？」

「やんねえよ」

「だよね。ソーマには無理っぽいもん」

あっさり無理っぽいといわれたのにむかついて、ナンパのバイトを引き受けたことは黙っていた。むろんそれが失敗したことも。その矢淵ってバーの経営者は、と天音がいった。

「ほかになんの仕事してるの」

「わかりません。おれが訊いても透也は答えなかったんで」

「闇バイトをあっせんするってことは、半グレかもね。矢淵と如月がジャークスだとしたら、その子は大変だよ。ジャークスのリーダーの動画を売ろうとしたんだから」

「透也は知らなかったんだと思います。あの動画に凍崎拳が映ってたっていったら、めっちゃあわてたから」

浅ましい話じゃな。愚童が苦々しい表情で首を横に振った。

「金持であれ貧乏人であれ、欲に囚《とら》われた者はまともな判断ができん。金さえあれば、なんでも買えると思うておるから不幸になる」

「お金で幸福は買えないってこと？」

澪央が訊いた。金で買えるのは快楽にすぎん、と愚童はいって、

「ほんとうの幸福とは心が満たされること。金銭の多寡ではなく、足るを知るのが豊かさじゃ。もっとも幸福と快楽を履きちがえた者にとっては、金で幸福は買えるがの」

いまだけ金だけ自分だけ、と壮真はいった。

「最近はそんな考えが多いって、ネットに書いてありました」

「身どもが若いころ、職業には貴賤《きせん》があった」

「貴賤って差別ですか」

「いまはなんでも差別はいかんというが、たとえば高利貸しという職業と、電気や水道やガスといった生活の基盤を支える職業の価値はあきらかに異なる。前者がいなくても大勢に影響はない。

しかし後者がいなくなれば世の中は成り立たん。したがって地味で貧しかろうとも、生活の基盤を支える職業のほうが尊い」

「グドーがいうことはわかるけど、いまは楽して儲けるひとがえらいって感じじゃん。みんなコスパとかタイパとか気にして、ちょっとでも得したいって考えてるし」

そうなんだよ、と沼尻がいった。

「でも楽して儲けるのをけなしたら、妬み嫉《そね》みだっていわれる」

愚童は鼻を鳴らすと、居眠りをはじめたマチルダを顎で示して、

「こやつのほうが、よほど足るを知っておるわ」

もんじゅの四人と澪央はそのあと夕食をとったが、途中で壮真のスマホが鳴った。画面を見たら如月琉星だったから仰天した。なぜ、おれの番号を知っているのか。一瞬わからなかったが、よく考えればナンパのバイトを持ちかけられたとき、スマホの番号を教えあったのだった。

それにしても、こんなタイミングで電話してくるのは気味が悪い。無視しようかと思ったものの、如月が闇金かどうか確かめたいし、ジャークスの情報も得られるかもしれない。

座敷では話しづらいから廊下にいって電話にでた。

「ひさしぶりだね。元気してた？」

如月が明るい声でいった。壮真は動揺しつつも平静を装って、

「おひさしぶりです。どうしたんですか」

「急で悪いけど、いまから店にこない？　話したいことがあるんだ」

「話したいことって――」

「電話じゃいえない。内密な話だから、ひとりできて」

「ひとりで――なんか怖いですね」

あはは。如月は高い声で笑い、

「内密な話ってだけで、ぜんぜん心配ないよ。都合つかないなら、おれが会いにいくけど」

「あの――折りかえし電話してもいいですか」

急いで座敷にもどり、いまの会話をみんなに伝えた。噂をすれば影ね、と天音がいって、

「ジャークスのことを調べるチャンスだけど、内密な話ってなにかわかる？」

「さあ――ただ、こんなときに電話してくるなんて、ぜったい変ですよね」

「如月はファミレスの駐車場で、壮真がいるのに気づいたんじゃない？」

「それはないと思いますけど――どうしたらいいでしょう」

「罠かもしれない。店へいくにしても、ひとりじゃあぶないよ」

「わしがいっしょにいく。店の外におって、なんかあったらすぐ駆けつけるけん」

「わたしもいきたいけど、このあと実家に帰んなきゃいけないの。さっき母からラインがきて、ちょっと体調が悪いっていうから――」

「ぼくもいったほうがいいですか」

沼尻が訊いた。人数は多いほうが安心ね、と天音はいった。

「うちの車で壮真と鳶伊さんを送ってって。わたしは電車で帰る」

「相手は何人いるの」

澪央に訊かれて、わからないと答えたら、

「すくなくとも如月って奴はいるでしょ。動画か写真撮れないかな。あたしがネットで検索して素性を調べるから」

「無理。気づかれたらやばいじゃん」

「気づかれない方法がある。いまからいうアプリをインストールして」

そのアプリを使えば、スマホの画面をオフにしたバックグラウンドの状態で動画が撮影できる。アプリを起動しても音はしないから相手に気づかれないという。とりあえずスマホにインストールしてみると画面が真っ暗でも動画が撮れたが、使うかどうかはわからない。壮真は如月に電話して、いまからいくと伝えた。


沼尻が運転するハイエースバンで歌舞伎町に着いたのは、八時すぎだった。

ガットはテナントビルの地下にある。沼尻はそのビルからいちばん近いコインパーキングにハイエースバンを停めた。鳶伊はすでに警戒しているのか後部座席で窓を覗いている。壮真がもどってくるまで、ふたりはここで待機する。

ガットは高級な雰囲気だからデニムのテーラードジャケットを着てきたが、まだ暑い。沼尻はTシャツにジーンズ、鳶伊はなぜか作業着の上下に安全靴で、工事にでもいくような恰好だ。

助手席でシートベルトをはずしたら沼尻がこっちを見て、

「もし罠だったらどうする？」

「鳶伊さんに電話します。でも、おれが電話できない状況だったら――」

合図ば決めたほうがよか、と鳶伊がいった。

「店に入って三十分経ったら、わしのほうから電話する。異常ないときは『大丈夫です』ていうだけでええ。なんかあったときは『あとで電話します』というて。わしがすぐ店にいくけん。電話がつながらんやったときも店にいく」

店の場所を鳶伊に伝え、車をおりて歩きだした。

ネオンがきらめく通りは、いつもの喧騒に包まれている。街角に佇むホストたち、きわどいドレスで客に声をかける風俗嬢、早くも酔っぱらってふらつく中年男、肩を組んで歩くカップル、地面にへたりこんだ大学生風の男。しだいに緊張が増し、テナントビルの階段をおりていると足がもつれそうになった。ガットは開店まえらしく看板の照明は消えていた。重厚な木製のドアを開け、黒い大理石が敷きつめられた床に足を踏みだしたら、

「やあ、おひさしぶり」

ボックス席の革張りのソファで矢淵凌が片手をあげた。黒い大理石のテーブルには、以前きたときとおなじようにキャビアや生ハムやチーズがならび、氷を満たした大ぶりのシャンパンクーラーにドンペリが三本も入っている。ドンペリのボトルは映画やドラマで知っているが、吞んだことはない。テーブルのまえまでいくと、矢淵は小麦色に焼けた顔をほころばせ、

「早く坐って。きみがいるあいだは貸切だから」

おずおずとむかいに腰をおろした。如月が笑みを浮かべてドンペリを注ぎにきた。ふたりともやけに愛想がいいのが不気味だった。お酒はけっこうです、と壮真はいって、

「如月さんから話があるって聞いたんですが――」

「ぼくが如月に電話させたんだ。きみに相談があってね」

矢淵は真っ白な歯を見せて、きめ細かい泡がたちのぼるシャンパングラスを口に運んだ。髪はあいかわらずグレーのフェードカットでブルーのスーツを着ている。矢淵はシャンパングラスを置くとテーブルに肘をつき、両手の指先をあわせた。まえにも見た尖塔のようなポーズだ。

「まず如月にいきさつを話してもらおう」

如月はテーブルのそばに立ったまま口を開いた。

「おれはきょう、個人的に金を貸してる茶田って男に呼びだされた。茶田は借金を全額返済したいから、いますぐきてくれっていう。おれは待ちあわせ場所のファミレスにいって、念のために駐車場から茶田に電話した。警察《サツ》でもいたら厄介だし」

「闇金だからですか」

「闇金じゃねえよ。個人的に金を貸してるっていっただろ」

如月は険しい眼でこっちをにらむと、

「でも金利はもらうから警察《サツ》には知られたくねえ。だから電話で、ほんとのことをいえって茶田をおどした。そしたら実はやばい連中に見張られてるっていうから、その場はひきかえした。あとで茶田を問いつめたら、あいつは金に困ってマチアプで美人局を仕掛けたけど、失敗して相手におどされたっていう。相手は誰なのか訊いたら、コーポ村雨ってシェアハウスに住んでる奴らしい。茶田はきょうファミレスにきたのも、そいつと仲間たちだっていった。矢淵さんにその話をしたら――」

如月はそういって矢淵に眼をむけた。

「ぼくはそれを聞いて驚いた。ぼくとつきあいのあるひとたちが、コーポ村雨の住人を必死で捜してるからね。久我壮真くん――きみもそのリストに入ってるんだが、極秘の案件だから如月にはなにも伝えてなかった。でも如月に聞いたところじゃ、きみの電話番号も知ってるっていうから、すぐここに呼んでくれって頼んだんだ」

矢淵は手ぶりで如月を遠ざけてから、単刀直入に話そう、といった。

「ぼくとつきあいのあるひとたち――正確には複数形にすべきだが、仮にAさんとしよう。Aさんは例のものを回収したがってる」

「例のもの？」

例のものとはあの動画にちがいないが、わざと首をかしげたら、

「とぼけなくてもいい。Aさんは完璧な回収を望んでる。百パーセント外部に漏れない回収ができれば、報酬を払うそうだ。金額は五千万」

透也がジギープロモーションに吹っかけたのは三千万だから、それより二千万も多い。どう答えるべきかわからず曖昧にうなずいた。それで、と矢淵は続けて、

「例のものについて知ってるのは誰と誰かな」

「――わかりません」

「コーポ村雨には、きみのほかに三人が住んでたそうだね。その三人は急に居場所がわからなくなった。彼らも例のものについて知ってるんだろ」

やはり矢淵はジャークスとつながっている。あるいはジャークスの一員だ。そう確信しつつ、わかりませんと繰りかえした。

「きみはその三人といっしょにいる。Aさんはそう推測してる。そして如月が茶田を問いただし

たら、きょうファミレスにコーポ村雨の住人がふたりいたと答えた。ひとりは茶田が美人局を仕掛けた沼尻勇作、もうひとりはいかつい初老の男。あとひとり四十がらみの女もいたそうだが、彼らはきみの仲間じゃないの？　彼らは如月を呼びだして、どうするつもりだったの？」

鼓動が速くなり額に汗がにじむのを感じた。ことばに詰まっていると矢淵は微笑して、

「なにをたくらんでいるにせよ、Ａさんにたどり着こうとしてるのなら自殺行為だ。仲間を危険にさらすだけで、なんの見返りもない」

「おれにどうしろと――」

「例のものを完璧に回収する。ただそれだけさ。まえにも話したとおり、いまの日本の階級社会で底辺から這いあがるにはリスクがともなう。でも今回はぼくがあいだに立つから、きみの安全は保証する。つまりノーリスクで資産五千万円以上の準富裕層になれる。こんなチャンスは二度とない。思いきって人生を変えてみないか」

「ノーリスクといわれても――」

「仲間を裏切るのが怖いんだろ。きみと仲間がどういう関係か知らないけど、親友だろうと恋人だろうと、ひとの心は時とともに変わる。きみが裏切らなくても相手が裏切る。そこまでいかなくても、いつかは縁が切れる。しかし金は永遠に裏切らない。この世で唯一信じられるのは自分と金だけさ。金さえあれば、黙っててもひとは寄ってくる。すぐにまた新しい仲間ができる」

「最近あるひとに聞いたんです。金で買えるのは快楽にすぎない。ほんとうの幸福とは心が満たされることだって」

「なにいってんの。幸福とは自分の快楽を増やすことだよ。人間はどうせ死ぬんだから人生を楽

しみつくさなきゃ。人生を楽しむから心が満たされる。ただ、それには金がかかるだろ。ぼくたちが生きてる資本主義社会は快楽の追求――つまり金儲けが前提で成りたってるんだ」

「だとしても、金を儲けるために違法なことをするのは――」

「例のものに関していえば、ああいう業界はもともと健全じゃない。みんなにちやほやされたくて金と名声をほしがる連中の集まりだから、表沙汰にできないことはたくさんある。マスコミやネットが騒ぎたてるせいで品行方正なふりをしてるけど、ほんとは承認欲求モンスターさ。だけどああいう業界にも、下積みで苦労してるひとが大勢いる。例のものが表にでたら彼らは職を失う。きみは違法だからいけないっていうけど、大勢が不幸になってもいいの？」

「それは――」

「例のものを回収すれば、そのひとたちは不幸にならずにすみ、きみは準富裕層になれる。それがいちばんハッピーな着地点じゃないかな」

「でも黒瀬リリアは不幸なままですね」

ハッピーということばに反応して、うっかりそういった。いままでとぼけていたのがむだになったと悔やんだら、矢淵はひと差し指を唇にあてて、

「あれは不幸な事件だったと聞いてる。真相がどうであれ、いまさらそれを暴いたって彼女はもどってこない。きみは自分が正しいと思いこんでるようだけど。弱者イコール正義じゃない。金や才能がないから不正に怒ってるだけで、自分が逆の立場だったらおなじことをするんじゃない？　そこをよく考えてみようよ」

矢淵はシャンパングラスをゆっくり傾けて、なにか質問は？　と訊いた。

「もし例のものを回収できたら、おれの仲間はどうなるんですか」

「完璧な回収が可能なら仲間は無事だろう。でも、きみの立場でそれができるかな」

「相良透也は――」

「彼はAさんに多大な迷惑をかけたから、その代償を払うと聞いてる」

「代償って――」

「具体的なことはわからないけど、Aさんの判断に口ははさめない」

そのときジャケットの懐でスマホが鳴って、ぎくりとした。鳶伊からだと思いつつ矢淵に眼をやると、電話にでろというようにうなずいた。一瞬迷ったが、この男の顔を撮るのはいましかない。壮真はスマホを手にしてアプリを起動し、矢淵にカメラをむけた。

続いて通話ボタンを押すと、はい、大丈夫です、と答えて電話を切った。如月の顔も撮っておきたいので、さりげなくカウンターにカメラをむけてからスマホをしまった。撮影したのがばれていないかどきどきしたが、矢淵は不審がるでもなく、

「で、どうする。人生を変える気になった？」

五千万もの金を手にできれば、たしかに人生が変わる。鳶伊や天音には世話になっているし、沼尻とも長いつきあいだ。澪央とはもっと親しくなりたいけれど、それ以上に嫌われたくない。透也のこともなんとかしてやりたい。が、この先もみんなとつきあいが続くかどうかはわからない。そんな迷いをおぼえる自分に動揺しつつ、

「――おれだけじゃ判断できません」

「仲間に相談するのは誤った選択だね。もし意見が割れたら収拾がつかなくなる。もっとも、き

みはここへくるまえ仲間に相談しただろう。ここで人生を変える気があるなら、つらくても仲間を切り捨てろ。例のもののありかと仲間に関するすべての情報をぼくに提供して、いますぐ姿を消すんだ」

「姿を消すって――」

「ここからタクシーで七分くらいの距離に五つ星ホテルがある。きみの名前で部屋を予約するから、事がすむまでそこに泊まるといい。宿泊費は、ぼくがオンラインで決済しておく」

それと、と矢淵はいって分厚い封筒をテーブルに置いた。

「前金として百万ある。残りの四千九百万は、例のものの回収が終わりしだい支払う」

なにかにとり憑《つ》かれたような気分で封筒に手を伸ばしかけた瞬間、脳裏に閃《ひらめ》くものがあった。ちがう。この男の考えはまちがっている。壮真は手をひっこめると席を立った。すでに決意は固まっていたが時間稼ぎのつもりで、

「検討します」

一礼して店をでようとしたら、矢淵の声があとを追ってきた。

「残念だが、もうそんな時間はないぞ」

22

ハイエースバンは神楽坂《かぐらざか》付近をすぎて飯田橋《いいだばし》方面へ走っていく。

鳶伊は後部座席からリアウィンドーを振りかえった。道路はすいているので三十分もかからず痴行寺に着くだろう。壮真が助手席で、さっき矢淵凌に会ったと話している。かなり緊張していたのか声が高い。矢淵は如月琉星が勤めるガットの経営者だが、ジャークスの関係者らしい。

壮真は矢淵に動画の回収を持ちかけられたといって、

「五千万払うから、動画のありかと仲間の情報を提供しろっていわれました。ぶっちゃけ釣られそうになりましたけど——」

五千万？　沼尻がハンドルを操りながらつぶやいた。

「うまい話に聞こえるね。どうせ嘘だろうけど」

「それが嘘でもなさそうな感じなんです。きょうから五つ星ホテルに泊まれっていって、百万も前金をだしてきたし」

「ぼくの名前が矢淵にばれたのはまずいな。茶田をおどしたのは失敗だったかも」

「でも矢淵がジャークスにからんでるってわかったのは収穫です」

「Aさんって誰なんだろ」

「矢渕は正確には複数形にすべきだといったから、ジャークスの幹部やジギープロのことだと思います。そいつらはコーポ村雨の住人を必死で捜してるって――」

鳶伊はふたりの会話を聞きながら、またリアウィンドーに眼をやった。歌舞伎町をでたときから黒い車に尾行されている気がするが、まだ確信はない。服役のブランクがあるだけに現代の車種にはうとい。鳶伊は壮真の肩を叩いて、

「うしろにおる車はなんね」

壮真が振りかえって眼を凝らし、クラウンマジェスタです、と答えた。ナンバープレートは見えるが所有者は簡単に調べられないし、盗難車だったら意味がない。東京ドームをすぎてすこし走ると住宅街のそばを通りかかった。鳶伊は運転席に身を乗りだすと、前方に見える路地を指さして、あの道に入って、といった。は？　沼尻は首をかしげて、

「遠回りになりますけど――」

「ええけ、はよ曲がって」

強い口調でいうとハイエースバンは住宅街の路地に入った。うしろに眼をむけたら、黒いクラウンマジェスタはぴったりあとをついてくる。もうまちがいない。

「尾行されとうばい」

鳶伊は声をあげた。壮真がぎょっとした表情で振りかえり、ほんとだ、といった。沼尻はルームミラーに眼をやって、

「どうすればいいんですか」

「まくしかなか」

「まくって、どうやって——」

「スピードあげたら、わしらが気づいたんが相手にばれるけ、しばらくゆっくり走って」

やがて車は住宅街を抜けて二車線の直線道路にでた。クラウンマジェスタは、やはりうしろにいる。前方に交差点が見えてきた。信号は青だった。鳶伊はふたたび運転席に身を乗りだし信号を指さすと、

「あれが黄色になったら急発進して」

「えッ。黄色は停まらなきゃ、やばいですよ」

「そげなこと気にせんでよか。わしらを尾行しとるのは殺し屋かもしれんばい」

ひえッ。沼尻が叫んだ。同時に信号が黄色に変わった。いまやッ。大声をあげるとハイエースバンは急発進して交差点を通過した。振りかえったらクラウンマジェスタは赤信号を突っ切り、あとを追ってくる。やばい、ついてきた、と壮真がいった。沼尻は声を震わせて、

「どうしましょう」

「しゃあないの。あそこの駐車場で停めて」

鳶伊は遠くに見えるコンビニの看板を指さした。

「なにするんですか。コンビニなんかいって」

「コンビニは駐車場にも防犯カメラがあるやろ。尾行しとう奴らは手がだしにくい」

鳶伊は作業着のポケットから軍手をだして両手にはめ、隣の座席に置いていた道具箱からモンキーレンチと千枚通しをとった。モンキーレンチは上着のポケットに入れ、千枚通しは腰のベルトにさした。沼尻がハイエースバンをコンビニの駐車場に停めた。クラウンマジェスタは防犯カ

メラを警戒しているらしく駐車場には入ってこず、後方の路肩に停車した。

「わしが足止めするけん、あんたたちは逃げり」

鳶伊はそういってスライドドアを開けた。逃げたりできません、と壮真がいった。

「おれも手伝います」

「手伝わんでええけ、ここで待っとって。けど、わしがやられたら逃げなつまらんぞ」

鳶伊は車をおりて、すばやくクラウンマジェスタに近づいた。運転席に金髪でマスクをした男がいる。後部座席はスモークで見えない。腰から抜いた千枚通しを運転席側のタイヤの側面に突き刺すと、空気が抜ける音がして車体が傾いた。

「なにやってんだッ。殺すぞ、こらあッ」

車内から怒号が響き、運転席のドアが開いた。ドアから顔をだした金髪の脳天にモンキーレンチを振りおろすと、両手で頭を抱えて倒れこんだ。後部座席のドアが開き、べつの男が車からおりようとしていた。男の片足が地面についた瞬間、鳶伊はドアに体当たりした。男は片足をドアにはさまれて悲鳴をあげた。ドアを開けてモンキーレンチで唇を突くと、前歯が砕ける感触があった。男は眼をひん剝《む》いて両手で口を覆い、指のあいだから血が流れだした。

後部座席の反対側から、両耳が餃子《ギョーザ》のように潰れた背の高い男がおりてきた。眼が腫れぼったく鼻も曲がっているから格闘技の経験者らしい。伸縮式の特殊警棒を持っている。

「おどれらはジャークスやの」

鳶伊は訊いたが、男は答えない。無言で特殊警棒を振りあげ突進してきた。鳶伊は振りおろされた特殊警棒をモンキーレンチで受け止め、爪先に鋼板が入った安全靴で向こう脛を蹴り飛ばした。顔をゆがめてかがみこんだ男の喉笛に手刀を打ちこむと、まえのめりに倒れた。

あたりに通行人はおらず、車も停まっていない。壮真と沼尻がコンビニの駐車場に佇み、緊張した面持ちでこっちを見ている。ハイエースバンのまえまで駆けもどったとき、胸が苦しくなって冷や汗が噴きだした。息苦しさに耐えながらスライドドアを開けようとしたが、足の力が抜けて意識が遠のいた。


点滴バッグから伸びた管のなかで透明な液体がしたたっている。管の先端についた針は左手の甲に刺さっており、テープで固定してある。一滴がしたたり落ちるたび、残された時間が刻々と減っていくように感じられた。

鳶伊は点滴から視線をはずし、自分が寝かされているベッドに眼をむけた。病室は四人部屋で、間仕切りのカーテン越しに入院患者たちの咳《せき》やいびきが聞こえる。床頭台《しょうとうだい》——ベッドの横のテーブルには吸い飲みと入院のしおり、検査の同意書を書くのに使ったペンがある。

ゆうべここに運びこまれるまでの記憶は途切れ途切れにしかない。壮真と沼尻に抱きかかえられてハイエースバンに乗ったのは、ぼんやりおぼえている。

「鳶伊さん、大丈夫ですかッ」

「病院へいきましょうッ」

ふたりが叫ぶ声が耳に残っている。これは心臓かもしれない。沼尻がそういって、

「まえの職場におなじような症状で入院した同僚がいる。その病院なら夜間の救急外来がある」

病院やらいかんでよか、と答えたが、胸が苦しくて断りきれなかった。品川にある総合病院に

着くと、医師や看護師は刺青や欠損した指を見て眉をひそめた。

「このひとは一般人です」

懸命に弁解していた壮真が気の毒だった。血液検査、心電図検査、胸部X線検査、心臓超音波検査といった検査を受けているあいだに、ようやく気分はましになった。もう帰りたいと訴えたが、医師はさらに検査が必要だといい、入院するはめになった。

きょうは午後から冠動脈造影検査がある。冠動脈に挿入したカテーテルで造影剤を注入してX線撮影をおこない、血管の状態を調べるらしい。こんなに早く検査できるのはラッキーですよ、と中年の看護師はいった。

「ふつうはもっと待たされるけど、先生は急いだほうがいいって」

急いだほうがいいということは重症なのか。症状はもうおさまったので帰りたいが、残された時間を知りたくもあるし、壮真と沼尻が遅くまで付き添ってくれたのを思うと、無断で退院はできない。それでも検査を渋っていたら看護師がいった。

「局所麻酔して三十分くらいで終わり。ほとんど痛みはないから心配いりませんよ」

病室は四階にあり、窓から見える街並のむこうに鉛色の雲に覆われた空が広がっている。さっきトイレにいったとき、洗面所の鏡に映る自分の顔は頼りなかった。病院が貸しだしている水色の病衣のせいか、すっかり病人の雰囲気だった。同室の患者の家族が見舞いにきたらしく、子どもの笑い声が聞こえる。

クラウンマジェスタに乗っていた連中は、壮真が動画の回収を断ったから追ってきたのだろう。壮真が動画のありかと仲間の情報をしゃべっていたら、あいつらは痴行寺や天音の実家へいって口封じを図ったにちがいない。そのあと五つ星ホテルに泊まっている壮真を始末すればカタがつく。ひとの口に戸はたてられない。口封じの鉄則は、公にしたくない情報を知る者すべてを抹殺することだ。

ゆうべ検査の合間に廊下へでると、沼尻が声をひそめて、

「さっきの奴らはどうなったでしょうか」

「死んどりゃせんよ。だいぶ手加減したけ」

「だったらいいですけど、ちょっとやりすぎに見えたんで――」

「むこうが手ェだすまえに、わしがやったけ？」

「ええ。警察がいたら過剰防衛で捕まったかも――」

「わしは歳やけんね。三人まとめてかかってきたら負けるばい」

街場での争いは強さより速さが求められる。体力や技で勝る相手はいくらでもいるから、時間が経つほど不利になる。反撃の機会をいっさい与えず、最小限の力で戦意を喪失させる。そのためには先手をとって相手の意表をつく攻撃をしなければならない。鳶伊はそれをいって、

「わしらの稼業は、負けたらあとがないけんね」

あとがない？　壮真が訊いた。

「殺されるってことですか」

「殺されんでも、やりかえさんかぎり組にはおられん」

「負けたままではだめだと？」

「負けたら組の代紋に傷がつく。なにがなんでも、やりかえさないけん」

「きびしいですね。ぜったい負けられないなんて」

「まあ昔の話たい。いまは負けてもよか」

帯刀組にいたころとちがってメンツにこだわる必要はないから、喧嘩に負けようと恥をかこうと平気である。けれども降りかかる火の粉は払わねばならない。ジャークスはまもなく次の手を打ってくる。ベッドでじっとしているのは気が重かった。


脇腹をなにかに押される感触がある。まぶたを開けたら隣にマチルダがいて、白い前脚で壮真の脇腹を交互に押していた。障子のむこうは明るくなっている。明け方まで眠れなかっただけに寝不足で頭が重いが、思わず頬がゆるんだ。

「ふみふみしてくれてたの？　ありがとう」

そう声をかけるとマチルダは役目を終えたとでもいうように、ふみふみをやめて伸びをした。

布団から起きあがってスマホで時刻を見たら、もう昼近かった。

ゆうべは病院に長くいたせいで、痴行寺に着くと日付が変わっていた。澪央と天音には病院から電話して、鳶伊が倒れて入院したことを告げた。ふたりとも心配していたが、検査の結果はまだわからない。医師の話では心疾患の疑いがあり、手術が必要になるかもしれないという。

庫裡の座敷に入るとマチルダが軀をすりつけてきたが、鳶伊を捜すようにきょろきょろする姿に胸が痛んだ。愚童は鳶伊の入院を伝えても動じる様子はなく、

「あいつは大丈夫じゃろ。頑丈にできとるから」

ゆうべガットで撮影した動画には、矢淵とカウンターのなかの如月が映っていたので澪央に送

った。澪央はさっそくネットで調べているが、鳶伊が長く入院することになったら、これからどうなるのか。便利屋の仕事はともかく、そのあいだにジャークスが襲ってきたら――。鳶伊が早く退院できたにせよ、無理はさせられないから自分たちで対処するしかない。

沼尻もおなじことを考えたらしく顔を曇らせて、

「もうぼくたちの手には負えないよ。店長は反対するだろうけど、警察に相談しよう」

「そうするしかないかも――ただ、みんなに関わることだから、店長と澪央には前もって話したほうがいいですよ。あとご住職にも」

「そうだね。じゃあ、きょう店長に話してみる」

寝室がわりの八畳間でそんな会話をした。

昼すぎに座敷で遅い朝食を終えると、車をとりにきた天音が顔をだした。さっき母親を病院に連れていったら胃腸炎だったという。天音はこれから鳶伊の見舞いにいくつもりだったといい、

「でも電話したら断られた。きょうは検査があるけん、こんでくださいって」

「そうなんだあ。あたしもお見舞いいきたかったのに」

そばで話を聞いていた澪央が口を尖らせた。ちょうど愚童が檀家の法事からもどってきたので五人は座卓を囲み、沼尻が話を切りだした。鳶伊が入院した以上、もう警察に相談するしかないと沼尻がいったら、

「ソーマはそれでいいの？　透也を助けたかったんじゃないの」

澪央が訊いた。そりゃ助けたいよ。壮真は歯切れ悪くいって、

「でも警察になんとかしてもらうしか――」

「マジでなんとかしてくれるならいいけど――コーポ村雨にきた奴らは、警察《サツ》にチクったら、おまえら全員ぶっ殺すっていったよね」

矢淵とのやりとりや、尾行してきた連中を鳶伊が撃退したことは澪央と天音に伝えてある。が、要点しか話していなかったので、壮真はあらためてそれらを口にして、

「あいつらはあの動画を回収するまで、おれたちをつけ狙う。ゆうべだって鳶伊さんがいなかったら、ここを突き止められてた」

いま話を聞いてて思ったの、と天音がいった。

「壮真は必要なとき以外、スマホの電源切ったほうがいい」

「どうしてですか」

「さっきいった如月は、壮真の番号知ってるんでしょ。位置情報を追跡されるかも。沼尻さんも茶田に番号知られてるよね」

「そういえば――そうですね。美人局に遭ったとき電話でしゃべったから」

「だったら沼尻さんも電源切って。ほんとはSIMカード壊して、べつの名義のスマホに買い替えるべきだけど」

「電源切ってたら位置情報の追跡なんてできないんじゃ――」

「スマホのキャリアやメーカーに協力者がいれば、電源オフのスマホでも位置情報を取得できる。機種にもよるけど、バッテリーの残量があるあいだは位置情報を発信してるから」

「ジャークスにそんな力があるんですか」

「あいつらはどこにでも潜んでるし、外部に協力する仲間がいる。だから尾行してきた奴らに、

うちの車を見られたのもやばい。所有者情報の照会はできなくても、車種とナンバーは仲間たちに知らせたはずよ。あとで車にボディカバーかけとかなきゃ」

壮真は怖くなってスマホの電源を切った。バッテリーの残量があるあいだは、これでも位置情報を調べられるというから不安がつのる。沼尻もやはり電源を切り、もうやだな、と嘆息した。

「このままじゃなにもできない。早く警察に相談しましょうよ」

「その警察にも内通者がいるから怖いの」

「内通者？　ジャークスのですか」

「そう」

「なぜ内通者がいるってわかるんですか。ぼくが警察の話をするたび、店長は反対するけど」

天音は眼を伏せて答えない。それまで黙っていた愚童が、天音、と声をかけた。

「もう話したほうがよかろう」

天音はしばらく考えていたが、ふと眼をあげて、わかりました、といった。

「十二年まえ、わたしは警視庁組織犯罪対策部の刑事だった」

思いもよらなかったことばに息を吞んだ。天音はひと呼吸おいて、

「薬物担当だったわたしは、麻薬密売の元締めだとされる凍崎拳の内偵捜査を続けてた。凍崎にはほかにも複数の容疑があったけど、捜査から一年近く経つのに逮捕できない。麻薬取引の現場に踏みこんでも、どこからか情報が漏れてるみたいで直前に逃げられた。痺れを切らしたわたしは凍崎が出入りするバーに客を装って通い、情報収集にあたったんだけど——」

天音はバーの常連客となり、ついに凍崎本人との接触に成功した。けれども凍崎の警戒を解く

ためにふだんは口にしないカクテルを呑んだら、前後不覚になった。それからの記憶はまったくなく、意識をとりもどしたのは空き地の放置車両のなかだった。天音は後部座席に一糸まとわぬ姿で寝ており、制服姿の警官が窓をノックしていた。

天音は身分を明かし凍崎の犯行を訴えたが、放置車両の車内には白い粉末が入ったビニール袋や注射器やスプーンがあり、腕に注射痕もあったので所轄署に連行された。白い粉末は覚醒剤だと判明し、尿検査で陽性反応がでると覚醒剤取締法違反で逮捕された。

まもなく家宅捜索がおこなわれ、天音が捜査のために借りていたアパートの部屋からも覚醒剤やコカインなどが発見された。自分が意識を失っているあいだに誰かが部屋に忍びこみ、薬物を隠しておいたにちがいない。天音はそう主張した。

ところが別件で逮捕されていた密売人が彼女と取引があったと供述したので、麻薬の密売に加えて捜査情報の漏洩《ろうえい》を疑われた。上司の許可を得ない捜査だったことも災いし、天音は懲戒免職処分となった。裁判では社会の信頼を損ねる悪質な行為として、懲役二年の実刑判決を受けた。

「もう悔しくて悔しくて——最高裁まで争いたかったけど、娘のことを考えて服役した。何年かかっても無実は証明できそうもないから、あきらめて人生をやりなおそうと思ったの」

天音にそんな過去があるとは思わなかった。半グレや犯罪についてくわしかったことや、凍崎拳の居場所を知りたがっていた理由がようやくわかった。

アマ姉かわいそう、と澪央がいった。

「凍崎にはめられたんだ」

「うん。でも、わたしをはめたのは、あいつだけじゃない。同僚の男が凍崎たちに買収されて捜査情報を漏らしてた。そいつのせいで、わたしが警官だってばれてたの」

「スパイがいたんだ。その男って、いまも警察に？」

「ううん。情報漏洩を疑われたけど、証拠不十分で不起訴になった。そいつは依願退職したあと、睡眠薬の過剰摂取《オーバードーズ》で死んだ」

「自殺ってこと？」

「警察はそう判断したけど、ほんとは消されたんじゃないかな」

「やば。でもその男が死んだんなら、内通者はいなくなったんじゃゃ――」

「凍崎たちはその後ジャークスを結成して、当時よりはるかに力を持ってる。また捜査員を買収してる可能性が高いから、わたしは警察を頼るのに反対したの」

そういう事情があったんですね。沼尻が感慨深げにいって、

「でも、どうして上司の許可をもらわずに捜査したんですか」

「そのころ夫と離婚したばかりで焦ってた。警察官にとって離婚はマイナスだから、早く手柄をたてたくて――」

「離婚はマイナス？」

「警察官は交際相手ができたら上司に報告しなきゃいけないし、結婚するとなったら相手は身辺調査される。それだけプライベートにきびしいから、離婚は昇進に響くの。表向きは、離婚しても人事に影響はないとされてるけどね」

ひどい話ですね。壮真はかぶりを振った。

「冤罪《えんざい》で刑務所に入るなんて」

「そういってくれるだけでうれしい。冤罪だって信じてくれないひとのほうが多いから。無実を信じてくれたのは、母とご住職だけだった」

「身どもは周囲の考えではなく、おのれの眼で判断するからの」

愚童は当時教誨師として、天音が服役中の女子刑務所を訪れており、そこで彼女と知りあった。天音は刑期を終えてから痴行寺を訪ね、将来について相談したという。

「ほんとは探偵やりたかったけど、禁錮以上の前科がある場合は、刑の執行から五年経たないと認可がおりない。それで便利屋に就職して五年後に、探偵学校で講習と実習を受けた。でも探偵だけじゃ食べていけないから、もんじゅを立ちあげたの」

「いまからでも冤罪を晴らせない？　凍崎が逮捕されたら無実が証明できるかも」

澪央が訊いた。天音は無言で唇を結んでいる。

「警察も信じられないんだったら、どうしようもないよ。べつの名義のスマホなんて持てないし、このまま隠れて生活するのは耐えられないと思う」

沼尻はそういって、ぼくはもう限界かも――とつけ加えた。無理しないで、と天音がいった。

「この問題が片づくまで、もんじゅの仕事は再開できないし、これからもっと危険な状況になるかもしれない。今後どうするかは沼尻さんの判断にまかせる」

沼尻は沈鬱な表情でうなずくと、銀縁メガネをはずし両眼のあいだを指で揉んだ。もし沼尻がいなくなったら心細いが、みんなを巻きこんでしまった自分が引き止めるわけにはいかない。

ふと本堂のほうで来客らしい男の声がした。愚童が座布団から腰をあげると、入れかわりにマチルダがその上で丸くなった。天音はタバコと携帯灰皿を手にして席を立ち、

「今後はなるべく外出をひかえたほうがいい。どこで見張られてるかわかんないから」

そういうと縁側でタバコを吸いはじめた。

誰がきたんだろ。澪央が座敷をでたから壮真もついていった。寺に来客があるのは珍しくないが、こんなときとあって疑心暗鬼になる。愚童は本堂のまえで六十がらみの男と立ち話をしていた。男は精悍《せいかん》な顔立ちのうえに体格がいいから緊張した。けれども愚童にぺこぺこしているので害はなさそうだった。

23

昭和のヤクザは損得勘定ができない者が多かった。

後先を考えず感情で突っ走るから、喧嘩や抗争《でいり》で手傷を負う。みずから命を削るような生活をして軀を壊す。したがって病院の見舞いには数えきれないほどいったが、自分が入院するのははじめてだった。鳶伊が若いころ、病院の廊下や待合室はおろか病室でもタバコが吸えたのを思うと隔世の感がある。

当時の鳶伊も怪我は日常茶飯事で、何度か重傷を負った。意地を張って入院はせず、通院だけで治療したが、ささいな怪我から感染症を起こして死んだ組員もいる。いままで生き延びられたのは運に恵まれていたからだ。しかしその運も尽きかけているらしい。

「心臓の冠動脈に狭窄《きょうさく》が見られます。このままだと心筋梗塞に移行するので、早急に冠動脈形成術が必要です」

けさ主治医にそういわれた。心筋梗塞に移行すると突然死する可能性が非常に高い。冠動脈形成術はきのうの検査と同様に動脈にカテーテルを挿入しておこない、二日から三日の入院ですむという。費用はもんじゅの仕事で貯めた金でまかなえそうだから、ひとまず承諾した。

隣のベッドの老人は主治医や看護師とのやりとりを聞いていたようで、

「おたくはカテーテルですむからうらやましいよ。おれなんか重症で、ぜんぜん治る見込みがねえ。入院するたびに悪くなってる」

かすれた声でいった。老人は問わず語りに自分の過去を口にした。かつては水道工事の職人で仕事はきつかったが、夜間の水漏れや給水管の破裂といったトラブルでは顧客に感謝され、やりがいがあった。夫婦仲もよく、自分は中卒なのに息子は国立大学をでて上場企業に就職した。

「おれあ鼻が高かったよ。仕事を辞めたら、のんびり余生をすごせると思ってた。しかし人生ってのはわからないねえ――」

老人はときおり苦しげにあえぎながら語り、不意に口を閉ざした。病気になったのを嘆いているのか、ほかに理由があるのか。鳶伊は相槌だけ打って、なにも訊かなかった。

病室の窓から見える空は、きょうも曇っている。塩分をひかえた味気ない昼食を終えたあと、壮真と澪央が見舞いにきた。澪央は百貨店の紙袋をさしだして、

「お見舞いのタオル。ソーマと考えたけど、なに買っていいかわかんなかったから」

「そげな気ィ遣わんでええとに」

鳶伊は礼をいって紙袋を受けとった。ふたりに病状を訊かれたが、くわしくは話さず、あと数日で退院できると答えた。壮真が安堵した表情で、

「沼尻さんも誘ったんですけど、きのうから落ちこんでて――」

「沼っちは冷たいのよ」

「そげなことなか。この病院ば見つけてくれたんは、あのひとばい。それより、いまは出歩かんほうがええよ」

「店長もなるべく外出をひかえたほうがいいっていったけど、お見舞いにはきたかったんで」

「マチはどげしとうね」

「ここへくるまえはケージで寝てた。トビーがいないから、さびしがってるよ」

澪央は壮真に眼をやって、アマ姉のこと話していいかな、と訊いた。壮真がうなずくと、澪央はきのう天音から聞いたといって小声で語りだした。十二年まえ、警視庁組織犯罪対策部の刑事だった天音は凍崎拳の内偵捜査をしていたが、凍崎の罠にはまって逮捕され、懲戒免職になったあげくに服役したという。

「警察に内通者がいたから、凍崎に素性がばれてたって。だからアマ姉は、いまだに警察が信用できないみたい」

天音は痴行寺で愚童に紹介されたときから、なにか事情がありそうな気がしていた。殺人の前科が複数あって三十年も服役した男を躊躇《ちゅうちょ》なく雇うのは、ふつうの感覚ではない。堅気ではない者が身近にいたのかと思ったが、もと刑事とは予想外だった。

「トビーはあんま驚かないね」

「驚いても顔にでらんとよ」

澪央はそれから壮真がガットで撮った動画を見せた。グレーの髪で日焼けした男が手前にいて、カウンターのなかに美形の男がいる。手前が矢淵凌、カウンターにいるのが如月琉星だという。

澪央は動画から矢淵の顔を切りとって顔認識検索エンジンで検索したといい、

「そしたら、これを見つけたの」

スマホの画面をこっちにむけた。それは、なにかのイベントらしい画像だった。豪華な内装のホールをバックに着飾った男女が大勢写っている。

「これはネットで拾ったジギープロのパーティ。招待客がアップしてたんだけど――」

澪央は画像の一部を拡大した。そこには談笑するふたりの男がいる。

「こっちが凍崎拳で、こっちが矢淵凌」

「やっぱり、つながってたんです。ジャークスとジギープロは」

壮真が沈んだ表情でいった。ネットで調べると、パーティは今年の春に都内の高級ホテルでおこなわれたという。凍崎拳は警察庁から重要指名手配されているが、以前と顔がちがうから誰も気づかなかったのだろう。壮真は続けて、

「あとで店長に相談して、どうするか決めようと思います」

「トビーはゆっくり休んでて。あたしたちでなんとかするから」

壮真と沼尻はジャークスに位置情報を知られないよう、必要なとき以外はスマホの電源を切っているといった。スマホのキャリア――電話会社やメーカーに協力者がいたら、それでも位置情報を調べられるらしい。便利な時代になったぶん厄介なことが増えた、と鳶伊は思った。

ふたりが帰ったあと、隣のベッドの老人が声をかけてきた。

「まさかお孫さんじゃないだろ。若いお子さんだねえ」

いいえ、わしの子じゃなかです。鳶伊はそう答えたが、老人には聞こえていないようだった。看護師が病室に入ってきて、冠動脈形成術はあしたになったと告げた。

鳶伊はベッドのなかで胸に手をあてた。息苦しさや動悸はないが、いつ容態が急変するかわからないと主治医はいった。ヤクザだったころは組長の帯刀や組のためなら、いつでも死ぬ覚悟ができていた。刑務所をでてからも、愚童がいう執着は自分にはないと思っていた。しかしいまは命が惜しい。先は短いにせよ、命の捨てどころを見つけたかった。

カーテンを閉めてうとうとしていたら、病室のドアが開く音がした。誰かがこっちに近づいてくると思ったらカーテンが開き、髪を短く刈った中年男が浅黒い顔を覗かせた。男は一重まぶたの細い眼を見開き、顔をくしゃくしゃにすると腰を落として一礼した。

「頭《カシラ》、おひさしぶりです」

鳶伊はベッドに半身を起こして、タケ、といった。男はまだ頭をさげている。もうよかちゃ、そういったら、ようやく顔をあげた。両眼に涙があふれている。男は菓子折りをベッドに置き、ふたたび一礼した。

「お務め、ご苦労さんでした」

「おう。元気しとったか」

「はい」

男は拳で涙をぬぐった。もと舎弟の武智正吾である。帯刀信吉の殺害を指示した角塚組組長、角塚瑛太郎を仕留めるまえ、武智は先に上京して準備を整え、決行の夜も協力してくれた。

「誰から聞いたんか。わしがここにおるち」

「痴行寺のご住職です」

きのうは検査があると愚童に聞き、病院へくるのはきょうにしたという。鳶伊の服役中、武智は何度も面会にきたり手紙を送ってきたりしたが、面会は拒み手紙も受けとらなかった。にもかかわらず、なぜ愚童のことを知っているのか。

それを尋ねると、武智はスマホをだしてユーチューブの動画を見せた。動画のタイトルは「トレカ発売で大行列。割りこみトラブルで殴りあいも。それを見事に止めた謎の高齢者」だった。

「あれは七月やったか、ネットでこれば観たとです。この軀つきと身のこなしは頭にちがいない。頭は東京におると思うて、刑務所《なか》にツテがあるもんに調べてもろたです。ほんなら居場所はわからんけど、痴行寺のご住職が教誨師やったちゅうけ――」

武智は痴行寺を訪ねて、鳶伊の居場所を愚童に訊いた。自分は舎弟だと名乗っても愚童は答えなかったが、たびたび足を運んだ。きのうもむだだと思いつつ痴行寺にいくと、

「突然教えてくれたです。ここに入院しとうて」

「おまえはいま、どこにおる」

「蒲田《かまた》です。中古車屋しちょります」

「おまえもこっちにおったんか。けど、なして東京に――」

「組は絶縁で所払いになりましたけん」

「わしのせいで苦労かけたのう」

「苦労やらしとらんですよ。頭だけが長い懲役かけて、おれは娑婆におったとに。それより体調はどげなふうですか。ご住職に心臓が悪いち聞きましたけど」

「なんちゃない。心配せんでよか」

武智は蒲田に住んでから所帯を持ったが、子どもには恵まれず、妻は五年まえに病で逝ったという。武智は還暦とあって顔と軀に肉がつき、皺も増えている。しかし細い眼にたたえた光は衰えていない。帯刀の敵を討つために、凍てついた夜の通りをふたりで歩いた記憶が蘇る。

ご住職から聞きましたけど、と武智はいって、

「頭はいま便利屋されとうて――」

「タケ、わしはもう頭やないぞ」

「なら――兄貴て呼ばせてもらいます。便利屋はいつまで続けられるとですか。もしよかったら、まちっと稼げる仕事ば――」

「いらんことせんでええ。おまえこそ仕事はどうなんか」

「仕事はまじめにやっとります。悪い連中の噂は、仕事がらみでよう聞きますけど」

「悪い連中？」

「いまはヤクザより半グレちゅうのが幅きかせとります。盗難車で稼いどう連中も多いごとあって、盗難車ば改造する工場もあるとです。ろくなもんやないですよ」

鳶伊はうなずいた。ところで兄貴、と武智がいって、

「三十年ぶりの娑婆はどげですか」

「ようわからん。いろいろ便利になっとうけど、そのぶん面倒も増えたごたる」

「おれあ、いまの時代が性《しょう》にあわんとです。なんもかんもちまちましてしもて、俠気《おとこぎ》のあるもんがおらんごとなった。兄貴とまたひと暴れしたかです」

「なんばいいよるとか。そげなことしたら懲役打たるるぞ」

「よかです。あとはもう死ぬだけやけん」

武智はもっと話したそうだったが、看護師が点滴を替えにきたのをしおに病室をでた。武智は帰り際に名刺をさしだして、兄貴が退院したらお祝いさせてください、といった。

「せんでよか」

「そうはいかんです。放免祝いくらいさせてもらわな、おれの気がすみませんけ」

お祝いというから退院祝いかと思った。放免祝いの出迎えが刑務所のまえで大っぴらにおこなわれていたのは遠い昔である。それにしても愚童が突然居場所を明かしたのは、自分が入院したせいか。あるいは痴行寺に居候しているので、いずれ武智にばれると思ったからか。いずれにせよ武智が元気そうで安堵した。


壮真と澪央は品川の病院をでたあと痴行寺にもどった。沼尻に鳶伊の容態を伝えようと思ったが、座敷にはいない。廊下を歩いていると、愚童が書院からでてきて溜息をついた。

「あとで檀家の通夜にいくが、故人と仲が悪かった親戚がくるから、どうしたらいいかと電話があった。しかも通夜ぶるまいの料理はウーバーに注文してもいいかと訊く。身どもはそんなことまで知らんわい」

「お坊さんって、いろいろ相談されるんだね」

「沼尻さんはどこにいったんでしょう」

「知らんな。身どもはしばらく書院におったから」

尻尾を立てたマチルダがとことこ廊下を歩いてきて、にゃむにゃむにゃ、と妙な声で鳴いた。

おなかがすいたのよ、と澪央がいった。壮真はマチルダを抱きあげて、

「じゃあ、おやつにしよう」

「借りてきた猫というが、この猫は厚かましいの。身どもも茶を飲もう」

三人は座敷にいって座卓を囲んだ。マチルダは液状のおやつをたいらげると、満足げに舌なめずりをしてから畳にぺたんと腹這いになった。愚童は湯呑みをふうふう吹いて茶を啜り、

「どうじゃった？　鳶伊の具合は」

「まあまあ元気そうだった。トビーは強いもん」

「強いのは知ってるけど、どうしてあんなに落ちついてるんだろ。鳶伊さんが動揺してるの見たことない」

「いえる。アマ姉がもと刑事だって話しても、ぜんぜん驚かなかった」

「鳶伊は肝が据わっておるからの」

「トビーはもとヤクザだから？」

「そうとはかぎらん。身どもは教誨師として刑務所で大勢の服役囚と会《お》うてきた。そのなかにはヤクザもかなりおったが、ほとんどは強がっておるだけで煩悩の塊よ。刑務所で聞いた話じゃと、鳶伊は殺された組長の敵を討って懲役二十年、そのあとおなじ雑居房の高齢者を虐待した奴を死に至らしめて懲役十年、合計三十年も服役しておる。ほめられたものではないが、並みの人間に

できることではない」

そんな事情で刑務所に入ったんだ、と壮真はいった。

「敵討ちなんて時代劇でしか見たことないです」

「時代劇か。たしかにヤクザというよりサムライみたいな奴じゃ」

「うん。トビーはサムライって感じがする」

「身どもも本物のサムライは見ておらんから伝聞になるが、サムライは個人よりも公を重んじた。主君と藩、ひいては天下国家のために、いつでも命を捨てる覚悟が必要じゃった。戦《いくさ》で死ぬのはもちろん、主君や身内が殺されたら生涯をかけて敵を討つが、返り討ちに遭って死ぬこともある。さらに罪を償うため、過ちを詫びるためには腹を切らねばならん」

「腹を切るって自殺だよね」

「切腹は自殺の一種ではない。身内を助けるため、不名誉を免れるため、ときには主君を諫《いさ》めるために腹を切る。いわば名誉ある死じゃ」

「名誉があっても、死んだらどうしようもないじゃん」

「それはいまの時代の考えかたよ。サムライは自分の命よりも大切なもののために生き、そして死ぬ。幕末の動乱期、後進国であった日本が欧米列強による植民地化をまぬがれたのは、幕末志士たちのようなサムライの活躍が大きいと思う」

「死ぬ気でこられたら外国人も怖いよね」

「ひとのために死ねるなんてすごい。サムライが正しいとは思わないけど、いまの時代ってみんな責任をとらないですよね。政治家とか官僚とか国を動かしてるひとたちも――」

「みんな国のことより自分が大事じゃからの。いくら失敗しようと誰かに責任を押しつければすむ。しかし国民全員がそういう考えならば、遠からず国は滅びるじゃろう」

幸福とは自分の快楽を増やすことだと矢淵凌はいった。サムライとは正反対の考えかただが、かつての自分もそうだった。いや、いまも考えが変わったとまではいえない。矢淵から五千万の報酬で動画の回収を持ちかけられ、もうちょっとで誘いに乗るところだった。

あのとき脳裏に閃いたのはマチルダの寝顔だった。満ち足りた表情でまぶたを閉じて無心に眠る顔、呼吸とともにゆっくり上下するふわふわの毛並み。そしてそれを眺めているときの、なごんだ心。あのとき感じたなにかを、ことばにするのはむずかしい。ただ直感的に矢淵の考えはまちがっていると思い、誘惑をしりぞけられた。

壮真はスマホの電源を切っているので、澪央が天音と連絡をとりあっている。けさ澪央に天音から電話があって三時ごろにこっちへくるといったそうだが、もう三時半になった。ラインの着信音がして澪央がスマホを見ると、アマ姉、遅れるみたい、といった。

「まだおかあさんの調子がよくないんで、娘さんの晩ごはん作ってからいくって」

店長も大変だな。壮真はそういって自分のスマホの電源を入れた。電源オフのときに着信があった場合、電源を入れるとショートメッセージで通知がくる。不審な電話がかかってきていないか、びくびくしつつ画面を見ると父から着信があった。父とはコーポ村雨に引っ越してまもなく話したきりだ。なんの用か気になって廊下にでると、父に電話した。

けさ高校の同級生から電話があったぞ、と父はいった。

「同窓会の案内状を送りたいから、おまえの住所を教えてほしいって」

「高校の同級生？　なんて名前」

「えーと、なんだっけ。田中《たなか》っていってた」

「——同級生にそんな奴いないけど」

「ところでおまえはどうしてる？　まだバイトしてるのか」

適当に返事をして電話を切ると、壮真は考えこんだ。父の電話番号をどうやって調べたのかわからないが、偽名で電話するような人物といえば心あたりはかぎられている。矢淵か如月、あるいはジャークス。おれが実家に帰っているかどうか確認したのか。父の電話番号を知っているというおどしなのか。どちらにしても事態はますます切迫してきた。暗澹《あんたん》とした気分で座敷にもどったら、澪央が雑巾で畳を拭いていた。

「マチルダが吐いたの」

猫は毛づくろいで軀を舐めるので、ときどき毛玉を吐く。マチルダも過去に何度か吐いたが、体調に問題はなかった。マチルダを捜すと座卓の下に寝そべっていた。吐いたばかりなので眼に涙が溜まり、ぐったりしているように見える。声をかけても反応が鈍い。

「具合悪いのかな」

「吐いたのが黄色っぽかったのも気になる。あたしが病院に連れていく」

「おれもいっしょにいくよ。店長はまだきそうもないから」

マチルダをキャリーバッグに入れて、日暮里駅のそばにある動物病院にいった。待合室は犬や猫を連れたひとびとで混んでいて、だいぶ待たされた。四十がらみの女性獣医はマチルダを診察して、特に異常はないといった。

「吐いたのが黄色かったのは胆汁だと思う。空腹やストレスが原因で胃酸が過剰に分泌されると、胆汁が胃に逆流して吐いちゃうの。おなかをすかせないよう気をつけてあげて」

診察を受けるまでは心配でたまらなかったが、ようやく気分が落ちついた。獣医によると猫は天敵から身を守るため、本能的に体調不良を隠そうとする。そのせいで重い病気を見逃してしまうことがあるという。

動物病院をでると雲間から夕陽が射していた。壮真はキャリーバッグをさげ、澪央とならんで歩いた。駅前の通りは家路を急ぐひとびとで混んでいたが、谷中霊園へ近づくにつれ通行人はすくなくなる。猫って弱ったところを見せたくないんだ、と澪央がいった。

「野生のころはきびしい環境だったから、そうなったんだろうね」

「マチルダはぜんぜん安心していいのに。具合が悪いときは、ちゃんというんだよ」

壮真はキャリーバッグを持ちあげて声をかけた。メッシュの窓から見えるマチルダは、眠いのか薄目を開けてこっちを見た。帰ったら、さっそくおやつをやろう。

痴行寺のそばまできたとき、前方から黒いアルファードが近づいてきた。アルファードは路肩に停まり、男がふたりおりてきた。ひとりは髪をツーブロックにしてサングラスをかけ、迷彩柄のTシャツにカーゴパンツ。もうひとりは長髪をうしろでまとめたマンバンヘアで顎ひげを生やし、胸元の開いた黒シャツとダメージジーンズ。どちらもガラが悪そうな雰囲気だから緊張していると、ふたりはこっちに眼をむけず車体の下を覗きこんでいる。

故障でもしたのかと思いつつアルファードの横を通りすぎた。とたんに背後から襟首をつかまれた。振りかえるまもなく足を蹴られてひきずり倒された。道路に背中を打ちつけた衝撃で息ができない。茜色《あかねいろ》に染まった空を見あげて苦悶していたら、何秒かして呼吸ができるようになった。背中の痛みをこらえて半身を起こすと、澪央が長髪の男に抱きすくめられてもがいていた。サングラスの男がキャリーバッグのハンドルを持ちあげて窓を覗き、

「なんだ、クソ猫か」

「なにしてるの。その子を放してッ」

澪央が叫んだ。

「こうか」

サングラスはハンドルから手を放し、キャリーバッグを地面に落とした。

どさりと音がして、ううう、とマチルダがうなるように鳴いた。やめてーッ。澪央が悲鳴をあげた。誰かに助けを求めたかったが、背中が痛くて声がでない。あたりに通行人はおらず、車もこない。こんなとき鳶伊がいてくれたら――。サングラスはミリタリーブーツを履いた片足をキャリーバッグに乗せて、

「クソ猫を踏み潰されたくなかったら、車に乗れ」

「あんたたちはジャークスでしょ。そんなことしたら、あの動画をネットに流すよ」

澪央がサングラスをにらみつけて怒鳴った。サングラスは平然としてミリタリーブーツの踵を振りあげた。いまにもキャリーバッグを踏み潰しそうだ。

「乗るのか、乗らねえのか」

「乗る。乗るから、その子は逃がしてやって」

「じゃあ、さっさと乗れ」

顎ひげの男は澪央をアルファードのほうへひきずっていく。

「ソーマ、マーちゃんをお願いッ」

澪央がそう叫びながら、開いたスライドドアの奥に押しこまれた。あわてて立ちあがると背骨が軋《きし》むような痛みが走った。サングラスが壮真の腕をがっしりつかみ、おれたちがきた理由はわかるだろ、といった。

「おまえも車に乗るんだよ」

男の声に聞きおぼえがある。あれは八月末だったか、夜に宅配便を装ってコーポ村雨に押し入り、鳶伊に拳銃をむけた奴だ。車に乗ったら終わりだと思ったが、マチルダを逃がすのが先決だった。壮真は痛みと緊張に声を震わせて、

「わかった。そのまえに猫を逃がしてやりたい」

サングラスの足元にあるキャリーバッグを顎で示した。ふふんとサングラスは嗤《わら》い、もう一方の手でキャリーバッグのハンドルを握った。

「クソ猫も連れていこう。もし逆らったらバッグごと車で轢《ひ》くぞ」

サングラスに背中を押されてアルファードに乗ると、澪央は三列目の座席にいて両手を結束バンドで縛られていた。こっちを見た彼女の顔に落胆の色がある。サングラスはキャリーバッグを澪央の膝に放り投げ、壮真を隣に坐らせた。運転席にニット帽をかぶった男、助手席に顎ひげの男がいる。車内には腹に響くような低音でギャングスタ・ラップが流れ、タバコの臭いが鼻につく。壮真は両手を結束バンドで縛られながら、

「ごめん。逃がしてやれなかった」

澪央に詫びたら、黒い布袋を頭からかぶせられ視界が闇になった。

24

アルファードは繁華街を走っているらしく、ひとびとのざわめきや車が行き交う音が聞こえる。こいつらの目的は、あの動画を回収することだろう。あの動画はスマホにあるが、それを削除しても無事に帰れるとは思えない。これからどうなるのか考えると、布袋に覆われた顔や両手にじっとり汗がにじむ。口のなかはカラカラに渇き、舌が木片のような感触だった。

スマホで緊急通報したいが、視界をさえぎられ両手を縛られていてはなにもできない。隣にいる澪央は無言だった。沈黙に耐えきれず声をかけたら、

「黙ってろ」

頭をはたかれた。サングラスはまえの座席にいるようだ。

アルファードは三十分ほど走って停まり、スライドドアが開く音がした。さっきまで街の騒音が聞こえたが、いまは静かだった。おりるぞ。サングラスの声とともに腕をひっぱられ、車からおろされた。肩をつかまれすこし歩くと、建物に入った気配があり短い階段をおりた。目隠しした状態で階段をおりるのは怖い。ドアを開ける金属音が響き、背中を押されてまえに進んだとこ

ろで布袋をはずされた。

そこは天井も壁も床もコンクリートが剝きだしの薄暗い部屋だった。サングラスが壁のスイッチを押すと、天井に一本だけある蛍光灯がつき、ちりちり音をたてた。広さは六畳ほどで、床はじめじめして饐えた臭いがする。どこかの倉庫のような雰囲気だ。

室内には汚れたマットレスと青いポリバケツがあるだけで、ほかに家具はない。床にタバコの吸殻が散らばり、空のペットボトルと缶コーヒーの空き缶が転がっている。天井近くに横長の採光窓がある。窓は半開きで外の風が入ってくる。澪央とマチルダは、ほかの部屋に連れていかれたらしい。

壮真は必死で頭を働かせた。おれたちがいなくなったら、仲間があの動画を警察とマスコミに送るようになってる。そういっておどそうかと思ったが、逆に仲間が誰なのか問いただされるだろう。こいつらはジャークスにちがいないから、矢淵を通じて交渉できないか。無条件で動画をわたすといえば解放されるかもしれない。そう考えてサングラスに声をかけた。

「矢淵さんと話がしたい」

「誰だそれ。そんな奴知らねえぞ」

「あんたたちは、あの動画を回収したいんだろ。だったら――」

「うるせえ」

サングラスは薄い唇をゆがめた。壮真は溜息をついて、

「澪央は――さっきの子と猫はどこにいる？」

そう訊いた瞬間、顔面に拳がめりこんだ。まぶたの裏で青い火花が散り、鼻の奥に突き抜ける

ような痛みが走った。塩辛い液体が喉にあふれ、鼻から血が噴きだした。激痛に立っていられず床にへたりこんだ。

「うるせえっていってんだよ。このクソが」

サングラスはカーゴパンツのサイドポケットから、折り畳み式のナイフをだした。思わずあとずさったらサングラスはナイフで結束バンドを切断して、スマホ、といった。逆らえば刺されそうだからスマホをわたすしかなかった。

「動画はこのなかか」

壮真はうなずいた。サングラスはスマホの画面をこっちにむけて顔認証でロックを解除すると動画を確認して、ほかには？　と訊いた。

「パソコンとかタブレットとかに保存してねえか」

ないと答えたら、また顔面に拳が飛んできた。鼻血がぼとぼとしたたってコンクリートの床にいくつも血痕ができた。鼻をぬぐった手も血まみれになった。

「ないじゃねえ。ありません、だろ」

「――ありません」

「ほかには誰が持ってる？　連れの女以外に」

「持ってません」

「おまえはいまどこに住んでる？」

痴行寺に住んでいることは口が裂けてもいえない。

「日暮里のネカフェです」

「嘘つけ。連れの女とクソ猫がいるじゃねえか」

「あの子はきょう会ったばかりで、どこに住んでるかは知りません」

「まあいい。あとでどうせわかる。シェアハウスにおまえの仲間がいただろ。いかついジジイとリーマンみてえな奴が。あいつらの名前と居場所をいえ」

「仲間じゃありません。同居してただけで――」

「名前くらい知ってるだろが。また殴られてえのか」

鳶伊と沼尻のことは隠しておきたかったが、シェアハウスの同居人が誰か知らないというのは無理がある。しかたなく氏名をいうと居場所を訊かれたが、

「わかりません。シェアハウスをでてから連絡とってないので」

「嘘だったら、連れの女と猫を殺すからな」

サングラスはスマホを持って部屋をでた。がちゃがちゃと鍵をかけるような金属音がする。すこしして鼻血にむせながら立ちあがりドアノブをまわしたが、当然のように開かなかった。天井近くの採光窓から外の様子が見えないか。ジャンプすると緑の雑草が見えたが、背中にずきんと痛みが走った。部屋は半地下にあるらしい。部屋の隅にあるポリバケツを覗いたら、なかは茶褐色に汚れて糞便の臭いがした。

「最悪だ――」

壮真はマットレスに腰をおろし、両手で頭を抱えた。悪夢を見ている気分だが、これはまぎれもない現実だった。澪央もおなじような目に遭わされているかと思ったら、はらわたがよじれるような憤りを感じる。せめてマチルダを逃がしてやりたかったが、それもできなかったのが悔し

い。マチルダになにかするとおどされたら澪央は逆らえない。もちろんおれも。

泣きたい気分でうなだれていると、がちゃがちゃと音がした。顔をあげたらドアが開き、みすぼらしいジャージ姿の男が入ってきた。ドアが閉まり鍵をかける音がする。一瞬誰かわからなかったが、青黒い痣《あざ》だらけの顔を見て思わず声をあげた。

「透也──」

痣だらけのうえに頬がげっそりこけた透也は頭をさげて、

「ごめんな。おれのせいで──」

ふざけんなよッ。壮真は声を荒らげた。

「あやまってすむと思ってんのかッ」

透也は無言で床にしゃがんで膝を抱えた。左手のひと差し指と中指に、血がにじんだ包帯を巻いている。こっちに坐れよ。マットレスを顎でしゃくったが透也は動こうとせず、知らなかったんだ、といった。

「おれが配達してた大麻の元締めがジャークスだったなんて──」

「なんで知らねえんだよ。おまえは矢淵さんに世話になってるっていっただろ。あのひともジャークスにからんでるじゃねえか」

「でも気づかなかった。矢淵さんはなんでもぼかして話すから。それに、あの動画に映ってたのが凍崎拳だとは思わなかった」

「ジャークスとジギープロがつながってるのも知らなかったのか」

「知ってたら、あの動画で儲けようなんて思わねえよ」

透也はジギープロモーションと交渉をはじめてまもなく自宅に踏みこんできた男たちに捕まり、半殺しの目に遭った。動画を保存していたスマホやノートパソコンは奪われたが、

「そのときに、ついあいつらをおどしたんだ。おれを拉致ったら、ダチが動画をネットに流すぞって――そしたらあいつらに拷問されて、おまえのことをしゃべっちまった」

透也は指に包帯を巻いた左手を上にあげた。爪と指のあいだに竹串を突き刺されたと聞いて、壮真はかぶりを振った。きょうおれを拉致したサングラスが宅配便を装ってコーポ村雨にきたのは、そのあとだろう。サングラスの素性について訊くと透也は声をひそめて、

「城力剛《じょうりきごう》さんか。あのひとはめっちゃやべえ。キレたらなにするかわかんねえから、クレイジージョーってあだ名がついてる」

「顎ひげの奴は？」

「城力さんの手下。本名は知らねえけど、まわりからパッキーって呼ばれてる。やべえクスリでしょっちゅうパキってるから」

「パキってる？」

「クスリがドンギマリでハイになってんだよ」

「誰に聞いたんだ、そんなこと」

「ドープさん。おれがあの動画撮ったとき、六本木パレスタワーにスキンヘッドの男がいただろ。おまえも会ったじゃん」

ドープ――堂府翔大はＤＪとして活動していたが、裏の顔は違法薬物の売人《プッシャー》だった。透也は堂府に指示されて大麻を運んでいたという。壮真はあきれて溜息をつき、

「ニュースで見た。東京湾で死体が見つかったって」

「ドープさんは芸能界に客をたくさん持ってたし、黒瀬リリアがどうして死んだか知ってたから、口封じのために消された。あれやったのも城力さんだと思う」

「その城力と仲間は、うちのシェアハウスに押しかけてきたぞ。動画をよこせって」

「――マジごめん」

「そのまえには村雨さん――うちの大家の自宅に強盗が入った。おまえはそのあと電話してきて、あれ、おまえんとこの大家だろ、っていったよな。でもテレビのニュースじゃ、村雨さんの顔にぼかしが入ってた。なのに、なんで村雨さんだとわかったんだ」

透也は無言でうつむいた。

村雨宅に押し入った二人組は闇バイトの求人に応募し、強盗を指示されたと供述した。指示役の正体は不明だが、ジャークスの関与が疑われている。壮真はそれを口にして、

「おまえ、村雨さんのことを誰かにしゃべったんじゃねえか」

あのときはテンパってたんだ。透也がうわずった声でいった。

「まとまった金がほしくてアイスの――シャブの配達もはじめたら、ドープさんから預かったシャブを帰り道で誰かにひったくられた。それでドープさんに借金ができた」

西麻布のマンションにいったとき、透也が疲れているように見えたのはそのせいだろう。

「ひったくりはジャークスかもしれないぞ。ドープも怪しい」

「おれもやらせっぽいと思った。でも、そんなこといえねえよ。早く借金かえしたいならタタキやれってドープさんにいわれたけど、それは断った。だったら金持ってる高齢者知らねえかって

訊かれて――」

「タタキって?」

「窃盗とか強盗だよ」

「それで村雨さんちに強盗が入ったんだ」

「なんべんもいうけど、ごめん。おれが悪かった」

「おまえは大学生だろ。なに考えてんだよ。なんで大麻の配達なんかはじめたんだ」

透也は肩を落としてうなだれると、

「はじめはふつうのバイトのつもりだった。ネットに配達員募集って求人があって条件がよかったから応募した。そしたら突然おれんちに荷物が送られてきて、池袋の公園に運べってメールがきた。荷物の中身はアダルトグッズだっていう。怪しいと思ったけど、金がほしくていわれたとおりにした」

公園に着くと、ふたたびメールが届き、公衆トイレの指定された個室に荷物を置くよう指示がきた。それが終わって帰宅したら郵便ポストに封筒が入っていた。封筒の中身は三万円だった。

「やべえから、もうやる気はなかった。メールで次の依頼がきたけど断ったら、おまえが運んだ荷物はシャブだって。やらねえなら警察《サツ》にチクるぞっていう。むこうには個人情報知られてるから断れなかった」

「そんな求人に応募するからだろ。闇バイトじゃねえか」

「募集が載ってたのは大手の求人サイトだった。それで信用できると思ったんだよ」

透也がしぶしぶ依頼をこなしていると、あるときファミレスに呼びだされ、べつの仕事をやらないかと誘われた。仕事の依頼主に会うのははじめてで、そこにいたのが堂府翔大だった。透也はどうせ辞められないのなら、もっと稼ぎたいと思い、大麻の配達をはじめた。

「ドープさんに紹介されて矢淵さんに会った。矢淵さんの話を聞いてると罪悪感がなくなって、いまの社会のほうがおかしいって思った」

そういえば、金欠だったころの透也はいつも求人サイトでバイトを探していた。おれも大学を中退してから、と壮真は思った。稼げるバイトばかり探していただけに、いつ闇バイトにひっかかってもおかしくなかった。

もう陽が沈んだらしく採光窓から外の光は見えない。鼻血は止まったが、腫れあがった鼻は熱を持ってずきずき痛む。透也がふと顔をあげて、

「おれはもうだめだけど、おまえは助けてやりたい。でも動画がぜったい表にでないって保証がねえと、あのひとたちは納得しねえ。だから、ほかに動画を持ってるのは誰か、動画のこと知ってるのは誰か話すしか――」

「なんでおまえがそんなこという？　だいたい、ここはどこなんだッ」

透也は声をださずに唇を動かした。いけぶくろ。鍵をあける音がしてドアが開き、サングラス――城力という男が入ってきた。城力は透也にむかって、

「すんだか」

「いえ、まだ――」

「もういい。この役立たずがッ」

「すみません。あとちょっと話したいんですが――」

「だめだ。おまえはあした出発だろうが」

「出発？」

壮真は訊いた。透也が眼を伏せて、

「おれはカンボジアに――」

「よけいなこというんじゃねえ。さっさとでてけ」

透也が部屋をでていくのを呆然と見送った。あいつは城力とぐるだ、と壮真は思った。城力に強制されたにせよ、さっきまで話をしたのは、おれから情報を聞きだすためだった。あいつを助けたくて、みんなを巻きこんでしまったのに――。

裏切られた悔しさに唇を嚙み締めていると、またドアが開き、顎ひげの男――パッキーが澪央の肩をつかんで入ってきた。キャリーバッグをさげた澪央の顔は青ざめていたが、怪我はしていないようだった。城力はサングラスをはずすと爬虫類《はちゅうるい》のような三白眼でこっちをにらみ、おまえらはまだ嘘をついてる、といった。

「ぜんぶ正直に話せば命だけは助かる。が、まだ嘘をつく気なら、ここでくたばるはめになる。もう殺してくれって、泣いてせがむほど痛めつけたあとでな」

ただのおどしではなく、こいつらはほんとうにやるだろう。

「十分だけやる。ふたりでどうするか決めろ」

城力はパッキーと部屋をでていき、ドアに鍵をかける音がした。澪央はキャリーバッグを開けてマチルダを外にだし、ごめんねごめんね、窮屈だったよね、といった。マチルダは長いあいだ閉じこめられていたせいか、哀《かな》しげな声で鳴いて大きく伸びをした。胸が張り裂けそうな思いで頭を撫でていたら、澪央が訊いた。

「どうしたの、その鼻」

「さっきの奴に殴られた。澪央は大丈夫？」

「うん。潰れたバーみたいなところに閉じこめられてた。ここがどこかわかる？」

「透也は池袋っていってた」

「会ったの？」

「会ったけど、あいつはもう信用できない」

潰れたバーがあって池袋なら、ここはテナントビルかもしれない。ここに着いてから、どのくらい経ったのか。いまごろ天音は心配しているだろうが、連絡するすべはない。

「スマホは当然持ってないよね」

「あたし二台持ちだから一台は隠しておきたかったけど、ソッコーとりあげられた。それより早く逃げなきゃ。なんとかして外にでられない？」

澪央は室内を見まわした。無理だよ。壮真は採光窓を指さした。

「あそこは背が届かないし、届いても窓がせまいから軀が入らない」

次の瞬間、ある考えが閃いた。澪央もおなじことを考えたようで眼があった。

25

病室の窓から見えるビルの群れに明かりがともった。

刑務所《なか》では灰色の高い塀にさえぎられ、外の景色はいっさい見えなかった。そのせいで娑婆にでたばかりのころは街を歩くと頭がくらくらした。最近はようやく慣れたものの、こうしてベッドに横たわり、きらびやかな夜景を眺めているのは贅沢に感じられた。

左手の甲には、あいかわらず点滴の針が刺さっている。あした冠動脈形成術を受けて二、三日すれば退院できる。退院しても無理は禁物だと主治医はいったが、養生しているひまはない。

「しかし人生ってのはわからないねえ――」

夕食のあと、隣のベッドの老人はけさとおなじ台詞を口にした。

「女房はオレオレ詐欺にひっかかって、大事な貯金をだましとられるし、息子は息子でせっかく入った会社を辞めちまうし――おれが働けりゃあいいけど、こんな軀だろ。何十年も水道工事やって、なんのために生きてきたんだか――」

隣のベッドに眼をやると、老人は自分の掌を見つめていた。水道工事で鍛えられた掌は分厚く指が節くれだっている。しかし顔は赤黒くむくんでいる。病人が掌を見るのは「手鏡」といって死期が近いと帯刀に聞いたことがある。

鳶伊はそれを思いだして左手を顔にかざした。ヤクザが指を詰めるとき、はじめは左手の小指を詰め、次は右手の小指を詰めるのがふつうだが、小指がないと刀を握る力が落ちる。右手の握力は残しておきたくて、二度目は左手の薬指を詰めた。小指は弟分の不始末を詫びるため、薬指は組どうしの喧嘩を仲裁するためだった。

「親にもろた軀を粗末にするな。このバカたれがッ」

どちらのときも帯刀に殴られたが、実の親を知らないせいか心に響かなかった。両親も家族もいないだけに隣の老人のような悩みとは縁がなかった。けれどもいまは——と考えたとき、床頭台の上でスマホが震えた。相手は天音だった。

「お見舞いいけずにごめんね。体調はどう？」

「よかです。心配なかです」

「壮真か澪央から連絡あった？」

「きょう見舞いにきてくれたですが」

「それ以降は？」

「なんかあったとですか」

「いま痴行寺にいるんだけど、ふたりとも帰ってこないの。電話してもつながらなくて——」

愚童に聞いたところでは、壮真と澪央は夕方にマチルダを動物病院に連れていったという。いまの時刻は八時をまわっている。マチルダを連れているなら、寄り道してもとっくに帰っているはずだし、天音や愚童に連絡しないのもおかしい。天音は続けて、

「沼尻さんもいないけど、ゆうべ落ちこんでたから痴行寺をでていったのかも」

「あとで話しましょう。いまからいきますけん」

「それはだめ。鳶伊さん、無茶しないで」

鳶伊は返事をせずに電話を切った。すぐに着信があったが無視して点滴の針を引き抜き、ベッドから起きあがった。病衣を脱いで作業着に着替え、安全靴を履いた。続いて入院のしおりの裏にペンを走らせた。無断で外出することを詫び、後日あらためて入院するが、それができなかった場合、費用は代理の者が持参すると書いた。入院のしおりを枕の上に置き、壮真たちが持ってきたタオルを手にして病室をでようとしたら、

「あんた、どこへいくんだよ」

隣のベッドの老人がこっちを見ていた。鳶伊は声をひそめて、

「すみません。急用ができたんで」

「あしたはカテーテルだろ」

「そうなんですが、どげんしても、やらないけんことがありまして」

「――男にゃ、そういうことがあるよなあ」

老人はうなずくと床頭台の引出しから薬袋をだして、

「ニトロの舌下錠。胸が苦しいときゃあ、これを舌の裏に入れてりゃおさまる。おさまらねえなら重症だ」

「しかし――」

「こいつァ、あまった薬。遠慮しねえで持っていきな」

鳶伊は一礼して薬袋を受けとり、老人の節くれだった手を握った。

品川から日暮里まで電車で二十五分、あとは走って四十分弱で痴行寺に着いた。走っているあいだに息が切れたが、心臓はまだ持ちこたえている。途中で雨が降りだし、入院するまえから着ている作業着がぐっしょり濡れて不快だった。

庫裡の座敷に入ると天音が駆け寄ってきた。壮真と澪央は帰っておらず、沼尻もいない。愚童は檀家の通夜にいったという。天音はいつになく疲れた表情で、

「壮真たちのことを知らせたら、鳶伊さんはぜったい帰ってくると思った。だから電話するのを迷ったんだけど――」

「知らせてもろてよかったです」

「鳶伊さんに電話したあと車で近所を捜したの。そのとき通りかかったおばさんとしゃべったら、壮真と澪央は見てないけど、ガラの悪そうな男たちが乗った黒い車がうろついてたって。ふたりはジャークスにさらわれたんだと思う」

「マチもおらんとでしょう」

「うん。拉致事件は時間が経つほど捜査がむずかしくなる。こうなったら警察に頼るしか――」

「やけど店長は警察に――」

「壮真たちに聞いたのね。わたしのこと」

鳶伊はうなずいた。

「わたしは警察から面汚《つらよご》しの裏切り者だと思われてるし、捜査員にジャークスの内通者がいたらやばいけど、ふたりとマチルダを助けるにはほかに方法が――」

「警察じゃ、まにあわんでしょう」

「じゃあ、どうするの」

「わしのやりかたでやらせてもらいます。店長に運転頼んでよかですか」

「いいけど、いったい――」

天音を座敷で待たせて八畳間に入ると、ずぶ濡れの作業着を脱いで下着を着替えた。これが死に装束になるかもしれないからスーツとワイシャツを着た。鳶伊はいままで怒りにまかせて行動したことはなかった。どんなときでも冷静さを保つのが、戦いの基本だった。帯刀の敵を討つときでさえ、感情に流されず綿密に計画をたてた。けれどもいまは全身の血がたぎっていた。


壮真はマチルダを抱いた澪央を肩車して採光窓の下に立った。澪央が半開きの採光窓を押し開けてマチルダを外にだし、早くいってッ、と押し殺した声で叫んだ。この部屋は半地下にあるので、さっきジャンプしたとき緑の雑草が見えた。つまり外は地面だから、そのまま走れば逃げられるはずだ。

澪央が採光窓を閉め、壮真の肩からおりると、がちゃがちゃ音がしてドアが開いた。城力剛とパッキーが入ってきた。城力はファスナーの開いたキャリーバッグを蹴りあげ、

「てめえら、クソ猫を逃がしたな」

壮真は澪央をかばって彼女のまえにでた。城力は三白眼でこっちをにらみ、

「このぶんじゃ、まだ嘘をつく気だろ。ぜんぶ正直に話さねえとどうなるか、さっきいったよな」

ぜんぶ正直に話してやるよ。澪央が叫んだ。

「あんたたちがほしがってる動画は、仲間が安全な場所に保管してる。早くあたしたちを解放しなきゃ、警察とマスコミに――」

「またその話か。それがガチなら仲間がどこにいるか訊かねえとな。っていっても、おまえらは信用できねえ。いまからひとりずつ拷問すっから、仲間の居場所を吐け」

おーいッ。城力が大声をあげると、マスクにジャージ姿の男が三人、部屋に入ってきた。三人はスタンガンや特殊警棒を持って、こっちに詰め寄ってくる。壮真は身がまえたが、なにも抵抗できぬまま両手と両足を結束バンドで縛られ、コンクリートの床でうつ伏せにされた。澪央はパッキーに肩をつかまれ、罵声をあげながらもがいている。彼女を助けようにも、こんどは両手をうしろ手に縛られたから立ちあがることもできない。

「さあ、これからどうすると思う?」

城力がこっちを見おろすと、愉快そうな表情で訊いた。

「自分が拷問されると思っただろ。でも、それはまだあとだ。いまから連れの女の動画を撮る。闇サイトで飛ぶように売れる、えぐい動画をな。おまえはそれを見物するんだ」

バッカじゃね。澪央がせせら笑って、

「あたしにそんなことさせられると思う?」

「思うね。もうすぐ、どんなことでもするようになる」

城力はカーゴパンツのポケットから、ちいさなビニール袋をだした。ビニール袋のなかには黒っぽい錠剤が入っている。城力はそれをひらひら振って、

「こいつはブルンダンガ、コロンビアじゃ『悪魔の息吹』って呼ばれてるドラッグだ。こいつを

呑めば自分の意思は無効になる。自制心がゼロになる。しかも自分がなにをやったか記憶はぜんぜん残らねえ。動画には動画でおかえししてやるよ」

パッキーが澪央を羽交い締めにし、錠剤を持った城力が彼女に迫っていく。

「やめろッ。やめてくれーッ」

壮真は身をよじって絶叫した。


歌舞伎町のネオンが雨ににじんでいる。

天音はコインパーキングでハイエースバンを停めた。フロントガラスを掃くワイパーの単調な音が響く。ほんとにやるの？　天音が不安げな表情で訊いた。助手席の鳶伊はうなずいてシートベルトをはずし、

「ここで待っとって、わしがメールしたらビルのまえに車まわしてください」

「わかった。でも鳶伊さんになにかあったときは——」

鳶伊は答えずに車をおりると雨に濡れながら歩きだした。ここへくる途中で寄ったコンビニのレジ袋をさげている。テナントビルの階段をおりてガットのドアを開けると、色白で整った顔の男がカウンターのなかにいて、アイスピックで氷を割っていた。壮真が撮った動画で見た如月琉星である。幸い客はいない。

いらっしゃいませ。如月がそういってから怪訝《けげん》な顔でこっちを見た。鳶伊は黒い大理石のカウンターにレジ袋を置いて椅子にかけ、ビール、といった。如月が眉間に皺を寄せて、

「あの、どなたかのご紹介で？」

「聞いとらんのか。矢淵と待ちあわせじゃ」

ビールの銘柄を訊かれて、なんでもよか、と答えた。如月が小瓶のビールの栓を抜いてビアグラスに注ぎ、コースターの上に置いた。鳶伊はビアグラスを指さして、

「なんかこれは」

尖った声で訊いた。は？　如月は眼をしばたたいた。

「これがわからんとか。ようと見らんか」

如月がビアグラスに顔を寄せた瞬間、右手で髪をつかみカウンターに顔面を叩きつけた。ごんッ、と鈍い音がして血と唾と歯が何本か飛び散った。もう一度それを繰りかえして髪ごと頭を持ちあげると、顔面は血だらけで鼻がいびつに曲がり、前歯の欠けた口から赤いよだれが垂れていた。髪から手を放したら、如月はカウンターのむこうに倒れこんだ。鳶伊はカウンターのなかに入り、矢淵を呼べ、といった。


コンクリートの床をちいさな灰色の蜘蛛《くも》が這っている。

壮真はうつろな眼でそれを見ながら、平穏だった日々を思った。大学生のころは退屈な講義を聞き、金と女のことばかり考え、就活に焦りをおぼえ、ユーチューブやＳＮＳやアダルト動画を観て、あとはゲームをした。コロナ禍で父の会社が倒産し、大学を中退したときは不満だらけだったが、それでも平穏だった。

壮真は両手と両足を縛られたまま床にうつ伏せていた。城力たちはさっき部屋をでていったが、そのまえに澪央もおなじように縛られた。澪央は床を転がってマットレスに頭をもたせかけ、

「こうすると楽よ。こっちにきたら？」

動く気になれず、かぶりを振った。

澪央がブルンダンガというドラッグを呑まされるのは、見ていられなかった。そのせいで痴行寺に隠れていたことを白状してしまった。鳶伊が品川の病院にいることも。

これで救出される見込みはなくなった。それどころか鳶伊はもちろん、天音や愚童の身もあぶない。三人を裏切った罪悪感にさいなまれ、しばらく涙が止まらなかった。城力たちは、いま痴行寺へむかっている。

泣かないで。澪央は何度もそういった。

「ソーマはあたしを助けてくれたじゃん。あのドラッグを呑まされたら、あたしもぜんぶしゃべってた。だから、どうしようもなかったのよ」

涙はやっと止まったが、これからどうなるのかを考えると絶望しかない。城力たちがもどってきたら、きっと殺される。ひと思いに殺されるならまだましで、拷問でもされたら泣きわめいて醜態をさらすだろう。澪央とふたりで話ができるのは、これが最後かもしれない。

壮真は大きく息を吸って、あのさ、といった。

「いままで、ありがとう」

「――なによ、あらたまって」

「おれのせいでこんなことになったけど、澪央に会えてよかった」

「あたしもソーマに会えてよかった。でもそんなこといったら、もう助からないみたいじゃん」

「だって、あいつらがもどってきたら――」

「あきらめちゃだめ。きっと助かるよ」

「澪央はすごいね。どうしてそんなに強いの」

「強いんじゃなくて、あきらめが悪いの」

「あきらめが悪い？」

「うちの両親は毒親だった」

澪央はぽつりとつぶやいた。

「ほんとのパパは渋谷のＩＴ企業に勤めてたけど、あたしが十歳のときに膵臓癌《すいぞうがん》で死んだ。ママはお金に困ってキャバクラで働きだして、そこの客と再婚したの。新しいパパは不動産会社の社長で金持だった。でも酒癖が悪くて、ママやあたしに暴力をふるう毒パパ。ママは毒パパのいいなりで、なにされても逆らわない」

「澪央をかばってくれないの」

「ぜんぜん。学校でもハブられたから、友だちはネットの世界にしかいなかった。両親ともあたしにかまわないぶんネットは自由にできた。それはよかったんだけど、何年かしてパパがあたしに関心持つようになって――」

「関心？」

「あれは中二の夏休みだったかな。夜、自分の部屋で寝てたら、いつのまにかあいつがいて、あたしの軀を触ってた。きゃーッって叫んでも、にやにやして酒臭い口でキスされた。おまえがかわいいから、こうするんだよ、親子なんだからって。あたしが大暴れしてあいつはあきらめたけど、次はやばいと思った。朝になってママにいいつけたら、パパのいうことを聞きなさいって」

「最低だな。親戚とか学校の先生には相談しなかったの」

「しなかった。親戚はつきあいなかったし、担任とはめっちゃ仲悪かったから。児相——児童相談所に相談して保護してもらったんだけど——そこから先は長くなるから、またこんどね。ただ、あたしはあきらめなかった」

またこんどがあるとは思えないが、澪央が会ったばかりのころ「あたし人間不信だから」といった理由がわかった。クソみたいな奴のいいなりにはならない、と澪央はいった。

「いまだって、ぜんぜんあきらめてない。ソーマも元気だして」

「元気はでそうもないけど——マチルダを逃がしてやれてよかった」

「うん。それはマジでよかった」

「いまごろどこにいるんだろ。池袋は車が多いから心配だな」

「もう池袋にはいないと思う。猫の行動範囲はせまくて、ふだんは自分のテリトリーからでない。でもいざとなったら、すごく遠くまで移動する。猫には体内時計や体内磁石、視覚や嗅覚で地理を認識する感覚地図があるから、知らない場所に連れていかれても家に帰れるの。アメリカの事例だと、自宅から三百キロ離れた場所で迷子になった猫が帰ってきたんだって」

「すごい帰巣本能だね。池袋から痴行寺までだと六、七キロってとこかな」

「猫は本気で走ったら時速四十八キロよ」

「ってことは——」

といいかけたとき、がちゃがちゃと音がしてドアが開いた。

鳶伊はカウンターの椅子にかけ、ビールを呑んでいた。

如月に電話をかけさせてから、レジ袋からだしたガムテープで手足を縛りあげ、口にもガムテープを貼った。如月はカウンターのなかに転がっている。矢淵凌には刑事が店にいるので、すぐきてほしいと伝えさせた。矢淵の顔も壮真が撮った動画で知っている。

さっきドアが開いてホスト風の男が顔をだした。若い女が肩にしなだれかかっている。

「あとにして。いま取りこみちゅうやけん」

左手をあげてそういうと、男は小指と薬指に眼をやって、すぐにドアを閉めた。

矢淵が警戒して店にこなければ如月の身柄をさらうつもりだが、またドアが開いてグレーの髪でブルーのスーツを着た男が入ってきた。鳶伊はスマホの画面をタップして天音にメールを送信すると、ガムテープを入れたレジ袋をカウンターからとって椅子をおりた。

「あんたは刑事《デカ》じゃないな。如月はどこにいる?」

そう尋ねた矢淵にすばやく近づき、右手に隠し持っていたアイスピックを顎の裏に突きつけた。

矢淵は両手をあげ、そういうことか、と苦笑した。

「あんたは壮真の仲間だろ」

「それがどうしたんか」

「こんなことしたって、あいつはもどってこない。さっき聞いた話じゃ、壮真はぜんぶ吐いたらしいぞ。あんたらが寺に住んでるのを」

「壮真たちはどこにおる?」

「こういうときのために、細かい情報はおれに伝わってこない。おれが誰かに拉致られても吐かないようにね。だから、おれをおどしたってむだだ」

「せからしい。壮真たちが無事にもどってくるまで、おまえは帰さんぞ」

「おれを人質にしようが殺そうが、上の連中はなんとも思わん」

「上の連中ちゃ誰か。凍崎ちゅう奴か」

「――知らんね。おれの立場じゃ会うこともできない」

「嘘やろが。おまえが凍崎と写っとう画像を見たばい」

「画像?」

「ジギープロのパーティじゃ」

「たまたま会っただけさ。なんにしても、あの動画はもうなくなったから、あんたらに交渉の余地はない。ジャークスに拉致られるまえに逃げたほうがいいぞ。金ならほしいだけ払ってやる」

鳶伊はアイスピックで顎の裏をつつき、のけぞった矢淵の手にレジ袋を握らせると、

「これば持って、ゆっくりうしろむきない」

「なんでレジ袋なんか――」

矢淵は乾いた声で笑って背中をむけた。矢淵の首に左腕をまわして自分に引き寄せ、腰のすこし上――背骨と脇腹のあいだをアイスピックで浅く刺した。痛いッ。矢淵が叫んだ。

「あと三、四センチ刺したら腎臓に届くばい。ボクシングやとキドニーブローちゅうて腎臓打つんは禁止されとう。激痛で動けんごとなって血のしょんべんがでる。パンチでそれやけん、アイスピックで腎臓ぶち抜いたら、どげなるかわかるやろ」

鳶伊はアイスピックを突き刺したまま、矢淵に歩くよう命じて店をでた。階段をのぼってテナ

ントビルのまえに立つと、道路のむこうからハイエースバンが近づいてきた。鳶伊は矢淵と荷室に乗りこみ、首にまわした左腕で頸動脈《けいどうみゃく》を絞めあげて失神させた。ハイエースバンはもう走りだしている。矢淵の両手と両足をガムテープで縛り、眼と口もガムテープでふさぐと、唾で濡らしたティッシュを丸めて両耳の穴に詰めこんだ。矢淵はこれで無音の闇のなかだ。

「店長、急いでください。ジャークスがいま痴行寺にむかっとうけ」

「えッ」

「壮真が吐かされたごたる。ご住職があぶないけん」

わかった。天音は答えてスピードをあげた。愚童に電話したが呼び出し音が鳴るだけで、つながらない。檀家の通夜からは、もうもどっているころだから不安がつのる。

痴行寺に着くと、天音は寺の裏にある駐車場にハイエースバンを停めた。鳶伊は山門をくぐって境内に入り様子を窺《うかが》った。不審な人影はない。天音に境内で待つようにいい、足音を忍ばせて庫裡に入った。庫裡のなかは土足で踏み荒らされていた。

座敷もほかの部屋も畳は濡れた靴跡だらけで、押入れや箪笥はひっかきまわされている。愚童を捜したが、どこにもいない。沼尻もいないから、やはり寺をでていったのか。玄関の引戸が開く音がしたので身がまえたら、天音が入ってきた。境内で待つのが辛抱できなくなったらしい。

「ご住職は？」

「おらんです。ひと足遅かった」

天音は室内を見てまわって溜息をつき、

「わたしのパソコンがなくなってる。壮真と澪央のも持っていかれたみたい」

「ちゅうことは――」

「あの動画はなくなった。もう最悪」

ふたたび玄関の引戸が開く音がした。急いで天音と廊下にでたら、愚童が玄関に立っていた。

ご住職ッ。天音が声をあげた。よかった、ご無事だったんですね。

「通夜のあと帰ろうと思うたら、べつの檀家から電話があって枕経にいっておった」

枕経とは臨終後すぐに枕元であげる経をさす。愚童は座敷に入ると靴跡だらけの畳を一瞥して、ここも賊に知られたか、といった。

「難儀なことじゃの」

「申しわけなかです。こげなご迷惑ばかけて」

「ほんとうにすみません」

鳶伊と天音は頭をさげた。かまわん、と愚童はいって、

「身どもにできることはなさそうじゃが、この寺は好きに使え」

鳶伊は駐車場にもどると、ハイエースバンの荷室を開けた。矢淵は床に転がって苦しげに鼻呼吸をしている。両眼をふさがれ耳にはティッシュを詰めてあるので、こっちには気づいていない。荷室には天音が積んでいたボディカバーがある。窓から矢淵を見られないよう、ボディカバーで車体を覆った。

矢淵が拉致されたことは、如月からジャークスに伝わるだろう。矢淵が自分でいったようにジャークスがなにも対応しないなら、壮真たちの救出はいっそう困難になる。壮真と澪央はもちろ

ん、マチルダになにかあったらと思うと燃えるような憤怒に拳が震える。

「まちっと落ちつかないかんばい」

鳶伊は胸のなかでひとりごちた。ジャークスにここを知られた以上、居場所を移るべきだ。奴らが大勢で襲ってきたら太刀打ちできない。庫裡の座敷にもどってそれをいうと、

「おぬしらはどこかへいくがよい。身どもは寺を動かん」

愚童はこともなげにいった。座卓で茶を飲んでいる。

「でしたら、わしもここにおります」

わたしも、と天音がいった。

「壮真と澪央は、あいつらにスマホを奪われたはず。だから連絡はとれない。でも、もし監禁されてる場所から逃げだせたら、ここに帰ってくるだろうし」

天音は庫裡の掃除をはじめた。放っておけ、と愚童はいったが、天音はかぶりを振った。鳶伊はアイスピックを手にして庫裡をでると駐車場にむかった。

26

ドアが開いて城力剛とパッキーが入ってきた。

城力は満足げな笑みを浮かべて、裏はとれた、といった。さっき仲間と痴行寺へいき、ノート

パソコンはすべて回収したといわれて気持が沈んだ。

「でも坊主はいなかったぞ。便利屋の女も」

内心ほっとしていたら城力が訊いた。

「おまえらは、まだ嘘をついてるんじゃねえか」

この男はどこまで疑い深いのか。首を横に振ると城力は続けて、

「なら、おまえらは用済みだ。透也のバカが面倒かけやがって」

「透也はカンボジアにいくんですか」

「あいつは殺す予定だったけど、一生飼い殺しでいいっていうから許してやった。カンボジアでオレオレ詐欺を手伝うのさ」

ジョーさん。パッキーが口をはさんだ。

「いいんすか。そんなこと話して」

「いいさ。こいつらはどうせ帰れねえ」

城力のことばにぞっとしていたら、お願い、と澪央がいった。

「トイレにいかせて」

壮真もずっと尿意を我慢していたので、おれも、といった。城力が鼻を鳴らして、

「知るか。そのまま漏らせ」

じゃあそうする、と澪央はいって、

「そのかわり、ほんとのこと教えないから」

「ざけんなよ。やっぱ嘘ついてたんだな」

「うん。でも正直に話すよ。あたしたちをトイレにいかせてくれたら」

城力は噛みつきそうな表情でナイフをとりだすと、澪央と壮真の結束バンドを切った。澪央の意図はわからないが、逃げ道を見つけるチャンスだった。

トイレは澪央と交替でパッキーがついてきた。パッキーは刀身の背がギザギザになったサバイバルナイフを持っている。目隠しをされなかったのは、城力がいったとおり解放する気がないからだろう。半地下のせいかトイレに窓はなかったが、薄暗い廊下の奥に階段が見えた。逃げるならあそこしかない。

部屋にもどったときドアに眼をやったら、ドアノブの横に後付けらしい金具がついており南京錠がさがっていた。室内に入ると、ふたりはまた両手と両足を縛られた。

「じゃあ話せ。ほんとのことってなんだ」

城力が訊いた。うん話すよ。澪央は軽い口調でいって、

「あの動画はアムステルダムに住んでるネット友だちに送った。もしあたしと連絡がつかなくなったらネットにアップしてってって頼んである」

「アムステルダム？」

「知らないの？　オランダの首都よ」

「なにがオランダだ、このクソ女が。ハッタリかましやがって」

「ハッタリじゃない。あたしのパソコンかえしてくれたら証拠見せるよ」

「だめだ。おまえのいうことは信用できねえ」

城力はパッキーのほうをむき、やれ、と顎をしゃくった。

「え？　おれがっすか」

「なにびびってんだ。しらふじゃできねえなら、パキってやれよ」

「おいっす」

パッキーはジーンズのポケットから、ガラス製のパイプと百円ライターをだした。パイプの先端は空洞で白い粉末が入っている。パッキーはパイプをくわえると百円ライターで先端を炙《あぶ》り、深々と煙を吸いこんだ。城力が顔をしかめて、

「それ、やべえやつだろうが。ほどほどにしねえと、ぶっ飛んじまうぞ」

パッキーはうなずいたが、まだパイプを炙って煙を吸いこんでいる。城力がそれをはたき落とし、パイプと百円ライターが床に落ちた。パッキーは満ち足りたような吐息を漏らすと、瞳孔が開いた眼をきらきらさせて、

「もうやれますよ。両方っすか」

「女はまだ金になる。とりま男だけでいい」

パッキーはサバイバルナイフを手にして壮真を見おろした。城力はブルンダンガの錠剤を指でつまんで澪央に近づき、これ呑んどいてもらおう、といった。

「いまからグロいシーンがある。お嬢ちゃんにはちょっと刺激が強いからな」

とうとう殺される。軀が情けないほどぶるぶる震えだし、下腹が冷たくなった。城力は腰をかがめると、澪央の顎をつかみ口に錠剤を押しこもうとした。澪央は口をつぐみ必死でかぶりを振っている。

やめろッ。叫ぼうとしたが、口のなかが渇ききって声がでない。もうおしまいだと思ったとき、

スマホの着信音が響いた。城力が画面を見るなり、立ちあがって電話にでた。

「はい、いまやろうとしてましたけど——え？　マジっすか——はい、わかりました」

城力は電話を切るとこっちをむいて、

「鳶伊って奴は入院してるはずです。入院してるんじゃなかったのか」

城力は舌打ちすると、パッキーをうながして部屋をでていった。鳶伊は病院にいないらしい。なにがあったのかわからないが、殺される寸前で助かっただけに全身の力が抜けた。城力のことばづかいからして電話の相手は立場が上の奴だろう。

「トビーがなにかやったのよ」

澪央がそういったとき、あることに気づいた。さっき城力とパッキーが部屋をでていったあと、がちゃがちゃと音がしなかった。あいつらはあわてていたから鍵をかけ忘れたのだ。壮真はあおむけになって床を指で探った。コンクリートの凹凸があるところで結束バンドをこすったら、わずかだがナイロンが削れる感触があった。澪央にそれを伝えるとおなじようにして、

「ほんとだ。削れてる」

「いまなら鍵がかかってない。逃げられるかも」

壮真は手の痛みをこらえつつ、結束バンドを床でこすり続けた。

矢淵は吐かなかった。アイスピックで鼻の粘膜を刺しても吐かなかったから、凍崎の居場所は知らないようだった。両手のガムテープをはずして凍崎に電話をかけさせたが、つながらないと

いった。矢淵は鼻血をだらだら流しながら、嘘じゃない、といった。

「あのひとたちは電話番号をしょっちゅう変えるんだ」

そのとき矢淵のスマホが鳴った。矢淵が電話にでるとすぐに切り、

「凍崎さんの部下からだった。警察に通報したら壮真たちを殺すといってた」

「おまえと交換で解放できんとか」

アイスピックを鼻にむけると、矢淵は折りかえし電話をかけたが、かぶりを振って、

「でない。あいつらは、おれを切り捨てるつもりだ」

あの動画がなくなった以上、壮真たちがあっさり解放されるとは思っていない。矢淵の両手をふたたび縛り、口にガムテープを貼ろうとしたら悲鳴をあげた。

「眼と耳はやめてくれッ。真っ暗闇でなにも聞こえない。頭がおかしくなる」

「あとでまたくるけん、どげんしたらええか考えちょけ」

もとどおり眼と口と耳をふさぎ、車にボディカバーをかけた。ひとまず相手の出方を待つしかないのがもどかしい。駐車場をでて境内を歩いていたら、山門をくぐって誰かが入ってきた。眼を凝らすとスーツケースをひいた沼尻だった。沼尻は眼をみはって、

「鳶伊さん、退院したんですか」

「うん。沼尻さんはどげんしたと」

「実はもう抜けさせてもらおうと思ったけど、みんなのことが心配になって――」

沼尻は決まり悪そうに眼を伏せた。栃木の実家に帰ろうと思ったが、途中でひきかえしたという。ふたりで庫裡にもどると、愚童はあいかわらず座卓で茶を飲んでいた。

「沼尻さん、帰ってきてくれたんだ」

天音は明るい声をあげたが、すぐに表情を曇らせて、

「帰ってきてくれたのはうれしいけど、まえよりもやばいことになってる」

天音から事情を聞いて沼尻は落ちこんだ様子だったが、

「ぼくにできることがあったら教えてください」

「そのときはいう。でも、ほんとに無理はしないでね。鳶伊さんはどこへいってたの？」

「矢淵ばおどして凍崎に電話させたけど、本人とは連絡つかんやったです。けど凍崎の手下から電話があって、警察に通報したら壮真たちを殺すて——」

矢淵とのやりとりを話すと天音は眉をひそめて、

「困ったな。どうすればいいんだろ」

むずかしいですね、と沼尻がいった。

「あの動画を奪われたうえに警察に通報もできないとなったら——」

「こっちのカードは矢淵しかない。矢淵はジギープロのパーティで凍崎と写ってたし、凍崎の電話番号を知ってるくらいだから、ジャークスではかなり上のポジションだと思う」

「でも、いま鳶伊さんに聞いた話じゃ、ジャークスは矢淵を見捨てると——」

時刻は午前一時だった。愚童がおもむろに腰をあげ、さて、とつぶやいた。

「身どもはひと眠りする。なにかあったら呼んでくれ」

沼尻が愚童が去っていくのを見送って、

「すごいな、ご住職は。こんなときによく眠れますね」

「もうお歳だもん。それにご住職は、まえにこういってた」

天音は宙を指でなぞり、平常心是道《びょうじょうしんこれどう》と書き、

「いろんな物事にとらわれない、ふだんの心が仏の道——仏道だって」

「ふだんの心じゃいられないですよ。とんでもないことになってるのに」

鳶伊はふたりの会話を聞きながら、べつのことを考えた。壮真と澪央とマチルダはなんとしても助けたい。が、いまの状況ではとうてい助けられない。ならば、とるべき手段はひとつしかない。鳶伊はスマホを手にして廊下にでた。


作業をはじめてどのくらい経ったのか。一時間くらいか、それ以上にも思える。手首のあいだがすこしゆるんだ感触に、力をこめて両手を広げると結束バンドがちぎれた。手と手首は擦り傷だらけで血がにじんでいた。

壮真は軀を起こすと膝立ちで移動し、パッキーが落とした百円ライターを拾った。百円ライターで足首の結束バンドを焼き切り、澪央のそばにいった。城力たちがいまにももどってきそうで心臓がばくばくする。澪央の手足が自由になると、及び腰でドアのまえにいき、恐る恐るドアノブをまわした。やはり鍵はかかっていない。ドアを細目に開けて廊下を覗いた。

「誰もいない。いこう」

声をひそめていうと澪央はうなずいた。ふたりは足音を忍ばせて廊下を進み、階段をのぼった。思ったとおり、ここはテナントビルらしく一階の廊下には飲食店の看板がならんでいた。看板の明かりはついておらず、埃っぽい臭いが廃墟《はいきょ》を思わせる。廊下の先に、やはり明かりの消えた非

常口の誘導灯があり、その下に金属製のドアがある。ドアを開けたとたん、

「待て、こらあッ」

怒声が廊下に反響した。ふたりは外に飛びだすと転がるように走った。背後から乱れた足音が追ってくる。ここは池袋でもはずれのようで、閑散とした通り沿いにシャッターをおろした商店やマンションがあった。雨で視界が悪く、どっちへ逃げればいいのかわからない。

澪央はまもなく息が荒くなり足が止まりかけたが、手をひいて走った。路地をいくつも曲がり足音が聞こえなくなったころ、通りかかったタクシーに乗りこんだ。中年の運転手に行き先を訊かれて、谷中まで、と答えた。壮真はシートにもたれて太い息を吐き、

「やった。助かった――」

「うん、ソーマのおかげ」

澪央はあえぎながらいった。壮真の手を握ったまま肩で息をしている。リアウィンドーを振りかえったが、追ってくる者はいない。池袋からだと二十分もかからず痴行寺に着く。深夜だけに道路はすいているから、もっと早く着くかもしれない。

マーちゃん、いまどこにいるかなあ。澪央がつぶやいた。

「あの子は頭いいから、ぜったい痴行寺に帰ってくると思う」

「うん。地域猫にもどしたときも帰ってきたしね」

「もう帰ってたらいいんだけどな。さっきの奴らにスマホをとりあげられるまえ、マーちゃんにお願いしたから」

「お願いってなに？」

「まだ秘密」

「なんだよそれ。そういや、アムステルダムのネット友だちってマジ？」

「トイレにいきたかったのと時間稼ぎ。でも嘘でもないよ。すごく影響力のあるインフルエンサーだから」

「ベリングキャットはオランダが本拠地っていってたけど、もしかして――」

澪央は笑って答えなかった。

気分が落ちついてくると疲労がどっと押し寄せて、まぶたが重くなった。澪央もぐったりした表情で眠っている。すこしうとうとしてまぶたを開けたら、千駄木をすぎたあたりだった。運転手に頼んで痴行寺に続く路地に入った。そのときヘッドライトの光芒《こうぼう》に、ぎらぎら光る歯を剥きだしたようなフロントグリルが浮かんだ。黒いアルファードが前方をふさぐように停まり、城力たちがおりてきた。やばいッ。壮真は叫んだ。

「運転手さん、早く逃げてッ」

「厄介ごとはごめんだよ。ここでおりて」

運転手はにべもなくいった。


庫裡の納戸に鉄製の錆びた火箸が二組あった。鳶伊はそれを持って座敷にもどり、上着とワイシャツを脱いだ。沼尻はいなかったから天音に声をかけた。

「店長、お願いがあるとですが」

両腕の外側に火箸を二本ずつガムテープで巻きつけてほしいといったら、

「なにをする気？　まさかどこかへ殴りこむとか——」

「殴りこんでくるとは、むこうでしょう」

「ジャークスが襲ってくるってこと？」

鳶伊はうなずいた。天音が手を動かしていると沼尻がもどってきて、

「なにしてるんですか」

「殴りこみの準備」

天音がいたずらっぽい顔でいって、

「冗談よ。鳶伊さんはジャークスがここにくるんじゃないかって」

「えッ、ほんとですか」

「いつくるかはわからんけど、あいつらがわしや店長を放っておくとは思えん」

「それはそうね。わたしのことが凍崎に伝わってるなら、よけい見逃せないだろうし」

「もしあいつらがきたら、店長と沼尻さんはどこかに隠れとって警察ば呼んでください。ちょうどええところで、わしがやられますけん」

鳶伊さんがやられる？　天音が眼をしばたたいて、

「それってどういう意味？」

「もと極道で前科者のわしでも、殺したら殺人事件やけん、捜査も大がかりになる。警察に事情話して壮真たちを捜してもろたら——」

「そんなのだめよ。鳶伊さんが死ぬなんて」

「いま死んだちゃ、あとで死んだちゃ変わらん。どうせ長《なご》ない命ですけ」

「だめ。あいつらがくるなら、わたしも戦う」

「そんな——相手はジャークスですよ」

沼尻がそういうと天音は頬をゆるめて、

「わたしはもと警官よ。剣道三段で逮捕術も得意」

「店長は無茶したらつまらんです。娘さんとおかあさんがおるとに」

天音は黙ってうつむいた。鳶伊は両腕に火箸をつけ終えてワイシャツを着た。ふと雨音にまじって、かすかな鳴き声が聞こえた。また心臓がおかしくなるかと思うほど、胸が高鳴った。急いで座敷をでて縁側にいくと、濡れそぼってちいさくなったハチワレの猫が、にゃー、と高い声で鳴いた。壮真と澪央がいないかあたりを見たが、姿はない。マチルダを抱きかかえて座敷にもどり、病院から持ってきたタオルで軀を拭いた。

「よう帰ってきた。よう帰ってきた」

鳶伊は胸が熱くなるのを感じつつ、そう繰りかえした。マチルダは尻尾をぴんと立て喉をごろごろ鳴らしている。無事でよかったあ、と天音がいって、

「マチルダがもどってきたってことは、壮真と澪央が近くにいるんじゃない？」

「わしもそう思うたけど、おらんやったです」

「わたしも見てくる」

天音が境内にいってもどってくると、かぶりを振った。なぜマチルダだけが帰ってきたのか。ドライヤーをかけるとマチルダの毛並みはふっくらしてきたが、バンダナ風の柄がついた首輪は泥で汚れている。汚れを落とすためにいったんはずそうとしたら、三角形の襟に硬い感触があっ

た。襟は裏がポケットになっているのを思いだして、なかを探るとプラスチックのプレートがあり、マチルダという名前と澪央のスマホらしい電話番号が書いてあった。

「迷子になったときのために入れてたんだね」

天音はプレートを見てそういったが、ポケットにはもうひとつ、黒くて薄い板状のものが入っていた。大きさは指先に載るほどで、それをつまみあげると天音が大声をあげた。

「マイクロSDカードよ」

鳶伊は意味がわからぬまま天音にそれをわたした。彼女によればマイクロSDカードはスマホのデータを保存する記憶装置だが、スマホの機種によってはスロットがなく、データを読みこむにはカードリーダーが必要だという。

「わたしと鳶伊さんのはカードリーダーがないと使えない。沼尻さん、スマホ持ってる?」

天音は沼尻がさしだしたスマホにマイクロSDカードを挿入し、よし使える、といった。天音はスマホを操作すると、笑みを浮かべて画面をこっちにむけた。

画面には、あの動画が映っていた。黒瀬リリアと隼坂蓮斗、そして凍崎拳がベッドに横たわっている。壮真と澪央は監禁されている場所からマチルダを逃がしたのだ。ふたりはマチルダが痴行寺に帰ってくると考えて、マイクロSDカードを首輪に隠したのだろう。

これで切り札が復活した。天音は弾んだ声をあげてスマホを沼尻にかえすと、

「いざというとき送信できるよう、リストを作ったほうがいいね」

「ぼくが警察やマスコミのメアドを調べましょうか」

沼尻はそういったが、不安のせいか顔色が悪く声が震えている。お願い、と天音はいって、

「鳶伊さん、矢淵からジャークスの連絡先を聞きだせる？　それがわかったら、この動画を送る。こっちに動画があるのが伝われば、壮真と澪央を解放させられるかも」

鳶伊はうなずいて立ちあがった。天音もマチルダを抱いて立ちあがり、

「この子はケージに入れとくね。ごはんと水をあげなきゃ」

鳶伊は庫裡をでて雨のなかを走った。駐車場に着いたとたん愕然《がくぜん》とした。ハイエースバンのボディカバーがはずされ、スライドドアが開いている。車内を覗くと矢淵の姿はなく、ガムテープの切れっぱしと耳栓がわりのティッシュが荷室の床に落ちている。ひとりで脱出できるはずはないから、近くに仲間がいるはずだ。

ベルトにさしていたアイスピックを抜いてあたりを捜したが、どこにも人影はない。胸騒ぎをおぼえつつ庫裡にもどりかけたとき、本堂の陰に誰かが隠れているのに気づいた。矢淵かと思って忍び足で近づくと、誰なのかわかった。

「そこでなんしよっと？」

そう声をかけた瞬間、沼尻は泣き崩れた。

27

アルファードは谷中霊園沿いの道を走っていく。壮真と澪央は後部座席でうなだれていた。ま

えの席には城力とパッキーがいる。車を運転しているのは、拉致されたときとおなじニット帽の男だ。さっきタクシーをおりたあと走って逃げたが、転んだ澪央を助け起こそうとして捕まった。また池袋に逆もどりかと肩を落としたら、城力が薄笑いを浮かべて、

「おまえらはあの寺にいく途中だったんだろ。おれたちが送ってってやるよ」

城力たちはふたりが痴行寺へむかうのを見越して、付近を見まわっていたらしい。こんどは目隠しも結束バンドもないので逃げるチャンスがあるかもしれない。が、こいつらはなぜ痴行寺にいくのか。その理由を考えていると城力が見透かしたように、

「なんで寺にいくのかって思うだろ。心配しなくても、もうすぐ自由になれるぞ」

もしかして鳶伊か天音が交渉に成功したのかと思ったが、こいつらはそんなに甘くない。澪央がこっちを肘でつついて前方を顎で示した。痴行寺の山門をふさぐようにして黒く巨大なSUVが停まっていた。海外ドラマで見たことのあるキャデラックエスカレードだ。城力たちの仲間にちがいない。厭な予感に鳥肌が立ち、また口のなかが渇いていく。

アルファードはキャデラックエスカレードの横で停まった。城力がこっちをむくと、おりろ、といった。城力の手には拳銃が握られている。この男がコーポ村雨にきたとき、鳶伊にむけたのとおなじリボルバーだ。壮真と澪央は車をおりると、背後からリボルバーを突きつけられて歩き、痴行寺の山門をくぐった。

境内にともった外灯の下に、長髪で背の高い男が腕組みをして立っていた。黒いタンクトップの胸板は厚く、筋肉が盛りあがった肩と太い腕はタトゥーだらけだった。腰から下は細身のレザーパンツとレースアップブーツ。目鼻立ちがはっきりした顔に見おぼえがある。

動画で何度も眼にした凍崎拳だとわかって身震いした。凍崎のうしろに男がふたりいる。ひとりは身長が百九十センチ以上ありそうな大男で、凍崎に傘をさしかけている。もうひとりは矢淵凌だった。なにがあったのか顔は血で汚れ、スーツはよれよれになっている。矢淵は恨めしそうな眼をむけてくると、こっちを指さして、

「こいつらです。あの動画でジギープロに揺さぶりかけたのは」

凍崎はうなずいて、ジョー、といった。

「寺にいる奴らを全員連れてこい。逆らったら、そのふたりを撃ち殺すといえ」

「わかりました」

城力にうながされて壮真と澪央は歩きだした。パッキーがあとをついてきたが、ドラッグがまだ効いているのか足がふらついている。仲間のところへ案内しろ。城力にそういわれて庫裡にむかった。庫裡には愚童のほかに天音か鳶伊がいるかもしれない。彼らに危険を知らせたいけれど、背後にリボルバーがあるからなにもできない。

あとちょっとで自由になれるぞ。城力が笑いを含んだ声でいった。

「仲間といっしょにあの世でな」

沼尻は座敷に正座して洟を啜りあげている。銀縁メガネは鼻先にずり落ち、顔は雨と涙でびしょ濡れだった。天音が腰に手をあてて沼尻を見おろし、鳶伊は隣に立っていた。沼尻によると栃木の実家へ帰る途中、スマホの電源を入れると知らない男から電話があった。男は実家の住所を知っており、指示に従わなければ母親と姉を殺すとおどしたという。

「すぐ痴行寺にもどって、仲間の様子を探れっていわれました。そのときに矢淵って男が監禁されてたら隙を見て逃がせって――」

「電話の相手はジャークスね。たぶん茶田経由で沼尻さんの番号を訊いたのよ」

天音は溜息まじりにいって、

「おかあさんやお姉さんのことを考えたら、しかたないね。矢淵に逃げられたのは痛いけど、こっちには動画がある」

沼尻が突然畳に額をすりつけて、ごめんなさいッ、と叫んだ。

「動画は――動画はもうないんです」

「は？　どういうこと？」

「電話してきた奴にいわれたんです。動画のありかがわかったら処分しろって。だから、さっき店長と鳶伊さんがいないあいだに――」

マイクロSDカードをトイレに流したと聞いて、天音は両手で頭を抱えた。鳶伊は縁側にいって窓の外を見た。さっき車が停まる音がした。境内に眼をむけていると、外灯の明かりに長髪で背の高い男が浮かんだ。そばに男がふたりいて、ひとりは矢淵だった。

急いで天音を呼んだら彼女は窓の外を見て、

「凍崎拳――」

うめくような声でいった。

「あいつはいつも表にでてこないのに、ここまできたってことは――」

「わしらを消すつもりでしょう。道具ば用意します」

その場を離れかけたら、待って、と天音がいって窓の外を指さした。壮真と澪央がこっちに歩いてくる。その背後に男がふたりいて、眼を凝らすとひとりはリボルバーを、もうひとりはサバイバルナイフを手にしている。なにか武器になりそうなものを持ってくるつもりだったが、そんな時間はないし拳銃と正面からは戦えない。店長、と鳶伊はいって、

「あいつらが玄関に入ったら、ちょっとのあいだ足止めしてもらえんですか」

「わかった。鳶伊さんはどうするの」

「わしはうしろからいきますけん、ふたりを逃がしてください」

鳶伊は白いワイシャツが目立たないよう上着を着て、縁側から外にでた。庫裡の玄関は植木に隠れて境内からは見えない。雨は小降りになっている。身をかがめて玄関にまわりこむと、引戸が開いていて天音と男が言い争う声がした。

「そのふたりを放してやってッ。放さないと警察に連絡する」

「やってみろ。このガキどもを弾《はじ》いてもいいのかッ」

鳶伊は玄関に入り、リボルバーを持った男の背後に忍び寄ると、左耳のうしろの乳様突起にアイスピックを突き刺した。脳まで届かないよう手加減したが、男はものすごい悲鳴をあげて振りかえった。リボルバーの銃口がこっちをむいた瞬間、鳶伊は回転式の弾倉を左手でつかんだ。男は引き金をひいたが、撃鉄を起こしていなかったので弾倉がまわらず発砲できない。

乳様突起に衝撃を受けると平衡感覚を失う。鳶伊はアイスピックを捨てて、眼を泳がせてふらついている男の手首を両手でねじりあげリボルバーをもぎとった。同時にもうひとりの男がサバイバルナイフで斬りつけてきた。火箸を巻いた左腕でそれを受け止め、右手でリボルバーをかま

えると男はサバイバルナイフを落として両手をあげた。

「いまのうちに逃げてッ」

天音の叫び声がして、壮真と澪央が室内に駆けこむのが見えた。乳様突起を刺された男は左耳のうしろを手で押さえて、逃げられねえぞ、といった。

「この寺は仲間が囲んでる」

そのとき、胸が押し潰されるような激痛とともに眼のまえが暗くなった。


壮真は澪央の手をひいて廊下を走った。振りかえると鳶伊が玄関でうずくまっていた。鳶伊に駆け寄った天音にパッキーがつかみかかった。

「先に逃げてッ」

壮真は澪央にそういって踵をかえした。恐怖よりも怒りがまさっていた。玄関にもどったら、天音がパッキーの腕を逆手にとってねじ伏せていた。城力がよろめきながら鳶伊に近づいていく。肩から体当たりすると、城力はあおむけに倒れて怒声をあげた。

「てめえ、ぶっ殺すぞッ」

壮真は城力に馬乗りになって思いきり顔を殴りつけた。城力の歯にあたって拳が切れたが、かまわず殴り続けた。どこからか沼尻が飛びだしてくると、鳶伊を抱きかかえて座敷のほうへひきずっていく。鳶伊の手からリボルバーが落ち、鈍い音をたてた。

白眼を剝いた城力から離れて、リボルバーを拾おうとした手を誰かが踏みつけた。顔をあげたら凍崎拳がこっちを見おろしていた。よけるまもなくブーツの爪先が顎に飛んできた。首が折れそうな衝撃に一瞬意識が薄れ、廊下で腹這いになった。

凍崎はリボルバーを拾いあげ、クソどもが、といった。

「こんなガキ相手に手こずりやがって」

天音がパッキーをねじ伏せたまま、凍崎ッ、と怒鳴った。

「あんたはぜったい許さない」

「ひさしぶりだな、四条警部補。いや、もと警部補か。ムショの居心地はどうだった？」

「おかげさまで快適だった。こんどはあんたがムショに入る番よ」

「ヘッ、便利屋にそんなことができるもんか」

凍崎の背後には大男と矢淵がいる。玄関の外にも赤いポリタンクをさげ、マスクをした男が三人立っていた。天音はパッキーの頭を踏みつけて昏倒《こんとう》させると、スマホを手にして、

「警察には頼りたくないけど、しかたない。一一〇番するからね」

「やってみろ」

凍崎が顎をしゃくった。天音はスマホの画面をタップして顔色を変えた。

「圏外だろ。ここから半径五十メートルの電波は遮断した」

凍崎がにやりと笑って背後を振りかえり、大男に声をかけた。

「見せてやれ」

大男が黒いものを宙にかかげた。トランシーバーのような形状で太いアンテナが何本も突きでている。ハイパワーの通信抑止装置だ、と凍崎がいった。

「おまえらにもう逃げ場はねえ」

「わたしたちをどうするつもり？」

「決まってるじゃねえか。消えてもらうのよ」

「大量殺人ね。死刑になりたいの？」

「ガキみてえなことをいうな。おれは誰でも買収できるし、誰でも従わせられる」

「あんたこそガキよ。金と暴力でなんでもできると思ったら、大まちがいよ」

「できるじゃねえか。いまの時代、金持ってる奴がいちばん尊敬される。この国の連中は芸能人の不倫や政治家の汚職には大騒ぎするけど、海外でひとを殺しまくってる独裁者はスルーする。ふだんは人権だの平和だのいってるくせによ。日本じゅう、そんなヘタレばっかだ。だからおまえらが何人消えたって、おれに楯突《たてつ》く奴はいねえんだよ」

「そのわりに、あの動画が拡散するのを怖がってたじゃない」

「あれが表にでると、芸能界だけじゃなく大勢が迷惑する。富裕層ってのは横のつながりが広いからな。おまえら底辺が妬み嫉みでぎゃあぎゃあ騒ぐから、おれたちが後始末で苦労するんだ」

凍崎が背後にむかって、やれ、といった。赤いポリタンクをさげた男たちが、たぷたぷ音をさせて玄関に入ってきた。ガソリンの臭いに戦慄したとき、

「待てぃッ」

雷鳴のような声が空気を震わせ、男たちの足が止まった。

愚童がいつのまにか廊下に立っていた。

「この寺に、きさまらのような不浄の輩《やから》を入れるわけにはいかん」

老害はひっこんでろ。凍崎が嗤った。

「もうすぐ寺ごと火葬にしてやっからよ。このボロ寺はよく燃えるぜ」

鳶伊は廊下に片膝をついて胸の痛みに耐えていた。沼尻が背中をさすっている。病院で老人にもらった舌下錠を口に含んだおかげで、痛みはだいぶ薄れてきた。

玄関に眼をやると、愚童が凍崎のまえに立ちふさがっていた。

「殺すなら身どもを殺せ」

「老いぼれひとりじゃ足りねえんだ。そこをどかねえと撃ち殺すぜ」

凍崎が細い眉を寄せてリボルバーをかまえたが、愚童は動かない。鳶伊は立ちあがって廊下を突っ走った。凍崎が銃口をこっちにむけて引き金を絞るのが見えた。

次の瞬間、凍崎がよろめいた。弾丸が肩をかすめ、銃声が轟いた。凍崎の片足に壮真がしがみついていた。鳶伊はタンクトップのみぞおちに拳を打ちこもうとしたが、それより早く額に銃口が食いこんだ。鳶伊は肩の高さに両手をあげた。凍崎が壮真の頭を蹴り飛ばすとこっちをむいて、邪魔すんなよ、といった。

「おまえのことは調べてある。もと極道で長い懲役いったそうだが、昭和生まれのジジイが通用する時代じゃねえんだよ」

やめろッ。沼尻のうわずった声がした。

「おまえらのことは動画に撮ってるぞ」

身動きできない体勢だけに沼尻のほうに眼をやれないが、スマホのカメラをこっちにむけているらしい。勝手にしろ、と凍崎がいった。

「なにを撮ろうが、寺といっしょに燃えちまうだけだ」

鳶伊は額に押しつけられた銃口を意識しつつ、凍崎との間合いを測った。肩の高さに両手をあげたのは反撃するためだが、ジャークスの連中は何人いるかわからない。凍崎を人質にとれなかったら全員が殺される。けれども、ほかに方法はなかった。


壮真は廊下であおむけに倒れていた。

凍崎の足にしがみついたとき、頭を蹴られたせいで意識が朦朧《もうろう》とする。やっとの思いで半身を起こすと、凍崎がリボルバーの銃口を鳶伊の額に押しあてていた。

城力とパッキーはまだ倒れているが、天音は大男から羽交い締めにされ、愚童は矢淵に肩をつかまれていた。さっきよりもやばい状況だ。スマホのカメラで動画を撮っていた沼尻は、ポリタンクを持った男たちが詰め寄ると、足をもつれさせて尻餅をついた。

よーし。凍崎が大声をあげた。

「おまえら、ガソリンを撒《ま》け」

男たちがポリタンクの蓋をはずそうとしたとき、澪央が廊下を駆けてきて叫んだ。

「あんたたちは、もうおしまいよッ」

凍崎が鳶伊に銃口をむけたまま鼻を鳴らし、

「なんだクソガキ。おしまいなのは、おまえらのほうだ」

「さっきまではやばかったけど、いまはちがう。あんたがいままでやらかしたことと黒瀬リリアを殺した罪を償ってもらう」

「あの女はドラッグをキメすぎただけさ。べつに殺しちゃいねえ」

「それは世間が判断するんじゃない？　あの動画をネットにばらまけば」

「いまさら嘘をいうな。あの動画はもうどこにもない」

「ううん、クラウドサーバーにある」

凍崎の細い眉がぴくりと動いた。クラウドサーバーとは、オンライン上に構築された仮想サーバー、つまり眼に見えないサーバーだ。澪央は続けて、

「さっき、ここの固定電話からネット友だちに電話して、あたしのクラウドＩＤとパスワードを教えてログインしてもらった」

壮真は書院にあった黒電話を思いだした。固定電話なら電波は遮断できない。

「友だちには事情を話して、五分以内にあたしが電話しなかったら、動画を拡散してって頼んだ。その友だちはインフルエンサーだから、マスコミもネットも大騒ぎになる。それが厭なら、いますぐここをでていって」

「なんだと――」

凍崎がちらりと彼女に眼をやった。

次の瞬間、鳶伊が肩の高さにあげた両手で凍崎の手首をつかみ、上に突きあげた。同時に腰を落として軀をひねり、リボルバーを奪いとった。形勢が逆転するまで、まばたきする間もなかった。鳶伊は長髪が汗で貼りついた額に銃口をむけ、

「仲間をひきあげさせい。はよせな撃ち殺す」

凍崎が整った顔をゆがめて、むだだ、といった。

「いまからもっと兵隊がくる。おれを弾いたって、おまえらは殺される」

息詰まる沈黙が続いた。ふと静寂を破ってサイレンの音が近づいてきた。その音は急速に数を増していく。矢淵が愚童の腕をひっぱって玄関をでると、ひとりでもどってきて、

「やばいです。もうすぐ警察《サツ》がきますッ」

ひきつった表情でいった。大男やポリタンクを持った男たちは顔を見あわせたが、矢淵がふたたび玄関をでていくと、狼狽した表情であとを追った。凍崎が澪央に眼をむけて、

「クソが。てめえが呼んだのか」

彼女はかぶりを振った。鳶伊が親指でリボルバーの撃鉄を起こすと、無表情でいった。

「きさんだけは殺す」

引き金にかけた指先が白くなった。鳶伊は、ほんとうに撃つ気だ。凍崎を殺せば、また刑務所行きになる。壮真は立ちあがって叫んだ。

「鳶伊さん、撃っちゃだめだッ」

「そうよ。トビー、撃たないでッ」

澪央も叫んだ。サイレンの音はすぐ近くに迫っている。

すべてが凍りついたような何秒かがすぎた。鳶伊はゆっくり撃鉄をもどし、リボルバーをおろした。ほっと安堵の息を吐いたとき、鳶伊が顔をしかめて片手で胸を押さえた。

とたんに凍崎が身をひるがえすと玄関を飛びだした。壮真は軀の痛みをこらえて鳶伊に駆け寄った。鳶伊はリボルバーを放りだすと荒い息を吐きながら、

「わしのことはええけん、ご住職を頼む」

外で何台もの車が停まる音がして、男たちの怒号が響いた。

急いで庫裡をでると愚童は境内に佇んでいた。山門のむこうで警察車両の赤色灯がいくつも閃き、制服の警官たちがジャークスの連中を境内で取り押さえていた。大丈夫ですか。声をかけたら愚童はうなずいた。天音と沼尻がこっちに走ってきた。

「鳶伊さんは大丈夫みたい。凍崎は？」

天音に訊かれて凍崎の姿を捜していると、私服の刑事ふたりに付き添われ、手錠をかけられた男がこっちに近づいてきた。その顔を見て、声にならないつぶやきが漏れた。透也——。

四十がらみの刑事が訊いた。

「久我壮真くんだね」

「はい、そうですけど」

「まにあってよかった。きみといっしょにいた女性は？」

「澪央なら無事です。庫裡にいます」

透也が弱々しい笑みを浮かべ、自首したんだ、といった。

「ジャークスの奴に、おまえたちが殺されるって聞いたから——」

刑事にうながされて透也が歩きだした。いまから取り調べがあるらしい。またな。こんど面会にいく。そう声をかけると力なくうなずいた。

雨がやんで空はもう白みかけている。

ふと隣を見たら澪央が立っていた。彼女の腕のなかにマチルダがいるのを見て胸がじんとした。池袋からここまで帰ってきたせいか、その顔はどこか得意げに見える。澪央が微笑して、

「やっぱマーちゃんは帰ってた」

「いったとおりだね。マジでよかった」

マチルダの頭を撫でていたら澪央がつぶやいた。

「あ、もう五分経った」

エピローグ

早朝の境内は空気が澄んでいる。廃寺を思わせるほど古ぼけた痴行寺でも、朝はすがすがしさを感じるのが不思議だった。壮真は澪央とならんで本堂の縁側にかけていた。九月もなかばをすぎて、ようやく残暑もやわらいできた。

本堂から愚童が読経する地鳴りのような声が響く。沼尻は愚童のうしろで膝をそろえて合掌している。最近はいつもこうだから、なにか心境の変化があったらしい。

天音が山門をくぐって境内に入ってきた。

「鳶伊さんはまだ？」

「さっきラインがありました。こっちにむかってるって」

そう答えると天音は隣に坐って、ふうん、といった。

「鳶伊さん、ラインも使えるようになったんだね」

「そのうちトビーがフェイスブックはじめたりして」

「ないない。友だちリクエストとかしたら怖いよ」

天音と澪央が声をあげて笑った。

マチルダはさっきまで境内を走りまわっていたが、いまは石畳で寝転んでいる。赤い舌の先を覗かせて気持よさそうに眠る姿に、平穏な日常のありがたさを感じる。

あの夜――城力たちに監禁され、死を覚悟した夜を思いだすと、いまも恐怖に鳥肌が立つ。あれから十日が経って、顔や軀の傷はようやく癒えた。まだ痴行寺にとどまっているのは警察の事情聴取で身動きがとれなかったからだ。マスコミの取材攻勢もすさまじく、愚童ひとりに対応させるわけにはいかなかった。

澪央がクラウドに保存していた動画は瞬時に拡散し、ネット上には黒瀬リリアの他殺を疑う声と、彼女の死について虚偽のコメントをした隼坂蓮斗を糾弾する声があふれた。動画には、ふたりとおなじベッドにいたのが凍崎拳だとわかるよう、凍崎の整形前後の画像に加え、同一人物だと特定する決め手になった十字架のタトゥーの拡大画像が添付されていた。

ジャークスのリーダーと目され、警察庁に重要指名手配されている凍崎が芸能界と深い関係を持っていたことに世間は大きな衝撃を受けた。沼尻がスマホで撮影した動画はテレビで放送され、ジャークスが痴行寺を襲撃したなまなましい映像も騒動に拍車をかけた。

隼坂蓮斗は麻薬及び向精神薬取締法違反と保護責任者遺棄の容疑で逮捕され、ジギープロモーション社長の月城達紀は辞任に追いこまれた。警視庁の発表によると、隼坂蓮斗は事件当日の夜、凍崎に誘われて黒瀬リリアと六本木パレスタワーにいき、勧められたドラッグを服用すると意識が混濁して譫妄《せんもう》状態に陥った。

気がつくと黒瀬リリアは死亡していたが、隼坂は事件が明るみにでるのを恐れ、凍崎に後始末を依頼した。凍崎は手下に命じて彼女の遺体を自宅マンションに運ばせ、事故に見えるよう偽装したと思われる。隼坂は凍崎が偽名を名乗っていたため、ジャークスのリーダーとは知らなかったと供述した。隼坂が服用したドラッグは、黒瀬リリアの遺体から検出されたオピオイド系鎮痛剤のフェンタニルとおぼしい。

痴行寺に踏みこんだ捜査員たちは、城力剛やパッキーなど現場にいたジャークス構成員の大半を逮捕した。凍崎拳は捜査員の制止を振りきり、山門のまえに停めてあったキャデラックエスカレードで逃走した。警察は緊急配備を敷いて捜索したが、現在も行方はわからない。

凍崎が逮捕をまぬがれたせいで、天音は冤罪を晴らす機会を失った。けれどもマスコミの取材に対し、凍崎の罠にかかって服役したと訴えた。ネット上では、彼女の発言に信憑性《しんぴょうせい》があるとして再審を求める声があがっている。もっとも天音は裁判に乗り気ではない。

「凍崎が捕まって真相を供述しないかぎり、判決は覆らないと思う。国家権力のメンツがあるから、いったん終結した事件の再審はむずかしいのよ」

壮真たちは事情聴取で警察署に何度も足を運んだ。その際に刑事が語ったところでは、警察に出頭した透也はいままでの経緯を説明し、壮真と澪央がジャークスに監禁され、命の危険にさらされていると訴えた。壮真のスマホは電源が入っていなかったが、警察は電話会社から提供された過去の位置情報から痴行寺に滞在していたのを突き止めた。

ジャークスは壮真たちの潜伏先を探っていただけに、痴行寺にあらわれる可能性が高いと判断し、捜査員を派遣したところ、ジャークス構成員と思われる男たちが多数集まってきたので応援を要請した。透也を現場に同行させたのは、ジャークス構成員の面取《めんと》り——顔を確認するためだという。

壮真は先週、警察署の留置場へ面会にいった。透也は罪を認めているので、まもなく起訴され拘置所に身柄を移される。大麻に加え覚醒剤の密売もおこなったために初犯でも執行猶予はつかず、数年の実刑になるらしい。透也は憑きものが落ちたようにさっぱりした表情で、

「おれがぜんぶまちがってた。おまえには、めちゃくちゃ迷惑かけてごめん。あやまってすむことじゃねえけど——」

「ほんとだよ。おれと澪央は殺されかけたんだぞ」

「マジごめん。彼女にもあやまっといてくれ。おれがもっと早く自首してりゃあ——」

透也は涙ぐんで頭をさげ、声を詰まらせた。透也は大学や両親に犯行を知られるのが怖かったのと、いったん向上した生活水準をさげたくなくて大麻や覚醒剤の配達を続けたといった。

「だから、あの動画で儲けたら足を洗えると思って——」

「もういいって。また一からやりなおせよ」

おれは待ってるから、といったら透也は号泣した。自業自得の面もあるが、大手の求人サイトに応募したのがきっかけで犯罪に加担させられたのだから、透也も被害者といえる。

警察は、壮真と澪央が監禁された池袋のテナントビルも捜査した。テナントビルは空き店舗の増加で廃墟化しており、ジャークスがアジトにしていたことが判明した。ジャークスは構成員が芋づる式に逮捕され、かなり弱体化したが、もともと組織の実態が不明なせいで壊滅には至っていない。天音はそれを悔しがって、

「凍崎がまだのさばってると思うと頭がかっかするけど、ひとまず仕事しなきゃね。ただ、あいつは新しい顔がばれたから、もう表にでられないし海外へも逃げられない。こっそり隠れてるしかないと思う。凍崎をここまで追いこめたのは、澪央のおかげよ」

澪央は城力たちに捕まってアルファードに乗せられたとき、二台持っていたスマホの一台からマイクロSDカードを抜いてキャリーバッグのポケットにしまった。そのあと結束バンドで両手を縛られたが、テナントビルで監禁されてから、見張り役のパッキーが眼を離した隙にマチルダの首輪に隠したといった。

沼尻はそれを聞いて涙を流し、申しわけない、と繰りかえした。

「澪央が機転をきかせてくれてマチルダもせっかく帰ってきたのに、ぼくがぜんぶだめにしてしまった。みんなを裏切った自分が情けない」

「しょうがないじゃん。沼っちはジャークスにおどされたんだから。ママとお姉さんを殺すっていわれたら、いうこと聞くしかないよ」

「でも、ぼくは怖くてなにもできなかった」

そんなことない、と天音がいって、

「沼尻さんが撮った動画のおかげで、あいつらのやったことが警察や世間に伝わった。じゅうぶん活躍してるよ」

「ぼくは、いままで世間の常識にとらわれすぎてました。事なかれ主義で、なんでも無難にすまそうとしてた。要するに、自分のことしか考えてなかったんです」

以前の沼尻はマチルダに関心がなかったが、最近は声をかけたり頭を撫でたりする。マチルダも、ときどき軀をすりつける程度にはなつきつつある。

愚童は連日押し寄せるマスコミにいらだって、必要なとき以外は外出せず、庫裡や本堂にこもっていた。それでも晩酌は欠かさないので、壮真たちが相手をする。愚童は凍崎たちを相手に一歩も退《ひ》かず、殺すなら身どもを殺せ、といった。

澪央は廊下の奥からそれを見ていたといい、

「あのときグドーはどうして平気だったの。マジ殺されそうだったのに」

「身どもは愚童と名乗っておるが、かの良寛《りょうかん》は大愚《たいぐ》良寛と称した」

「聞いたことある。昔のお坊さんだよね」

江戸時代後期じゃ。愚童はそういって、

「大愚良寛は、地震で被害を受けた知人に宛てた手紙にこう書いた。災難に逢《あ》う時節には災難に逢うがよく候。死ぬる時節には死ぬがよく候。これはこれ災難をのがるる妙法にて候」

「災難に遭うときは遭えばいい、死ぬときには死ねばいいってこと？　地震に遭ったひとに、そんな手紙だすなんてひどい。なんでそれが災難を逃れる方法になるの？」

「ありのままの現実を受け入れよということじゃ。人生には避けられぬ災難や避けられぬ死がある。避けられぬものを避けようとすることで、ひとはよけいに苦しむ」

「避けられないなら、すなおにあきらめろって？」

「あきらめるのではない。やれることはやるにせよ、肚をくくれということじゃ。肚をくくれば迷いは消え、恐れもなくなる」

ふと鳶伊のことばを思いだした。オオスズメバチの駆除にいったとき、どうすれば怖さを克服できるのか訊いたら、鳶伊はこう答えた。

「怖さは克服できんやろ。ただ逃げようかどうしようか迷うたら、よけいに怖なる。もう逃げられんち覚悟決めたら、そげん怖くはのうなるばい」

壮真がその話をすると、愚童は皺深い顔をほころばせ、

「あの男は、年がら年じゅう覚悟を決めとるような奴じゃからの」

鳶伊は警察の事情聴取で入院が遅れ、数日まえに治療を終えてきのう退院したが、痴行寺には帰ってこなかった。鳶伊は入院しているあいだ、かたくなに見舞いを断ったので、電話とラインでやりとりしただけだ。

壮真と澪央と沼尻はきょうからコーポ村雨にもどり、もんじゅの営業もまもなく再開する。村雨はマチルダを飼うのを許してくれたから、またいっしょに暮らせるのがうれしい。しかし鳶伊はどうしても訪れたい場所があるので、しばらく旅行へいくという。鳶伊はもうすぐ、あいさつがてら私物をとりにくる。

「トビーはどこへいくんだろう」

「んー、旅行先の見当がつかないね」

天音が首をかしげた。電車にちゃんと乗れるかな、と壮真はいった。

「ちょっとまえまで駅の自動改札機を怖がってたけど」

自動改札機のなにが怖いの？　澪央が訊いた。

「エラーとかチャージ不足で、ときどきドアがばたんって閉まるじゃん。あれが閉まったら、ピポピポいうて心臓に悪いって」

「笑える。死ぬのは怖くないくせに、そんなのでびびるなんて」

愚童と沼尻が本堂からでてくると、縁側に腰をおろした。

外で車が停まる音がして、鳶伊が境内に入ってきた。入院中に新調したのかダークグレーのス

ーツを着ており、うしろに六十がらみで体格のいい男がいる。あれは鳶伊が入院した翌日だったか、本堂のまえで愚童と立ち話をしていた男だ。

男は壮真たちのまえまでくると腰を落として一礼し、

「ご住職とは何度かお会いしましたが、みなさんにはお初にお目にかかります。武智正吾と申します。兄貴には——鳶伊さんには昔からお世話になっておりまして——」

武智という男は折り目正しい口調でしゃべっていたが、

「もうよか」

鳶伊が武智を掌で制してこっちをむき、

「荷物ばとってくるけん、ちょっと待っとって」

「トビー、どこへ旅行にいくの」

「古い知りあいのとこよ。いまのうちに会うとったほうがええと思うて」

石畳で寝ていたマチルダが眼を覚まし、鳶伊の足に軀をすりつけた。鳶伊はマチルダの頭を撫でてから、武智と庫裡に入っていった。

鳶伊がふたたび入院したとき、隣のベッドは空になっていた。舌下錠をくれた老人は前日に逝ったと看護師から聞いて、空のベッドに合掌した。

凍崎たちが痴行寺にあらわれる直前、庫裡の廊下で武智に電話した。朝までにまた電話するが、もし電話がなかったときは入院費をかわりに払うよう頼んだ。それがきっかけで入院中も武智と連絡をとりあっていた。武智を巻きこむのは気が進まなかったが、ひとりでやれることではない。

事情を話すと武智はすぐに乗ってきた。鳶伊は庫裡の八畳間でボストンバッグに私物を詰めた。武智がそれを手伝いながら訊いた。

「ええんですか、兄貴。あげな嘘ばついて」

「ほんとのことというたら、みな心配するやろが」

「そらそうですけど、兄貴は嘘が下手やけん」

「そげなことより、おまえが聞いてきた話はたしかなんか」

「はい。何か月かまえにキャデラックエスカレードの目玉抜きしたちゅう業者ば見つけました。あの車はそげん数が多くないけ、まちがいないと思います」

目玉抜きとは車体番号の貼り替えである。鳶伊は警察の事情聴取の際、凍崎が乗っていたキャデラックエスカレードの色やグレードを刑事たちが口にするのを聞いた。キャデラックエスカレードはむろん乗り捨てられており、足立《あだち》区の空き地で発見された。

もとは盗難車らしくナンバーも盗まれたもので車体番号は貼り替えられていたが、武智は鳶伊が伝えた情報から、それを請け負った業者を特定した。キャデラックエスカレードは、その業者から凍崎にわたったとおぼしい。

凍崎は今後も車を必要とするだろうから、おなじ業者を使う可能性が高い。業者やそこに出入りする連中を調べれば、凍崎にたどり着けるかもしれない。それが無理でも追い続ける。あの男が生きているかぎり、壮真たちやマチルダは安心して暮らせない。

鳶伊は荷造りを終えて、ほんとにええんか、と武智に訊いた。

「中古車屋ほったらかして――。わしにつきおうたちゃ一銭もならんぞ」

「なんばいうとですか。おれはまた兄貴といっしょに暴れられるけん、わくわくしとうですよ」

「ならええけど、おまえはほんとに変わらんの」

「兄貴も変わらんやないですか」

「いや、わしは変わった」

「どこがですか」

鳶伊は答えずにボストンバッグを持って庫裡をでた。


壮真はマチルダを抱いて、鳶伊を見送りに駐車場へいった。武智は一礼して古めかしい車の運転席に乗りこんだ。メタリックグレーの角張った車体で、ボンネットにフェンダーミラーがついている。天音が眼をみはって、ハコスカだ、とつぶやいた。ハコスカとはなにか訊くと、

「スカイラインGT－R。昭和の車よ」

「旧車ってやつですね」

武智も昭和っぽい雰囲気だけに、この車がよく似合う。陽は高くのぼり、青空にたなびくような雲がまばゆい光に色づいていく。駐車場の隅に一輪だけ咲いた彼岸花が燃えるように鮮やかだった。鳶伊は車のまえに立って、ひとりひとりの顔を見わたしたあと、

「ほんなごつ、お世話になりました」

深々と頭をさげた。なにいってるの。天音が眉をひそめた。

「ちょっと旅行へいくだけでしょ。これでお別れみたいなことをいわないで」

「そうですよ。またもんじゅでいっしょに働いてくれるんですよね」

沼尻が訊いた。嘘だったら、ぜったい許さない。澪央が口を尖らせた。眼がうるんでいる。

「なるべく早く帰ってきて。マーちゃんも待ってるんだから」

鳶伊はうなずいた。どこへいくのか知らんが、と愚童がいった。

「みんな、おまえの帰りを待っておる。病み上がりの軀で無理するでないぞ」

「はい、わかっとります」

鳶伊と会ってまもない夜、まだ痩せっぽちの仔猫だったマチルダは谷中霊園で不良たちに虐待されていた。それを止めに入った澪央と壮真は、不良たちにおどされて窮地に陥った。あのとき鳶伊に助けられてからの日々が、めまぐるしく脳裏をよぎる。つかの間の別れだと自分にいい聞かせたが、そうでないことを心のどこかで気づいていた。涙で視界がかすみ、火のように熱いものが胸にこみあげた。嗚咽《おえつ》をこらえ、マチルダを抱いたまま車のそばにいった。

鳶伊はみんなの人生を変えた猫を抱きあげて額に口づけすると、

「マチを――マチルダをよろしゅう頼むばい」

はいと答えたつもりが、声が詰まってうなずくことしかできなかった。

鳶伊はマチルダを壮真の腕にもどし、後部座席のドアを開けて車に乗りこんだ。マチルダが切ない声で、にゃあ、と鳴いた。車はゆっくり走りだし、澪央が肩を寄せてきた。鳶伊が窓をおろして顔をだすと、こっちに手を振った。

その片頬は、はじめて見る笑みをたたえていた。


（了）

初出　ウェブ「STORY BOX」二〇二三年十一月号〜二四年七月号掲載の同名作品を大幅加筆

なお本作はフィクションであり、実在の個人・団体とは一切関係ありません。

本書のテキストデータを提供いたします

視覚障害・肢体不自由などの理由で必要とされる方に、
本書のテキストデータを提供いたします。
こちらの二次元コードよりお申し込みのうえ、
テキストをダウンロードしてください。

福澤徹三《ふくざわ てつぞう》

一九六二年、福岡県生まれ。デザイナー、コピーライター、専門学校講師を経て作家活動に入る。二〇〇八年『すじぼり』で第十回大藪春彦賞を受賞。著書に『東京難民』『忌談』『白日の鴉』『Iターン』『そのひと皿にめぐりあうとき』『羊の国のイリヤ』『侠飯』など多数。

マチルダによろしく

2025年3月23日　初版第一刷発行

著　者　福澤徹三
発行者　石川和男
発行所　株式会社小学館
〒101-8001
東京都千代田区一ツ橋2-3-1
編集 03-3230-4265
販売 03-5281-3555

印刷所　萩原印刷株式会社
製本所　株式会社若林製本工場

ISBN978-4-09-386748-1